SINN UND FORM

BEITRÄGE ZUR LITERATUR

HERAUSGEGEBEN VON DER
AKADEMIE DER KÜNSTE

77. JAHR / 2025 / 4. HEFT

Juli / August

SINN UND FORM

Redaktion: Postfach 21 02 50, 10502 Berlin, Akademie der Künste, Hanseatenweg 10, 10557 Berlin, Tel. 030/20057-2220, -2221 oder -2222, Fax 030/20057-2223, E-Mail sinnform@adk.de, www.sinn-und-form.de. ISBN 978-3-943297-84-3. ISSN 0037-5756. Satz: Dörlemann Satz, Lemförde. Anzeigenverwaltung: Agentur Hanne Knickmann, Theaterstraße 7, 69117 Heidelberg, Tel. 06221/673 42-50, www.kulturzeitschriften.net. Druck: Thiele & Schwarz GmbH, Kassel. Printed in Germany. Der Chefredakteur ist v.i.S.d.P. Bei unverlangt eingesandten Manuskripten ohne beiliegendes Porto keine Rücksendung. Beurteilungen werden nicht gegeben. Auf den Textseiten erscheinen in der Regel keine Literaturangaben und Anmerkungen. Nachdruck eines Beitrages während der gesetzlichen Schutzfrist nur mit Genehmigung der Redaktion. Die Zeitschrift erscheint zweimonatlich. Jahresbezugspreis einschließlich Versand 54,00 € (Inland) und 72,00 € (Ausland). Einzelheft 14,00 €. Vorzugsabonnement für Schüler und Studenten 39,00 € (Inland) und 51,00 € (Ausland).

Bestellungen von Abonnements und Einzelheften: tableau, Neumagener Straße 27, 13088 Berlin, Tel. 030/4236606, Fax 030/42850078, E-Mail bestellung@sinn-und-form.de. Zuschriften, die den Inhalt betreffen, sind an die Redaktion, solche, die den Bezug angehen, an die Firma tableau zu richten. Das Abonnement kann spätestens sechs Wochen vor Ablauf des Bezugsjahres gekündigt werden. Die Mindestbezugsdauer beträgt ein Jahr. Die Kundennummer ist unbedingt anzugeben.

INHALTSVERZEICHNIS

JULIEN GRACQ

DER SURREALISMUS UND DIE ZEITGENÖSSISCHE LITERATUR

Angesichts des damals anschwellenden Rimbaud-Snobismus schrieb Louis Aragon 1928 in seiner »Abhandlung über den Stil«, jegliche Anspielung auf das »Trunkene Schiff« könne nur noch als sicherstes Zeichen von Vulgarität gelten. Wer heute über den Surrealismus spricht, kann sich zugegebenermaßen einer ähnlichen Befürchtung nicht erwehren. Wir leben in einer Zeit, in der Worte ihre Wirkung verlieren und sich schneller als sonst durch *Reibung* abnutzen – die Abnutzung von Schallplatten in Radio und Werbung, die aus der lebendigsten Rede ein fades Eintrichtern machen, dem sich unser Magen bald verweigert. Man sollte allerdings nicht übertreiben. Einer ähnlich rasch, vielleicht noch rascher fortschreitenden Entwürdigung ist das rivalisierende Wort Existentialismus ausgesetzt, dessen Schicksal noch schneller besiegelt war. Es gibt eine *Sahnetorten*-Seite des Surrealismus, und wenn ich eine Entschuldigung dafür vorweisen kann, daß ich von ihm spreche, kann es nur die Absicht sein, ein Wort blank zu putzen, das manchen seinerzeit wie eine Feuerschrift geleuchtet hat – und es von den Spuren unzähliger schmutziger Finger zu befreien, die bei lange im Umlauf befindlichen Münzen das aufgeprägte Bildnis irgendwann verdecken.

Der Surrealismus war ein Opfer seines eigenen Erfolgs, oder besser gesagt, einer bestimmten Art von Erfolg. Er hat nicht gesiegt in dem Sinne, daß er seine Gegner zum Aufgeben oder zum Schweigen gebracht hätte, wie es der Klassik und Romantik einst gelang. Er ist immer wieder verlacht und sogar erbittert bekämpft worden: Wenn François Mauriac selbst heute noch von der surrealistischen »schwarzen Pest« spricht, die angeblich unsere Dichtung aushöhle, fehlt es bestimmt nicht an Leuten, die ihm dafür Beifall spenden. Der Erfolg des Surrealismus besteht in etwas anderem. Es ist keiner der Triumphe, die sich in Verkaufsstatistiken oder massenhaften Konversionen niederschlagen. Er besteht in einer von anderen Doktrinen selten erreichten Fähigkeit, sich über weite Entfernungen hinweg auszubreiten, sich in fremden und entlegenen Gewässern aufzulösen, sie zu kontaminieren. Er besteht in seinem *volatilen* Charakter, in seiner besonderen Fähigkeit, sich zu Bekundungen und Verhaltensweisen zu gesellen, die ihm eigentlich wesensfremd sind – wie ein Zeichen, das den Sinn verändert –, und die Alltagssprache ist Garant dafür, daß er lieber in adjektivischer als in subjektivischer Form auftritt. So wird man beispielsweise, durch ein suspektes

Detail veranlaßt, das immer schwer zu isolieren ist, eine Begegnung, ein Plakat, ein Wortspiel, eine zufällige Anordnung von Gegenständen surrealistisch nennen. Im übrigen kann ich nur auf einen bemerkenswerten Artikel von Maurice Blanchot verweisen, der in der Zeitschrift »L'Arche« über den Surrealismus schrieb: »Eine eigentliche Schule existiert nicht mehr, aber ein geistiger Zustand, der dem Surrealismus entspricht, besteht weiterhin. Niemand gehört mehr zu dieser Bewegung, und dennoch wissen alle, daß sie ein Teil davon hätten sein können. In jeder Person, die schreibt, gibt es eine surrealistische Berufung: Man gesteht sie ein, man treibt sie ab, manchmal klaut man sie, aber auch wenn sie unecht ist, drückt sie dennoch eine im Kern ehrliche Anstrengung und ein ehrliches Bedürfnis aus. Der Surrealismus ist verschwunden? Nein, er ist nur nicht mehr hier oder dort, sondern: Er ist überall. Er ist ein Gespenst, ein strahlender Fluch. Die Metamorphose ist verdient – der Surrealismus ist seinerseits surreal geworden.«
Doch weil Adjektive, die bekanntlich einen dem Wesen nach flüchtigen Eindruck festzuhalten versuchen, der Verzerrung durch die individuelle Wahrnehmung wenig entgegensetzen können, nimmt das oft mißbräuchlich verwendete Wort ganz unterschiedliche Bedeutungen an. Manchen gilt alles als surrealistisch, was in der Literatur oder im Alltag seltsam, überraschend, willkürlich, ulkig oder phantastisch ist. Bei anderen Gelegenheiten, wenn stärker auf die Literatur als solche Bezug genommen wird, sind mit dem Beiwort surrealistisch – und übrigens mit gleicher Feindseligkeit – zwei Positionen gemeint, die sich in Wirklichkeit ausschließen. Für die einen weckt es die Vorstellung eines exklusiven und respektlosen Literatenkreises – eines Clubs wechselseitiger Bewunderung, in dem kabbalistische Formeln als Losungsworte dienen und dessen Türen den Naiven, die eintreten zu dürfen glaubten, vor der Nase zugeschlagen werden. Für andere wiederum verkörpert der Surrealismus die gemeinste literarische Demagogie, »Dichtung, wie sie jedem Unbewußten entspringen könnte«, »Jedermannspoesie«, »Kommunismus des Genies« – also eine ruinöse Einigung auf den kleinsten gemeinsamen Nenner dessen, was »literarisches Talent« sein könnte. Es genügt ja schließlich, eine Feder zu halten und zu schreiben, um Dichter zu sein, solange man dabei Absätze macht. So gesehen profitiert der Surrealist von einer zeitlichen Koinzidenz und schiebt sich ohne weiteres vor das Bild des sagenumwobenen Bolschewiken. Er wird zum Verschleuderer des Talents, zum Plünderer des erworbenen Ansehens, zum Regelbrecher schlechthin – eine Art Dichter mit dem Messer zwischen den Zähnen.
Mit solchen weitverbreiteten Auffassungen des surrealistischen Unterfangens brauchen wir uns nicht lange aufzuhalten. Will man aber seinen Platz und seine Lehren in der heutigen Literatur verorten, muß man ihm erst seine wahre Gestalt zurückgeben.

Halten wir gleich fest, daß der Surrealismus selbst zu widersprüchlichen Interpretationen Anlaß bot. Wie Jules Monnerot in »La Poésie moderne et le Sacré« (Die moderne Dichtung und das Heilige) sehr schön gezeigt hat, bestand die Eigentümlichkeit dieser und wohl jeder wirklich lebendigen Bewegung darin, gegensätzliche Positionen und Doktrinen miteinander zu verbinden, dies vor allem im Bemühen, nichts auszulassen, worauf es ankam. Die Mitglieder der Gruppe schlossen sich keiner logisch hergeleiteten Lehre an (dagegen sträubte sich der ganze Surrealismus), vielmehr teilten sie einen bestimmten Geist – den »neuen Geist« –, sie waren die Hüter einer »allgemeinen Offenbarung«, was Breton zufolge das gemeinsame Schicksal der repräsentativen Geister jeder großen Epoche ist. Der im übrigen nur relative Zusammenhalt der Gruppe bezeugt im Grunde die Wahrheit des Proust-Wortes, wonach die Gemeinschaft der Überzeugungen weniger zählt als die Blutsverwandtschaft der Geister. Doch irreführender als die scheinbaren oder tatsächlichen Widersprüche des Surrealismus ist an seiner landläufigen Deutung (und selbst Sartre erliegt in seiner Schrift »Was ist Literatur?« dieser optischen Täuschung) der Umstand, daß man den Surrealismus nicht in seinem historischen Zusammenhang betrachtet, denn wenn er auch zweifellos etwas ankündigt, so folgt er doch vor allem etwas anderem nach, mit dem er gern verwechselt wird. Wer hat, dem wird gegeben, und so schreibt man dem Surrealismus häufig Dinge zu, die eigentlich von seinem Vorgänger, dem Dadaismus, stammen.

Über das wahre Wesen des Dadaismus, der bekanntlich fast zur gleichen Zeit gegen Ende des Ersten Weltkriegs mit Tzara in der Schweiz, mit Duchamp und Picabia in den USA sowie in Paris entstanden ist, hat sein skandalumwittertes Treiben mit Negertänzen und organisierten Plünderungen lange Zeit hinweggetäuscht. Mit genügend Abstand lassen sich seine Bestandteile dagegen leicht auf den unverstellten Ausdruck von etwas zurückführen, das ich als eine wahre Explosion, eine regelrechte Verpuffung reiner Negativität definieren würde. Der Dadaismus, geboren in dem Jahr, in dem der Weltkrieg die ersten Symptome völliger Zersetzung zeitigte, ist jedenfalls der entschlossenste und konsequenteste Zerstörungs- und Plünderungsversuch, den die Literatur erlebt hat. Er zielt auf völlige soziale Desintegration, und einer seiner Vertreter, der Boxer Cravan, gibt sich als »Fahnenflüchtiger von siebzehn Nationen« aus. Er arbeitet an der Zerstörung des Gegenstands durch objektiven Humor, der uns vor Augen führt, daß der Schein der Ruhe, welcher die Materie umgibt, von seltsamen Zufällen abhängt; dazu gehört Duchamps bekannter Versuch, Marmorstücke durch Zuckerstücke zu ersetzen. Der gleiche Duchamp treibt beharrlich die Liquidierung der individuellen Erfahrung durch »Ready-mades« voran: Er stellt einen handelsüblichen Flaschentrockner und eine lithographierte Winterlandschaft aus,

die er »Apotheke« nennt, und signiert beide. Der Ausdruck selbst, so neutral er scheinen mag, wird noch in seinem Tauschwert aufgespürt: Man verfaßt ein Gedicht, indem man Wörter wie Lose aus dem Hut zieht und zusammenfügt. An die Stelle des artikulierten Worts setzt man Lautmalerei, den Schrei, zufällige Silben, für die Dada symbolisch steht. Schreiben ist verboten, denn wie Artaud meint, ist »jegliches Schreiben eine Sauerei«. Handeln ist verboten wegen der »theatralischen und freudlosen Nutzlosigkeit von allem, wenn man ein Wissender ist«, wie Vaché schreibt. Ist der Mensch einmal seiner wesentlichen Attribute beraubt, bleibt den Konsequentesten nur noch, die Schuld bei seiner Existenz zu suchen: »Es ist unzulässig«, sagt Tzara, »daß ein Mensch eine Spur hinterläßt.« Vaché bleibt seiner Logik treu und bringt sich um, indem er einen Unfall simuliert, auch Rigaut bringt sich um und Cravan verschwindet nachts im Golf von Mexiko, ohne daß von seinem Boot die geringste Spur gefunden werden kann.
Nicht die gesamte Glut dieses riesigen Freudenfeuers ist erloschen. Ein bruchloser Übergang verbindet Dadaismus und Surrealismus – und eben das begünstigt Mißverständnisse. Die *großen Vorgänger*, auf die sich der Surrealismus stets bezieht, sind hier zu verorten: Vaché, Cravan, Rigaut, die gerade durch ihre Selbstmorde eine Art sakramentales Zeichen tragen, strahlen als Fixsterne weiterhin an seinem Firmament. Mögen Duchamp und Picabia noch so still und untätig bleiben, sie genießen bei ihm einen unerschöpflichen Kredit. Zudem sind fast alle Surrealisten durch die Dada-Schule gegangen und bewahren davon eine unauslöschliche Eigenart, eine bittere und heftige Tönung, die sich auf alle ihre Bekundungen überträgt: die Lust daran zu verletzen und zu mißfallen, die Lust am Skandal um des Skandals willen und an der Provokation um der Provokation willen, der Kult des Humors auch in seiner zerstörerischsten Form, dem schwarzen Humor, der ihnen als wirksamstes Mittel der Zertrümmerung gilt, als »unsichtbarer Strahl«, mit dem sie ihre Gegner überwinden. Etwas anderes tritt an die Stelle des Dadaismus, nämlich der Surrealismus, aber kein spektakulärer Bruch scheint sie zu trennen, weil der Surrealismus – und darin besteht zum großen Teil seine verwirrende und offensichtliche Mehrdeutigkeit – ein *Gedankensystem* ist, das sich mehr schlecht als recht einem schon vorhandenen *Lebensstil* angepaßt hat, der nur ganz grob seinen Zuschnitt hatte und ein Vermächtnis des Dadaismus war.

Letztlich folgt der Surrealismus um 1922 herum dem Dadaismus, wie eine konstruktive Phase einer destruktiven folgt. Die Embleme und Zeichen, unter denen man sich sammelt, sind die gleichen; die Substanz jedoch hat sich tiefgreifend verändert, es kommt zu einer raschen Klärung der Verhältnisse. Äußerlich macht sich eine starke Autorität bemerkbar, die weniger durch Zwang wirkt als durch spontane Folgsamkeit der anderen, was auf Bretons persönliche Ausstrahlung zurückzuführen ist. Eine strenge und manchmal alberne Disziplin kehrt ein: Es gibt eine surrealistische *Gruppe* mit Aufnahmeriten und knallharten Ausschlüssen; ein Organ, »La Révolution surréaliste«; eine Moral, die sogar Todsünden kennt: die Fahne grüßen, journalistisch tätig sein, Sport treiben, Werke von Cocteau lesen; eine Propaganda durch Handzettel, die Maurice Nadeau in seinem Werk »Documents surréalistes« gesammelt hat; ein Büro, in dem man seltsame Versuche macht. Und es gibt sogar einen veritablen Index verbotener Bücher, der Nadeau anscheinend entgangen ist und den ich auf der Umschlagrückseite eines Katalogs surrealistischer Publikationen finde:

Lest	*Lest nicht*
Heraklit	Platon
Scève	Ronsard
Swift	Molière
Rousseau	Voltaire
Sade	Mirabeau
Fichte	Mme de Staël
Rimbaud	Verlaine
Freud	Bergson
Apollinaire	Mistral
Vaché	Valéry etc.

Der Surrealismus wendet sich von der totalen Verneinung im Dadaismus ab, es widerstrebt ihm nicht mal mehr, sich in eine Tradition einzuschreiben und Vorläufer auszumachen, die Breton in seinem »Ersten Manifest« ausdrücklich nennt: »Gewiß könnte eine stattliche Anzahl von Dichtern als Surrealisten bezeichnet werden, angefangen bei Dante und, in seinen besten Tagen, Shakespeare. Die ›Nächte‹ von Young sind surrealistisch von Anfang bis Ende; leider spricht hier ein Priester, ein schlechter Priester, gewiß, aber ein Priester.

Swift ist surrealistisch in der Bösartigkeit.
Constant ist surrealistisch in der Politik.
Hugo ist surrealistisch, wenn er nicht dumm ist.
Desbordes-Valmore ist surrealistisch im Lieben.
Baudelaire ist surrealistisch in der Moral.
Jarry ist surrealistisch im Absinth.
Nouveau ist surrealistisch im Kuß.
Fargue ist surrealistisch in der Stimmung.
Saint-John Perse ist surrealistisch in der Ferne.«

Man sieht, wie nach dem Dadaismus das Steuer herumgerissen wird. Hier muß noch einmal Maurice Blanchot das Wort überlassen werden: »Die Surrealisten erschienen ihren Zeitgenossen als Zerstörer. Und das Merkmal nonkonformistischer Gewalt stach natürlich am meisten hervor. Was uns heute auffällt, ist, daß der Surrealismus viel eher affirmativ als verneinend war. Eine machtvolle und trunkene Jugend steckt in ihm. In gewisser Weise hat er das Bedürfnis, tabula rasa zu machen, aber das liegt vor allem daran, daß er sein Cogito sucht.«
Was also ist das surrealistische Cogito, die Basis, auf der alles ruht und die es uns erlauben würde, ein Gedankensystem zu erfassen, das um so mehr zu entschlüpfen scheint, je mehr man es zu fassen versucht? Am besten läßt man sich vom Vokabular und von dem Namen leiten, den die Bewegung wählte, wenn sie ihn schon nicht erfunden hat: Ein Surrealist bestimmt sich durch einen Akt bedingungslosen Glaubens an die Surrealität. Bleibt noch, diese Surrealität zu definieren, und das ist gar nicht leicht, denn sie kann nur in dem Akt selbst und damit wohl jenseits der Worte liegen, mit denen man ihrer habhaft werden könnte. Sie besteht hauptsächlich in der Unterdrückung von Widersprüchen, der Aufhebung von Antinomien, ihr Vorgefühl ist das einer Totalität ohne Risse, durch die das Bewußtsein ungehindert zu den Dingen vordringen und unaufhörlich darin baden könnte und durch die die Unumkehrbarkeit der Zeit ebenso abgeschafft würde wie Vergangenheit und Zukunft. Breton hat, in Ermangelung einer Definition, dieses Vorgefühl und diesen Anspruch nie besser formuliert als in den oft zitierten Sätzen, an die man noch einmal erinnern muß: »Alles läßt uns glauben, daß es einen bestimmten geistigen Standort gibt, von dem aus Leben und Tod, Reales und Imaginäres, Vergangenes und Zukünftiges, Mitteilbares und Nichtmitteilbares, Oben und Unten nicht mehr als widersprüchlich empfunden werden. Indessen wird man in den Bemühungen des Surrealismus vergeblich einen anderen Beweggrund suchen als die Hoffnung, eben diesen Standort zu bestimmen.«
Man soll neben dem gewaltigen Ehrgeiz, der sich hier kundtut, die große Bescheidenheit nicht unterschätzen, die darin liegt, dem Unterfangen derart geringe Chancen beizumessen. Es ist das einzige, was zu versuchen sich lohnt, aber es handelt sich um eine bloße Hoffnung und auch die besteht nur nachts. Es ist die wesentliche und, darauf bestehe ich, ausdrücklich dem Menschen vorbehaltene Aufgabe, denn der Punkt, an dem sich die Gegensätze auflösen, ist »ein bestimmter geistiger Standort«, und diesen einzunehmen betrachtet Breton als einen höchst bewußten Akt (enthusiastisch lobte er seinerzeit Malraux' Formel »Mehr Bewußtsein«). Vielleicht stellt die Idee des »absoluten Wissens«, wie Hegel sie in der »Phänomenologie des Geistes« definiert, nämlich als höchste Entwicklungsstufe des Bewußtseins, das alle Gegensätze überwindet, das beste

Äquivalent zu diesem surrealistischen Begriff dar. Das hegelianische Denken hielten die Surrealisten immer für dem ihren eng verwandt, und man darf daran erinnern, wie sie sich eine wirkmächtige Formel eben jenes Hegel so begeistert zu eigen machten, daß sie sie in Flugschriften, »surrealistischen Schmetterlingen«, abdruckten, weil sie dazu angetan war, ihre Hoffnungen zu bestärken: »Man kann die Kraft und Macht des Geistes gar nicht überschätzen.« Und vielleicht enthüllt ein Wort Rimbauds, den sie gleichfalls als Vorläufer ansahen, noch unverhohlener ihren Anspruch – ein Schlüsselwort, das in einem wie auch immer christlich gearteten Sinne zu interpretieren ich mich hüte: »Durch den Geist geht man zu Gott.«

Dieser als höchstes Ziel verstandenen Auflösung der Gegensätze auf übermenschlicher Ebene entspringt der anrührend nostalgische Beiklang von verlorenem Paradies, der im Surrealismus mitschwingt, und sei es nur in den eigenartigen Titeln seiner Werke, in denen von einem uranfänglichen Weltzustand die Rede ist, von unverstellter und paradiesischer Unschuld, unerklärlicher und wundersamer Verwirrung: »La Vie immédiate« (Das unmittelbare Leben), »Die unbefleckte Empfängnis«, »Les Yeux fertiles« (Die fruchtbaren Augen), »Point du jour« (Morgendämmerung), »L'Amour fou«, »Le Livre ouvert« (Das geöffnete Buch).

Durch die zentrale Behauptung, die Surrealität sei allgemein zugänglich und sogar der endlich erlangte eigentliche Maßstab des Geistes, eignet dem Surrealismus, wie mir scheint, trotz des Fehlens eines logischen Ansatzes, den er sicherlich verwerfen würde, eine unbestreitbare Kohärenz.

Daraus folgt zunächst seine Haltung zur Religion und insbesondere zum Christentum. Es lohnt sich, dabei zu verweilen, denn seit einigen Jahren ist der Surrealismus für manche Gläubige Gegenstand einer verdächtigen Politik der ausgestreckten Hand. Gegenüber dem Christentum kann die Haltung des Surrealismus nur erklärte und totale Feindschaft sein, und so war es auch. Und zwar weil es durch die von ihm verkündeten Verbote und Tabus aller Art die völlige Freiheit in allen Bereichen systematisch beschneidet, die den Surrealisten für die Rückgewinnung der Kräfte des Menschen unerläßlich scheint. Zudem wollte der Surrealismus die Eroberung des Surrealen stets im »Hier und Jetzt« vollbringen, wie die bekannte Formel lautet, und nicht in einem hypothetischen Jenseits. Und schließlich widerspricht der Begriff der Ursünde, indem er Machtlosigkeit und unzumutbare Beschränkungen des Geistes moralisch rechtfertigt, in allen Punkten dem Zustand permanenter Revolte, berechtigter *Verzweiflung*, in dem die Surrealisten den wirksamsten Hebel sahen.

Viel näher waren ihnen dagegen die Kulte und, allgemeiner gesagt, die Mentalität der Naturvölker. Der urwüchsige Mensch, der in einer ganz und gar magischen

Welt lebt, also einer, in der es eine Resonanz, einen fortwährenden Einklang zwischen dem Menschen und den Dingen gibt und in der die Grenzen des individuellen Bewußtseins gesprengt werden, erschien ihnen stets als Verkörperung in Vergessenheit geratener Kräfte, die der Surrealismus wiederzuerlangen trachtete, und auch als Schlüsselträger, als Hüter einer großen Botschaft, die Breton sogar bei Voodoo-Zeremonien auf den Antillen und bei den Hopi-Indianern zu finden suchte: nämlich, daß die Welt für den Geist so durchlässig sei wie das Bewußtsein jedes einzelnen für jeden anderen, und dieser panische Zustand, dieses panische Bewußtsein, das sich beim rhythmischen Klang der Negertrommeln regt und uns eine Ahnung von der Surrealität an sich vermittelt, habe nie aufgehört, ganz in unserer Nähe, nur eine Armeslänge entfernt zu vibrieren.

»Man kann die Kraft und Macht des Geistes gar nicht überschätzen«: Auf diese zentrale Formulierung muß man noch einmal zurückkommen, um zu verstehen, mit welcher Besessenheit und Leidenschaft der Surrealismus stets die Freiheit für sich gefordert hat, alle Freiheiten. So erklären sich sein von stürmischen Entladungen durchzucktes Bekenntnis zum Marxismus und der Wille, für eine Revolution zu wirken, die sich zum Ziel gesetzt hatte, die Entfremdung des Menschen zu beenden. Die Botschaft Freuds, die Botschaft Sades wurden begeistert aufgegriffen, weil man sie als befreiend ansah und als Mittel, sexuelle Tabus zurückzudrängen, ob nun im Gewitterlicht des einen oder im kalten Licht des anderen. Und auf seine Weise war auch das automatische Schreiben oder Zeichnen eine Befreiung; eine echte Befreiung des Denkens, denn »das Denken erfolgt im Mund«, wie Tristan Tzara meinte, und der Automatismus löste es aus der Verkümmerung, der Zähmung durch die Logik, führte es in jenen Zustand unfehlbarer Naivität zurück, von der es im »Manifest« heißt: »Das Denken ist per definitionem stark und unfähig, sich einen Fehler durchgehen zu lassen.«

Vor allem aber kommt die Gruppe bei ihrer Suche nach dem Surrealen überein, drei Worte bewußt hervorzuheben, die geradezu Losungen sind: Imagination, Liebe, Dichtung.

Eine völlig verrückte Hymne an die Imagination nimmt den ganzen ersten Teil des »Manifests« ein; von einem Dichter wird man das zunächst nur vorhersehbar und banal finden. Aber verstehen wir uns recht: Die surrealistische Imagination hat nichts mit Träumerei und Phantasie zu tun. Sie ist keine anmutige Stickarbeit, kein mehr oder weniger betörender Schleier, der für ein paar Minuten die Nacktheit der realen Welt kaschieren soll, auf die er doch in jeder Einzelheit verweist und die zu verwerfen nicht in Frage kommt – sondern eine bedeutende, souveräne und unkontrollierbare Macht, eine durchschlagende Anfechtung der Wirklichkeit, eine höchste *Instanz,* vor welche die opake Belanglosigkeit der äußeren Welt geladen und von ihr verurteilt wird. Ihr schrankenloser Gebrauch ist keine unschuldige Zerstreuung, sondern ein Laster – ein Rauschmittel, sagt Aragon –, geeignet, den Adepten in jenen »Zustand fortwährender Zerstreuung« zu versetzen, »den die Surrealisten hier auf Erden zu erlangen trachten«. Nicht nur umhüllt und transzendiert die imaginäre Welt die wirkliche, zersetzt sie, indem sie sie mit Möglichkeiten imprägniert (Breton spielte mit dem Gedanken, eine »Rede über das bißchen Wirklichkeit« zu schreiben), sondern sie hat ihr, wie es scheint, auch das Gewicht des Zusätzlichen voraus, das der Surrealismus Dingen im Zustand des *Entstehens* zuzuschreiben geneigt war, »die nicht mehr Schatten, aber noch nicht Beute sind«. Aus welchem privilegierten *Außenstand* das Imaginäre entlohnt zu werden verdient, hat Breton mit einer seiner aufschlußreichsten Formulierungen präzisiert, worin der Glaube vom gewöhnlichen in einen geheimen Sinn wechselt und die Imagination den akuten Charakter einer Halluzination bekommt: »Imaginär ist, was dazu neigt, real zu werden.« Erst wenn sie wirklich zügellos ist, wenn die Außenwelt aufhört, der Imagination den Richtwert ihrer freudlosen Maschinerie entgegenzusetzen, wenn sie *»nicht verzeiht«*, erst dann verdient die Imagination, genutzt und verehrt zu werden, und daher rührt in den Augen der Surrealisten der besondere Wert einerseits des *Traums*, bei dem die Außenwelt in eine Falle gerät und um den Träumer herum neu ersteht, wobei »die Mühelosigkeit des Ganzen unschätzbar ist«, und andererseits des *Wahns*, der für den Surrealismus so etwas wie der Zustand erfinderischer Heiligkeit ist, der Grenzzustand des Träumers, der das *Korrektiv*, das die reale Welt demjenigen andient, den sie erschaffen hat, für definitiv unzulässig hält, und worin der Verrückte in exemplarischer Isolation dem von ihm bewohnten Universum »genügend Reiz abgewinnt, um zu ertragen, daß es nur für ihn selbst von Wert ist«.

Es ist heute fast ein Gemeinplatz, daß der dichterische Ausdruck der Liebe durch den Surrealismus ein anderer geworden sei. »Nach Eluard und Breton«, schreibt ein Kritiker, »läßt sich von Liebe nicht mehr so wie vorher sprechen.« Ich bin mir da nicht so sicher: Ich glaube vielmehr, daß der Surrealismus nach der ungeheuren Menge sogenannter analytischer Romane, mit denen seit mehr als dreihundert Jahren bei intimen Geständnissen das Skalpell angesetzt wird, die Liebe wieder ins magische Licht des Mittelalters getaucht hat, wie bei Lanzelot und Tristan. Für den Surrealismus ist die Liebe kein mechanisch konditionierter psychischer Vorgang, dessen Räderwerk zerlegt wird, sondern ein spontaner, magischer, befreiender und höhere Erkenntnis stiftender Akt, sie ist ein überwundener und sogar aufgelöster Widerspruch. Nur wenn man ihr, wie der Imagination, alles opfert, wenn man sich ihr ohne Hintergedanken und ohne Kalkül hingibt, wenn es wirklich eine »verrückte Liebe« ist, öffnet sich die Pforte zu einem strahlenden Leben, ist sie das Tor zum Surrealen, dessen Licht alles überstrahlt. Nicht nur ist die Liebe völliger Einklang, Verschmelzung eines Bewußtseins mit einem anderen, zwischen denen vormals unantastbare Schranken fallen, Grenzverlust zur Erlangung einer Art von umfassendem *objektivem Bewußtsein,* wie es Eluards ganzer Dichtung thematisch zugrunde liegt, sondern sie macht die Frau, der ein großes Privileg zuteil wird, zur unersetzlichen Mittlerin zwischen dem Mann und den Dingen. »Wenn ich neben ihr bin«, schreibt Breton in »Nadja«, »bin ich den Dingen näher, die ihr nahe sind.« Für die Surrealisten gibt es ein *Jenseits* der weiblichen Gegenwart, die uns die Welt aufschließt und aus der Frau im eigentlichen Sinne eine *Fee* macht. Eines von Bretons letzten Büchern, »Arkanum 17«, ist zum Teil ein wohlüberlegter Versuch, die darbende Welt durch das Prinzip des Ewigweiblichen zu reanimieren, doch aus der Sicht des Surrealismus ist die Geliebte seit jeher stets und notwendigerweise eine Fee: Viviane, Esclarmonde oder Melusine, deren Namen in Bretons Schriften immer wiederkehren, verfügen über das Geheimnis jenes Rhythmus, der Geist und Dinge vereint und den er das Königtum des Sinnlichen nennt. Eines der Ruhmesblätter des Surrealismus besteht in dieser schönen und neuartigen Wiedererschaffung eines Hauptthemas aller Literaturen, aber man muß unterstreichen, daß es für die Surrealisten gar kein literarisches Thema war: Ihr eigentliches Ziel war die Verklärung des Bewußtseins und der Welt und sie wandten sich der Frau als einer der mächtigsten Fürsprecherinnen zu.

»L'Amour la poésie« (Die Liebe die Poesie) – ohne Komma – lautet der Titel eines Bands von Eluard, und er betont die enge Verwandtschaft, die der Surrealismus zwischen beiden sieht. Nur scheinbar nähern wir uns mit dem Wort Poesie zum ersten Mal der Literatur im eigentlichen Sinn, von der uns dieser Aufsatz bis jetzt ferngehalten hat. Das Gegenteil trifft zu. Die Vorstellung der Surrealisten von Poesie enthält nichts spezifisch Literarisches. Für sie ist Poesie kein mit literarischen Mitteln erzeugter Eindruck, sondern ein aktives *Tun,* und als solches vollzieht es sich gleichermaßen in der Literatur, der Malerei, im Traum, in einem Wortspiel, einem Zwischenfall auf der Straße, einem Lebensstil oder dem Tod, den man sich erwählt. »Man gebe sich doch nur die Mühe, die Poesie zu *praktizieren«,* schreibt Breton im »Manifest« und unterstreicht die neuartige Vorstellung, die er sich von ihr macht. Poesie ist alles, was die uns umgebende Welt der Widersprüche für einen Moment ausklammert, einen Zustand *heftiger Abwesenheit* (und folglich intensiver Anwesenheit bei etwas anderem) hervorruft, und Breton erkennt sie beinahe physisch an der Empfindung eines leichten Luftzugs an den Schläfen. Sie ist laut einer anderen schönen Definition, die ich Jules Monnerot entlehne, »das auf die Spitze eines Augenblicks gebrachte Gefühl der Bejahung, durchzuckt von Schauern und Flügelschlagen«. Letztlich ist Poesie für die Surrealisten jedes erdenkliche Mittel, durch das man, und sei es auch nur für eine Sekunde, in den Zustand der Surrealität gelangen kann, und das sogenannte poetische Bild ist davon nur eine Möglichkeit, die exemplarische vielleicht, aber keineswegs die einzige. Das geht so weit, daß Breton ohne weiteres einräumen würde, daß die in seinen Augen größten Dichter – ich denke an Vaché, an Cravan – nie auch nur eine Zeile geschrieben haben, die als Entreebillett für ein literarisches Handbuch dienen könnte.

Ich habe, vielleicht etwas ausführlich, statt Vorverurteilungen und wohlfeiler Ironie das aufzuspüren versucht, was man, wenn nicht das logische Gerüst des Surrealismus (dagegen hätte er sich gewehrt, er hat sich immer *für den Geist wider die Vernunft* eingesetzt), so doch wenigstens seine Kraftlinien nennen könnte. Und dabei kamen wir zu einem äußerst enttäuschenden Ergebnis: Was kann eine Bewegung uns zu sagen haben, die, wenn man so will, eine Philosophie ist, eine Weltanschauung, eine Lebensregel, eine moralische Ordnung oder meinetwegen Unordnung, die sich aber *in jedem Fall* dagegen wehrt, eine Ästhetik zu sein, und die Literatur sogar als »einen der kläglichsten Wege, die zu allem und jedem führen«, brandmarkt? Inwiefern kann sie die zeitgenössische Literatur überhaupt beeinflussen? Eine Bewegung, die Roman und Theater, Fiktion und Geschichte ächtet und zudem in ihrer eilfertigen Verleugnung möglicher Jünger erklärt, sie interessiere sich nicht für »künftige Gemeinplätze über den Surrealismus«. Ich erinnere an den Ton tiefster Verachtung, in dem Breton vom Roman spricht und dessen Liebhabern ein spöttisches Rezept an die Hand gibt: »›Um falsche Romane zu schreiben‹ – Wer Sie auch sind, wenn Ihnen der Sinn danach steht, verbrennen Sie einige Lorbeerblätter, und ohne das schwache Feuer unterhalten zu wollen, fangen Sie an, einen Roman zu schreiben. Der Surrealismus wird es Ihnen möglich machen; Sie brauchen nur den Zeiger von ›Beständig‹ auf ›Aktion‹ zu stellen und schon gelingt der Streich. Da haben wir Personen höchst unterschiedlicher Art; ihre Namen sind für Sie während Ihrer Niederschrift lediglich eine Frage von Großbuchstaben und Sie werden sich mit der gleichen Leichtigkeit gegenüber den Verben betragen, wie das unpersönliche Fürwort *es* gegenüber Wörtern wie: *regnet, gibt, muß,* usw.; Sie bestellen sie sich sozusagen; und wo Beobachtung, Überlegung und Fähigkeit zum Verallgemeinern Ihnen nicht zu Hilfe kamen, können Sie sicher sein, daß sie Ihnen tausend Absichten unterstellen werden, die Sie nicht gehabt haben. Dieser Art mit einer kleinen Anzahl von physischen und geistigen Eigentümlichkeiten ausgestattet, werden diese Wesen – die Ihnen in Wahrheit so wenig schulden – nicht mehr von einer bestimmten Verhaltensweise abweichen, um die Sie sich weiter nicht zu kümmern brauchen. Eine mehr oder weniger kompliziert scheinende Handlung wird sich daraus entwickeln, die Punkt für Punkt das rührende oder befriedigende Ende rechtfertigt, aus dem Sie sich überhaupt nichts machen. Ihr falscher

Roman wird auf wunderbare Weise einen wirklichen nachahmen; Sie werden reich werden und man wird sich darüber einig sein, daß ›etwas in Ihnen steckt‹, worin dieses Etwas sich ja schließlich auch zu befinden pflegt. Es versteht sich von selbst, daß Sie mit der entsprechenden Methode und unter der Bedingung, nichts von dem zu verstehen, worüber Sie berichten, sich mit Erfolg der falschen Kritik widmen können.«

Es kommt nicht in Betracht, die Aufrichtigkeit dieser heftigen Ablehnung in Zweifel zu ziehen: Ich erinnere mich noch, wie Breton mir vor zehn Jahren von seiner Bestürzung berichtete, als er nach der Veröffentlichung der »Magnetischen Felder«, seiner ersten Sammlung automatisch geschriebener Texte, feststellte, daß die Leute fortfuhren, Gedichte und Romane zu veröffentlichen, als sei nichts geschehen. Der Blitz war eingeschlagen und sie hatten es nicht bemerkt. Wie kann es unter diesen Umständen einen literarischen Einfluß des Surrealismus geben?

Die Antwort auf diese Frage ist, daß die literarischen Strömungen einer Epoche meist nur beiläufige Beziehungen zu jenen Leuten unterhalten, die sie am unmittelbarsten zu beeinflussen trachten. Es gibt im Regelfall ein gutes Mittel, um die Kontrolle darüber zu verlieren, was die Literatur einer Epoche für die Zukunft Wesentliches mitführt, nämlich sie ins Schlepptau eines literarischen Manifests zu nehmen. Was ihr jenseits rein formaler Verwandtschaften eine Familienähnlichkeit verleiht, die sie selber nicht erkennt und die man erst ein Jahrhundert später sieht, sind keineswegs die bewußt angewendeten, also bedeutungslosen ästhetischen Prinzipien, sondern ein paar exemplarische Bilder von großer Suggestionskraft, die polarisieren und das Empfinden einer Epoche aufladen, aber größtenteils im Unterbewußten wirken. Was die Werke des 17. Jahrhunderts in der Tiefe eint, ist weniger die »Ars poetica« von Boileau als die Morgenaufwartung beim Sonnenkönig oder der Christus mit den schmalen Armen im Kloster Port-Royal. Und bei den Werken der Romantik ist es weniger Victor Hugos Vorwort zu »Cromwell« als Byrons Zugegensein in Missolunghi oder Venedig oder Bonapartes an der Brücke von Lodi. Und noch tiefer verborgen als diese allzu sprechenden Bilder ist eine bevorzugte Stimmung, der Zauber, der auf einigen bezeichnenden Objekten liegt und sie in den magischen Rang von Totems, uneingestandenen Totems einer Epoche erhebt: Villons Galgen, Racines Griechen, die bröckelnden Burgen der Schauerromane am Vorabend der Revolution von 89, die Odalisken von Flaubert, Gautier und Nerval, Baudelaires Diwan, Apollinaires in Blumen zerplatzende Granaten. In eben dieser Tiefe hat sich der Surrealismus festgesetzt, an der Wurzel hat er die moderne Literatur angegriffen und sich als unvergleichlicher Detektor der unbewußten Tendenzen einer Epoche erwiesen. Mag er sie aus dem eigenen oder aus fremdem Fundus schöpfen, die Schaufensterpuppen von De Chirico, den Revolver von Jarry, das Monokel von Vaché, die Opernpassage, die »Fantomas«-Umschläge, die Collagen, Picassos abgerissene Plakate, Apollinaires blutenden Stern – all das sind Totems, an denen sich die unserer Epoche zuteil gewordene »allgemeine Offenbarung« kristallisiert, die Breton an anderer Stelle die »Melodie der Zeit« nennt. Es war der Surrealismus, der uns damals sagte, *was die Stunde geschlagen hat,* ich meine die Zusammenballung mehr oder weniger gewittriger Wolken in uns allen. Wenn einige Jahrzehnte Abstand dereinst die tiefe Verwandtschaft der scheinbar so unterschiedlichen Werke der Zwischenkriegszeit erwiesen haben, wird man vielleicht in ihm die Grundstimmung der Poesie unserer Zeit wiederfinden, wird er das Bindeglied nicht nur zwischen Char und Michaux oder Prévert und Ponge sein, sondern auch zwischen Fargue und Saint-John Perse und vielleicht sogar Céline und Giraudoux. Trotz seines vordergründigen Verdammungsurteils über die Poesie wird er ihr in unserer Zeit die eigentümlichste Tönung verliehen haben, wird er der Same des Baums und das Pigment der Haut gewesen sein. Fast niemand bemerkt mehr seine Zugehörigkeit zum Surrealismus, aber fast jeder verrät sie unwillentlich am Rande seines Werks. Es ist wahr, daß der Surrealismus, wie ein Kritiker treffend gesagt hat, zum Teil bloß darin bestand, von diesem oder jenem Schriftsteller oder Buch zu sagen, es sei surrealistisch. Für dieses Spielchen habe ich schon ein paar Beispiele gegeben. Das ist nicht zu vernachlässigen. Ich würde sogar sagen, das surrealistische Treibgut mit seiner großen poetischen Dichte ist bald ins Unbewußte der Epoche abgesunken, und was sich aus diesem erhebt und unmittelbar zu sehen ist, ist nur ein kleiner Teil des Ganzen, das ansonsten unter Wasser bleibt und den unsichtbaren Ballast einer Literatur bildet, die es in ihrem bewußten Sein ablehnt, ihre Tributpflicht gegenüber dem Surrealismus anzuerkennen. »Der Surrealismus ist dem Unbewußten eines jeden zugänglich«, hieß es einmal in einer surrealistischen Flugschrift. Ich glaube, daraus wird eine hinreichend wahre Aussage, wenn man sie wie folgt ergänzt: »Der Surrealismus ist dem Unbewußten eines jeden zugänglich und liegt auf der Wellenlänge des kollektiven Unbewußten unserer Zeit.« Ich bin überzeugt, daß seine wahre Gestalt und seine wahren Ausmaße erst bei einer gründlichen Prüfung, ja *Durchleuchtung* der gesamten Gegenwartsliteratur und besonders derjenigen, die ihn verleugnet, zum Vorschein kämen – einer Prüfung, für die uns noch der Abstand fehlt. Dann würden wir in ihm das Wasserzeichen oder, um Henry James zu zitieren, das »Muster im Teppich« erkennen. »Der Surrealismus ist die Poesie unserer Zeit«, sagt Jules Monnerot und fügt hinzu, »er ist das, was sie ausmacht.«

Aber ich lasse nun die Poesie und komme zu dem Punkt, auf den viele von Ihnen warten, nämlich welchen Platz oder welchen Einfluß der Surrealismus in der gegenwärtig produzierten und tatsächlich gelesenen Literatur einnimmt (denn die Poesie, ach je …!), jener also, in der viele von Ihnen sicherlich die Lösung ihrer Probleme oder geistige Nahrung suchen, ob es sich nun um den metaphysischen Naturalismus Sartres oder den gewiß vollkommen aufrichtigen Humanismus handelt, mit dem sich Camus den brennendsten Problemen unserer Zeit zuwendet. Die Nachkriegsliteratur hat den Surrealismus nicht mit Samthandschuhen angefaßt, vor allem Sartre hat ihn in seiner Schrift »Was ist Literatur?« unnachsichtig angeklagt: Fehlen echten Engagements trotz des zur Schau gestellten Revoluzzertums, soziales Parasitentum, Gebrauchsliteratur, und der Anspruch, die »Poesie von allen, nicht nur einem« machen zu lassen, kaschiere den Rückzug in den Elfenbeinturm – das sind einige der heftigsten Vorwürfe, die gegen ihn erhoben werden. »Der Surrealismus hat uns nichts mehr zu sagen«, schließt Sartre und stellt uns anheim, daraus zu folgern, daß das Wort nun ihm allein zustehe. Es wäre müßig, an dieser Stelle von neuem zu polemisieren. Beschränken wir uns darauf festzustellen, daß es sich um etwas Normales handelt, daß der Surrealismus mit seinen Vorgängern noch härter ins Gericht gegangen ist und die erste Regung einer neuen Schule stets darin besteht, sich durch die Zertrümmerung dessen zu legitimieren, was vorher tonangebend war. Ich will aber doch an das berühmte Wort »Man zerstört nur, was man ersetzt« erinnern, und wenn etwas an Sartres literarischer Position frappiert, so ist es eine erstaunliche, beispielhafte Bescheidenheit, vielleicht im Einklang mit den beschränkten und überaus gefährdeten Hoffnungen, die das Los des Menschen von 1949 sind. Inkompetent für Poesie, Musik, Malerei, spricht er auch von der Prosa nur, um die ihr auferlegten engen Grenzen und die Wünsche anzuzeigen, die zu nähren ihr verboten sind. Für den Schriftsteller im Schraubstock einer bestimmten historischen Situation, die für Sartre eine regelrechte Zwangsvorstellung zu sein scheint, die Nase am Geschehen plattgedrückt, gibt es keinen Schwindel von der Sorte »ewige Wahrheiten« mehr, Mogeln ist nicht mehr erlaubt, es gibt keine Hoffnung mehr auf Dauer oder Allgemeingültigkeit und kein anderes denkbares Tun als eine Art höheren Journalismus aus der Perspektive eines Journalisten: Die Hauptsorge gilt dem Publikum, für das man schreibt, den Reaktionen der Parteien, der voraussichtlichen Wirkung auf die öffentliche Meinung, außerliterarischen Verbreitungsmitteln wie dem Radio und schließlich der finanziellen Lage des Schriftstellers, die als gleichgültig darzustellen in der Tat heuchlerisch und unredlich wäre. Ich bin nicht unempfänglich für die Rechtschaffenheit und das Verantwortungsbewußtsein, die aus Sartres Ausführungen sprechen, ihr Vorzug besteht für mich darin, daß er mit Illusionen Schluß macht, aber ich frage mich, ob er sich nicht vom Gegenspieler manipulieren läßt, ob die extrem bescheidene Rolle, die er dem Schriftsteller zuweist, nicht eine unwillentliche Reaktion auf die überzogenen Ambitionen des Surrealismus ist; ich frage mich, ob der Surrealismus, der die aktuelle Literatur nicht mehr zu beherrschen scheint, sie nicht weiter als mahnendes Gespenst heimsucht; ich frage mich, ob er unter geänderten Vorzeichen nicht so etwas wie das *schlechte Gewissen* des heutigen Schriftstellers geworden ist.

Denn eines ist nach dem Surrealismus nicht mehr möglich: In dem vergnüglichen Spiel, dem gefahrlosen Zeitvertreib, den die Literatur für den größten Teil der Öffentlichkeit und auch für viele, die sie machen, darstellte, hat der Surrealismus mit einem Mal eine formidable *Erhöhung des Einsatzes* vorgenommen. Er sah in der Literatur oder Poesie keinen Gedanken, den es zu verbreiten, kein mehr oder weniger erhellendes Zeugnis, das es beizusteuern galt, sondern ein Leben, das *ganze Leben,* das man einsetzt, um zu gewinnen oder zu verlieren, und eben das ist der Sinn, der auf den mittlerweile berühmten Begriff des Engagements übergegangen ist. Der Surrealismus hat stets für ein Wort von Bachelard eingestanden, in dem er sich erkannte, nämlich: »Wenn man bei einer Erfahrung nicht seinen Verstand aufs Spiel setzt, lohnt es nicht, sich darauf einzulassen.« Er hat stets verkündet, man wisse jetzt, »daß die Poesie irgendwo hinführen« müsse, und nicht gezögert, dieses Irgendwo in einer gefährlichen, unter Hochspannung stehenden Zone anzusiedeln, wo Artaud den Verstand und Cravan, Vaché, Rigaut, Crevel das Leben verloren haben. Er hat nicht komplett mit der Literatur gebrochen, aber mit der Literatur als Kunst, um »die Freizeit der anderen ein wenig zu verschönern«. Es gibt einen bestimmten surrealistischen Blick auf die Welt, einen vernichtenden, von unendlicher Sehnsucht erfüllten Blick, der alles fast bedeutungslos erscheinen läßt, was nach ihm als kleine Begehrlichkeit oder schüchterner guter Wille in Erscheinung treten könnte. »Es war ein herrliches Freudenfeuer, die fulminanteste aller Feuerwerksraketen«, stellt Sartre mit leichter Melancholie fest. Man muß befürchten, daß ein Aschegeschmack zurückbleibt, eine große Leere, ein stilles Leiden und ein Groll darüber, daß man sich nicht auf der Höhe dessen halten konnte, was er bot, und einem Zeitalter königlicher Verschwendung ein sparsames Jahrhundert kümmerlicher Krämerseelen folgt.

Doch vielleicht ist es voreilig, den Surrealismus schon als in Liquidation befindliche Erbschaft zu betrachten. Gewiß hat sich die Gruppe aufgelöst: aufgelöst im Raum, weil ihre namhaftesten Maler – Max Ernst, Tanguy, Dalí, Duchamp – inzwischen in Amerika leben. Aufgelöst aber auch in der Zeit, weil die Unverträglichkeit der Temperamente, individuelles Kalkül, politische Überzeugungen und Karrieregründe ihrer Einheit entgegenstanden, und nicht alle hörten die

Mahnung, die Breton schon 1929 ausgesprochen hatte: »Was hätten wohl diejenigen von dem surrealistischen Experiment zu erwarten, die sich noch um den Platz Gedanken machen, den sie morgen *in der Welt* einnehmen werden?« Ein ins Extrem getriebener Drang nach Reinheit – wie er beispielsweise das »Zweite Manifest« durchzieht – raubte vielen die Luft zum Atmen; aus dem Kreis um Breton ist von den ersten Anhängern nur Benjamin Péret noch übrig. Zudem hat der Surrealismus, wie alle Bewegungen von einiger Dauer – und er dauert nun schon dreißig Jahre, für eine literarische Schule eine lange Zeit, wie sie der Romantik nicht vergönnt war –, eine Entwicklung durchlaufen und fiel wie jede andere der Ironie der Geschichte zum Opfer. Die Bewegung, deren blasphemisches und flegelhaftes Auftreten die Redakteure der »Nouvelles littéraires« und der »Action française« frappiert hatte und die für all jene, die die Literatur ernst nehmen und Karriere machen wollen, ein Schlag ins Gesicht war, hat zu guter Letzt selbst die höchsten Weihen erhalten; sie ist zum Nationalgut und beinahe offiziell geworden, ja, mehr als das: ein Exportartikel, der besonders in Amerika gefragt ist und den die französischen Kultureinrichtungen mit feierlichem Ernst in Umlauf bringen. Breton selbst, der alles getan zu haben glaubte, um literarischer Anerkennung für immer unwürdig zu sein, gilt heute als berühmter Dichter und sogar als eine Art Patriarch der französischen Poesie. Diese Art Kanonisierung, die durch den Ausgang des letzten Kriegs ironischerweise noch unterstrichen wurde, hat der Surrealismus nicht gesucht, aber sie war dem Lauf der Dinge eingeschrieben: Das heißt nur, daß die Masse des Publikums, oder zumindest ein großer Teil davon, endlich den Anschluß an eine frühere Bewegung gefunden hat und nun Standpunkte als selbstverständlich ansieht, die es vor fünfundzwanzig Jahren noch belächelt hat. Es gibt heute eine Bereitschaft zum Verstehen des Surrealismus, einen entwaffnenden guten Willen, der mehr als alles andere dazu angetan ist, eine Schule zu verunsichern, die seit zwanzig Jahren auf eklatantes Unverständnis und allgemeine Feindseligkeit eingestellt war und deren Zusammenhalt und Biß darauf beruhte. Für den Surrealismus ist die – ziemlich deprimierende – Stunde des Erfolgs und fast sogar offizieller Anerkennung gekommen. Für ihn ist das eine schwerere Prüfung als für alle anderen. Der Agitation muß er nun Taten folgen lassen, dem Raubzug eine konstruktive Haltung. Welche Aussichten hat er in dieser völlig veränderten Situation?

Eine Sache wird wohl oder übel verschwinden, weil unsere Zeit sie verurteilt, und zwar der *Lebensstil*, den die Surrealisten in den heroischen Jahren gepflegt hatten. Lärmende Kundgebungen, Tätlichkeiten, schwere Beleidigungen, systematische Provokationen, Lust am Skandal um des Skandals willen, was eine Spezialität vor allem Aragons war – all das gehört nun schon zum Vermächtnis des Surrealismus, als etwas, das, »wie tapfer es auch immer gewesen sein mag, nicht mehr sein kann«. Diese Dinge hatten ihren Zweck, nämlich Schocks auszulösen, brutale Erschütterungen, welche das damals noch starre gesellschaftliche Gefüge besser und über größere Distanzen zu transportieren vermochte. Heute wäre ihre Wirkung eher die einer im Sumpf explodierenden Bombe. Es gibt beim Publikum – ich meine natürlich das breite, gemischte, gedrängte Publikum, das von einer Veranstaltungslawine, die es zermalmt und überfordert, regelrecht verschüttet wird – eine erschreckende Trägheit, eine zerstreute Fügsamkeit, die mit dem schlaffen Liberalismus eines Wiederkäuermagens alles hinnimmt und die schärfsten Angriffe, die man gegen es führt, kaum als flüchtige Berührung wahrnimmt, so als sei es in den letzten zehn Jahren dickfelliger geworden. Vor ein paar Monaten wohnte ich der Aufführung eines, sagen wir, avantgardistischen Stücks bei, bei dem man es sichtlich auf die planmäßige Geißelung der Zuschauer angelegt hatte. Nicht nur reagierte das Publikum nicht, lauschte dem Text in tiefem, einverständigem Schweigen und klatschte brav, als sich der Vorhang senkte, nein, auch bei manchen platten Scherzen, bei denen es bedenkenlos hätte losprusten müssen, hielt es die Luft an, *wußte sich zu benehmen*, wagte nicht zu lachen. Seit 1925 ist eine Menge passiert: Hitler und die Atombombe, Hiroshima und Buchenwald – und noch manch anderes Skandalon für den Geist. Von alledem verrenkt wie eine Gliederpuppe, schweißgebadet wie nach einer anstrengenden Turnstunde, schläft das Publikum heute wie auf einem Bett von Rosen, wenn es auf so harmlose Weise gereizt wird. Der Skandal um des Skandals willen ist wertlos geworden in einer Gesellschaft, die an nichts mehr glaubt, die sich ihrer Grundlagen und ihrer Moral unsicher geworden ist.

Ich glaube nicht, daß man von der Weiterführung jener formalen Techniken, an denen der Surrealismus sich versucht hat, in unserer Zeit noch viel erwarten kann. »Die Geschichte des automatischen Schreibens war – ich scheue mich nicht, es auszusprechen – die eines fortwährenden Mißgeschicks«, schrieb schon Breton in »Point du jour«. Dennoch wurden die Versuche wiederaufgenommen und sogar systematisiert. Nach dem Krieg kam der Lettrismus auf und die jüngst veröffentlichten Verse von Henri Pichette sind zweifellos in der Nachfolge jener Gedichte und Theaterstücke zu verorten, die Tristan Tzara um 1925 schrieb. Unabhängig davon, ob sie mehr oder weniger gelungen sind, sehe ich in diesen Bemühungen den keineswegs neuen, sondern geradezu rückschrittlichen Versuch, die Entwicklung, die der Surrealismus über die Jahre genommen hat, umzukehren und bei jenen Problemen der Sprache und des dichterischen Ausdrucks wieder anzusetzen, die schon den Dadaismus umgetrieben hatten. Ich glaube nicht an die Zukunft des Unartikulierten, und zwar um so weniger, als hervorragende Schriftsteller damit experimentiert und es entschieden negativ beurteilt haben. Trotz begeisterter Äußerungen von Breton, Aragon und Eluard ist der Anteil des automatischen Schreibens an ihren Werken extrem gering. Zwischen dem, was sie ihre Schüler lehrten, und dem, was sie selber schrieben, klafft, wie man zugeben muß, eine Lücke. Mit dem automatischen Schreiben hielten sie es ein bißchen wie mit Gesetzestafeln, vor denen man sich zwar verneigt, die man aber in der Praxis selten befolgt. Statt dessen haben sie sich lieber auf ihr Talent verlassen, was Isidore Isou ihnen nun zum Vorwurf macht – immerhin hatten sie eins, und darüber können wir uns glücklich schätzen. In Wirklichkeit hat der Surrealismus das automatische Schreiben vor allem als unverzichtbares Abführmittel genutzt, als gewaltige Wasserspülung, die es brauchte, um Platz zu schaffen und die Augiasställe der Literatur gründlich auszumisten. Auf dieser technischen Ebene hat er selbst darauf geachtet, mögliche Nachahmer zu entmutigen: »Ich möchte noch betonen, daß die künftigen surrealistischen Techniken mich nicht interessieren.«

Weder in heutzutage wirkungsloser Agitation noch in *technischen* Untersuchungen, die inzwischen fast nur noch von einem ermüdenden mechanischen Überbietungstaumel gelenkt sind, sehe ich eine Rolle, die der Surrealismus noch spielen kann. Diese Rolle sehe ich vor allem in seiner Position, im unersetzlichen Zeugnis des Surrealismus in der großen Debatte, die die zeitgenössische Literatur umtreibt und bei der es sich im Grunde mehr denn je um das Problem des Menschen handelt: was der Mensch ist, was er hoffen kann, was er tatsächlich vermag, seine Grenzen, Perspektiven und sein wahres Maß. Was ich über den Surrealismus gesagt habe, zeigt, daß dieses Problem für ihn immer zentral war und die Fragen der Zeit vielleicht nie so sehr wie gerade jetzt mit seinen Anliegen im Einklang standen.

Kein Schriftsteller, der etwas bewirken will, ob nun Malraux, Camus oder Sartre, verzichtet heute darauf, bis zum Überdruß zu erklären, daß er ein Humanist sei. Man wird nicht mehr zum Schriftsteller geweiht, wenn man nicht etwas über den Menschen zu sagen hat, dabei hat die Literatur nie etwas anderes getan, nur eben nach der Art von Monsieur Jourdain, die nicht mehr unsere ist. Vielleicht noch nie hat man sich mit so ostentativer Besorgnis dem Menschen zugewandt, doch jene, die man über das Bett des großen Kranken gebeugt sieht, sind vor allem Ärzte der kurzen Hoffnung und verschiedene Gesichter des Doktor Sei's drum. Ich will gern glauben, daß dieser durch die schrecklichen Niederlagen der vergangenen Jahre abgestrafte Humanismus an seiner Blässe und außerordentlich schwachen Gesundheit zu erkennen ist. Ich möchte aber die Aufmerksamkeit auf eine Tatsache lenken, die mir unstrittig scheint: Wohl noch nie wurde die Vorstellung vom Menschen systematischer verengt, wurde seine Machtlosigkeit stärker betont, wurden seine Hoffnungen gründlicher verworfen und seine Befürchtungen mehr vertieft als in dem Bild, das uns die Nachkriegsliteratur zu vermitteln

sucht, die wohl *defätistischste* in bezug auf die Ansprüche des Menschen an der Kampflinie, die es bisher gab. Malraux – für den das Problem ein grundsätzliches geworden zu sein scheint – greift Spenglers große Frage wieder auf, ob der Mensch, an den die universelle Philosophie geglaubt hat, überhaupt existiert, ob er sich nicht vor unseren Augen auflöst und statt dessen eher Menschen *im Plural* existieren, undurchdringliche und irreduzible Menschentypen, die durch unterschiedliche kulturelle Prägungen voneinander abgeschottet sind. Der Humanismus Sartres ist nach den Katastrophen des letzten Kriegs kaum noch mehr als eine grämliche und randständige Rückzugsposition: Dem Menschen soll nichts anderes beschieden sein als angeborene Angst und Sorge, Gottverlassenheit, unaufhörliche Gegenwart des Todes und die lächerliche Ausübung einer nutzlosen Freiheit. Camus wiederum zeichnet in »Der Fremde« das Bild eines dem Absurden anheimgefallenen, von sich selber abgespaltenen Menschen, das im eigentlichen Sinne eines der völligen Entfremdung und Hoffnungslosigkeit ist. Selten, so scheint es, wurde mit solcher Wut auf einem Grab herumgetrampelt, selten wurden Ohnmacht und Unglück so bereitwillig zum angestammten Ort des Menschen erklärt wie bei Sartre, oder seine Embleme bei Camus, oder seine Adelsbriefe bei Malraux.
Angesichts dieser Untergangsfanfaren, dieser Verramschung aller Hoffnungen, angesichts dieser sogenannten Verteidigung des Menschen, die immer mehr der berüchtigten Tiefenverteidigung durch Verlautbarungen ähnelt, muß man es einfach sagen: Auch wenn der Surrealismus im Augenblick anachronistisch wirkt, auch wenn die Tatbestände ihm Unrecht zu geben scheinen, auch wenn er bitteren Spott weckt, wie man ihn 1940 aus Grimassen längs der Straßen lesen konnte, stellt er doch eine mehr denn je nötige Bejahung dar, die unberührte Reserve eines ungeheuren Optimismus – eines unverwüstlichen Optimismus, darf man heute ergänzen. Man hat ihm zum Vorwurf gemacht, daß er sich nicht genug engagiert habe: Es gereicht ihm immerhin zur Ehre, keinerlei Hoffnung auf die Schlachtfelder gesetzt zu haben, wo alle am Ende Verlierer waren. In einer Zeit, in der es vor allem darum geht, dem Menschen seine Fähigkeiten zurückzugeben, die man ihm nehmen will, in der es darum geht, an diese Fähigkeiten zu *glauben* oder das Nichts zu umarmen, gibt es vielleicht keine Stimme, die mehr verdient, daß man ihr begierig lausche. Ja, er hat, wie Sartre sagt, während der fetten Jahre die mageren vorhergesagt, aber nötiger ist wohl, was er heute tut, nämlich in dem allgemeinen Masochismus, der sich Bahn bricht, an die großen Fähigkeiten des Menschen und die unbegrenzten Möglichkeiten des Geistes zu erinnern. Zudem gibt es im Surrealismus einen *Wetteinsatz,* man kann alles gewinnen, das Leben und alles darüber hinaus, oder es verlieren, und man hat Lust, einige Deserteure der Armee des Humanismus, die sich wieder mit der

unausweichlichen und schon erfolgten Niederlage behängen, daran zu mahnen, daß es vielleicht sogar jetzt, und mehr denn je, sich lohnt, die Wette einzugehen. Dem am Boden liegenden Menschen, der das Lieblingsthema der heutigen Literatur ist, stellt der Surrealismus die Gestalt des *aufstrebenden* Menschen gegenüber, der eines Tages über den Tod triumphiert, über die Zeit triumphiert und die Tat schließlich zur Schwester des Traums macht. Der totalitären Welt stellt er die paradiesische Menschheit Fouriers entgegen. Mitten im Jahrhundert der Atombombe spricht er närrisch – exemplarisch – vom wiederzuerlangenden Goldenen Zeitalter. Er ist heute der einzige Mittler zu den Stimmen großer Visionäre, die den Menschen nie anders als in einem Aufstieg ohne Ende betrachtet haben – die auch schon vor Hegel glaubten, daß selbst inmitten von Katastrophen und Schlächtereien kein Urteil ohne Berufung über den Menschen gefällt werden und man »die Kraft und Macht des Geistes gar nicht überschätzen« könne. Deshalb lebt der Surrealismus fort: Er lebt vielleicht wie jene kleinen Lichter, welche die Menschen in ihre Höhlen trugen, als sich der große Eisstau der Gletscher über die Erde ausbreitete, doch sein Funke ist besonders kostbar, weil nur er in dieser Zeit der Angst und Unterdrückung gelegentlich »das auf die Spitze eines Augenblicks gebrachte Gefühl der Bejahung, durchzuckt von Schauern und Flügelschlagen« zum Ausdruck bringt, in dem alle Hoffnungen enthalten sind und alle Möglichkeiten knospen. In einer Zeit, die von ihm Abstand nimmt, ist er ein Akt unverbrüchlichen Glaubens an die unbeschränkte Macht des Geistes. Und um den Worten ein Beispiel folgen zu lassen und eine Vorstellung von dem *Ton* zu vermitteln, dessen Fehlen mir für das schreckliche Ungleichgewicht der heutigen Literatur ursächlich zu sein scheint und der hoffentlich einmal wiederkehrt, möchte ich einen Abschnitt aus Bretons »Die kommunizierenden Röhren« vorlesen, um zu zeigen, daß man auch heute noch anderen Propheten lauschen kann als denen der Armut und des Unglücks:

»Man muß an einem frühen Morgen von der Höhe des Hügels von Sacré-Cœur in Paris zusehen, wie die Stadt sich langsam ihrer prächtigen Schleier entledigt, ehe sie die Arme ausbreitet. Eine endlich zerstreute, eisige und gelöste Menge zerteilt ohne Fieber, einem Schiff gleich, die große Nacht, die Müll und Wunder zu vermählen weiß. Die stolzen Trophäen, die die Sonne sich anschickt, mit Vögeln oder Wellen zu krönen, erheben sich mühsam aus dem Staub der verschütteten großen Städte. An der Peripherie erfüllt das Licht des von Tag zu Tag wachsenden Bewußtseins der Arbeiter die Fabriken, die als erste erzittern. Alle schlafen, nur nicht die letzten Skorpione mit Menschengesicht, die in ihrem Gold zu kochen, zu sieden beginnen. Die weibliche Schönheit schmilzt wieder im Tiegel aller seltenen Steine. Sie ist niemals rührender, entzückender, verrückter als in diesem Augenblick, da es möglich wird, sie ganz rein zu erblicken, losgelöst vom Wunsch, dem oder jenem, denen oder jenen zu gefallen. Schönheit ohne unmittelbare Bestimmung, ohne das Bewußtsein ihrer Bestimmung, unerhörte Blume, die aus all den hingestreuten Gliedern gemacht ist, auf einem Bett, das die Dimensionen der Erde beanspruchen kann! Die Schönheit erreicht zu dieser Stunde ihre höchste Vollendung, sie wird eins mit der Unschuld; sie ist der vollkommene Spiegel, in dem alles, was war, alles, was zu sein berufen ist, auf wunderbare Weise in das taucht, was *dieses Mal* sein wird. Die absolute Macht der universellen Subjektivität, die das Königreich der Nacht ist, erstickt alles ungeduldige Verlangen nach dem kleinen Glück: die Distel hat ihre Wolle nicht verloren, sie wahrt die wolkige, einwandfreie Form. Wie sind die Aussichten? Gut Wetter, Regen? Eine außerordentliche Sanftheit macht den Charme dieses Zimmers aus, das schön ist, als wäre es leer. Das auf den Kissen unendlich langsam fließende Haar sammelt, bis auf den letzten, die Fäden ein, an denen das gelebte Leben um des zu lebenden Lebens willen hängt. Das ungestüme, alles rasch verzehrende Detail kreist in seinem rotierenden Wieselkäfig und brennt darauf, mit seiner Spur den Wald zu verwischen. Zwischen der Weisheit und der Narrheit, die sich für gewöhnlich so gut darauf verstehen, einander die Grenzen streitig zu machen, herrscht Waffenruhe. Die mächtigen Interessen berühren kaum mit ihren überlangen Schatten die hohe, baufällige Mauer, in deren Rissen sich jedem die einander nie gleichenden Figuren seiner Lust und seiner Qual einschreiben. Doch scheint es, daß wie im Märchen immer eine ideale Frau, die vor der Zeit erwacht ist und in deren Locken der letzte Stern glänzt, aus einem dunklen Haus tritt und somnambulisch die Brunnen des Tages singen läßt. Paris, du mit deinem ungeheuerlichen Reservoir an Schönheit, an Jugend und an Energie – wenn ich doch das Geheimnis kennte, aus deiner Nacht von wenigen Stunden zu Tage zu fördern, was sie mehr enthält als die Polarnacht! Wenn es doch in der Macht eines jeden Menschen stünde, sich tief in den Fluß deiner unbewußten, ewigen Kraft zu versenken, damit er nie mehr zurückweiche, nie mehr knechtisch dulde! Auf dem rollenden Stein des Schlafs steht von Resignation nichts geschrieben. Aus der Mitte des riesigen, dunklen Netzes, das alltäglich gesponnen wird, sehen die Medusenaugen eines hellen Sieges hervor. (…)

Der künftige Dichter wird die bedrückende Vorstellung vom unheilbaren Riß zwischen Tat und Traum überwinden. Vom Baum mit den verschlungenen Wurzeln wird er die herrliche Frucht darreichen und die sie kosten davon überzeugen, daß nichts Bitteres an ihr ist. (…) Im Prozeß, den seit unvordenklichen Zeiten die rationale Erkenntnis gegen die intuitive Erkenntnis angestrengt hat, wird es an ihm sein, das entscheidende Beweisstück beizubringen, das dem Streit ein Ende setzt. Der poetische Akt wird von nun an vor aller Augen stattfinden. Man wird aufhören, einigen, die tendenziell alle sind, ihr geheimnisvolles Treiben zu verübeln, das lange in den Augen der anderen verdächtig, lange ihnen selbst nicht geheuer war und dem sie sich widmen, um die Ewigkeit in den Augenblick zu bannen, das Allgemeine ins Besondere aufzulösen. Sie selber werden nicht mehr jedes Mal in Ekstase geraten, wenn es ihnen gelungen ist, aus der mehr oder minder unwillkürlich dosierten Mischung der beiden farblosen Substanzen, nämlich der Existenz, die dem objektiven Zusammenhang der Dinge gehorcht, und der Existenz, die in ihrer Konkretheit diesem Zusammenhang entgleitet, einen Niederschlag von schöner, untilgbarer Farbe zu gewinnen. Sie sind dann schon draußen, mitten unter den andern im Sonnenlicht, und sie haben keinen vertraulicheren, keinen intimeren Blick als die anderen für die Wahrheit, wenn sie am schwarzen Fenster des verlassenen Hauses erscheint und ihr lichtdurchflutetes Haar schüttelt.«

Aus dem Französischen von Gernot Krämer

TADEUSZ DĄBROWSKI

ARS POETICA

Gedichte

ANRUF

Meine Großmutter liegt im Sterben in der Klinik auf der anderen
Straßenseite und meine einjährige Tochter will nicht schlafen.

Die älteste Frau in der Familie spricht zu mir durch
die jüngste. Nur ich weiß, daß Oma nicht geht, solange

Basia (sie hat die Augenringe von ihr geerbt,
wie zwei Halbmonde) nicht einschläft.

Ich warte bis zum Morgengrauen, doch meine Tochter gibt nicht auf,
erhebt sich immer wieder träge, wie ein Stehaufmännchen. Schließlich

hole ich sie zu mir, drücke sie entschlossen an mich und flüstere
in den kleinen Hörer ihres Ohrs: »Schlaf jetzt, hab keine Angst.«

ARS POETICA

Sie fragen mich, was Dichtung ist,
oder was der Dichter spürt, wenn er schreibt.

Meine Tochter ist ein halbes Jahr alt und die Brust
der Mutter ist für sie die ganze Welt, Physik

und Metaphysik. Manchmal überlisten wir sie
mit dem Schnuller, aber in letzter Zeit zieht sie ihn

aus dem Mund und beobachtet ihn. Dann ist sie erstaunt
und konzentriert wie ich, wenn ich die Welt betrachte,

die ich aus meinem Mund genommen habe.

HAARE

Ich sehe Vater an der Tür stehen,
ein wenig ungeduldig,
auf Mama wartend, die vor
dem Spiegel ihre Haare richtet,
so daß jede Strähne
am richtigen Platz liegt.

Heute habe ich an seinem Grab
bemerkt, wie Mama
intuitiv ihre Haare richtete
im Spiegel aus schwarzem Granit.

Ich lächelte insgeheim
Vater zu, und kurz darauf spürte ich,
was es heißt, wenn die Schönheit
über den Zerfall triumphiert.

KOMMUNION

In der Ansammlung von Jungen,
deren Köpfe aussehen wie ein Büschel
Hallimasch, finde ich meinen Kopf,
ich blicke demütig ins Objektiv
wie in einen Raumzeittunnel.

Das Schwarzweißfoto
der ersten heiligen Kommunion
fand ich ganz unten in der Schublade,
als ich meine Scheidungssachen ordnete.

Den vor mir gibt es nicht mehr,
er zerschlug an einem Felsen
während des Raftings in einem Fluß
von Wodka. Der mit dem offenen Mund,
Missionar in Argentinien,
kam bei einem Unfall um, er wollte
einem Wildschwein ausweichen
auf der Straße oder in sich selbst.

Auch mein Leben endete
schon viele Male. Jetzt
tue ich alles, um zurückzukehren
in meine Schulbank. Zu vergessen.
Doch wenn ich dem Jungen hier
in die Augen blicke, sehe ich,
er will aus sich herausspringen.

Wohin auch immer – und sei's zu mir.

Aus dem Polnischen von Renate Schmidgall

RAINER MARIA RILKE

»ABER WENN ICH NUR SOWEIT KOMME, DAS EINE, DAS ICH KANN, WIEDER ZU KÖNNEN!«

Briefe an Elisabeth von Schmidt-Pauli

Vorbemerkung

1940 veröffentlicht die Schriftstellerin Elisabeth von Schmidt-Pauli (1882–1956) im Verlag Benno Schwabe in Basel ein Buch zum Gedenken an Rainer Maria Rilke. Auf den ersten Blick scheint sie der Tendenz katholischer Milieus ihrer Zeit zu folgen, Rilke aus seinen historischen Kontexten zu lösen und als Mystiker zu stilisieren. Auf den zweiten Blick handelt es sich um die semifiktionale Arbeit einer Verehrerin, die mehr als ein Jahrzehnt nach dem Tod des Dichters mit den vorausgegangenen Publikationen anderer Zeitzeugen sowie ersten Editionen um die Deutungshoheit konkurriert. Erst auf den dritten Blick erschließt sich, daß in Schmidt-Paulis »Gedenkbuch« neben Veröffentlichungen Dritter auch punktuell Briefe an die Autorin zitiert werden. Handelt es sich um Paraphrasen aus dem Gedächtnis, möglicherweise um Ausschmückungen, wie an den Stellen, an denen Rilkes angebliche mündliche Äußerungen wiedergegeben werden?
Über Jahrzehnte konnten sich Biographen und Ausstellungskuratoren nur auf das verlassen, was die Autorin zu Lebzeiten publiziert hatte. Daß sie nicht chronologisch vorging, Erinnerungen mit Reaktionen auf spätere Lektüren mischte, machte die Rekonstruktion schwierig. Rilkes ersten Brief vom 3. Dezember 1917 veröffentlichte Schmidt-Pauli mit vier anderen 1927 in der »Neuen Rundschau«. Unstimmigkeiten in der Chronologie fallen auf: So erzählt sie in ihrem »Gedenkbuch«, wie sie mit Rilke am Allerseelentag 1919 in München Kerzen für die Verstorbenen anzündete (S. 167). Es müßte sich allerdings, sollte das so stattgefunden haben, um den 2. November 1918 gehandelt haben, denn im Frühsommer 1919 reist Rilke bereits in die Schweiz, kehrt nicht mehr zurück und begegnet seiner Korrespondentin auch nicht wieder, obwohl der Briefkontakt erst kurz vor seinem Tod abreißt. Später besucht sie sein Grab in Raron.

Bereits ein Jahr nach der Beisetzung publiziert sie in den »Horen« einen Text über den Dichter und die Rosen, 1936 dann in der katholischen Zeitschrift »Stimmen der Zeit« einen Beitrag zu seinem »Weltinnenraum«. Das Rilke-Buch von 1940 wird nach Kriegsende in den Westzonen nachgedruckt, 1948 folgt eine Arbeit zu den »Duineser Elegien«. Rilkes Weihnachtsbrief von 1917 aus dem Münchner »Hotel Continental« schließlich vertraut sie 1950 der »Neuen Zeitung« an.

Elisabeth von Schmidt-Pauli ist in Kurzdarstellungen oft auf ihre bekenntnishaften und pädagogischen Veröffentlichungen, auf ihr konfessionelles Umfeld reduziert worden. Über ihr Leben ist, von einigen Nachrufen abgesehen, bislang nur Spärliches bekannt. Ihr Vater ist ein Hamburger Kaufmann. Die Welt des Habsburger Kaiserreichs, die 1918 untergeht, kennt sie über die Familie ihrer Mutter, die aus ungarischem Adel stammt. Sie schlägt nicht den üblichen Weg einer »höheren Tochter« ein, heiratet also nicht, sondern

wählt die pädagogische Arbeit und das Studium: ab 1909 Theologie und Philosophie, später auch Nationalökonomie in Bonn, München, Straßburg und Berlin.
Bereits vor 1914 reist sie in die USA und ist in der internationalen Jugend- und Sozialarbeit, dann auch in der Kriegsgefangenenhilfe engagiert. 1922 arbeitet sie in der Amerika-Abteilung des Instituts für Weltwirtschaft und Seeverkehr in Kiel, seit 1923 am Institut für Kulturmorphologie in München, das der Ethnologe Leo Frobenius und der Philosoph Oswald Spengler 1920 gegründet haben. Später bewegt sie sich in katholischen Kreisen um Kardinal Faulhaber, der sich zugunsten des NS-Staats äußert, zugleich dessen antiklerikale Politik kritisiert. Die Edition der Faulhaber-Tagebücher zeigt, daß sie ab 1942 im engsten Zirkel des Münchner Erzbischofs verkehrt – in den Aufzeichnungen unter dem Tarnnamen »Theodolus«. Daß die Rilke-Briefe noch erhalten und nicht in den späten Kriegsjahren im Münchner Wohnhaus verbrannt sind, legt die Vermutung nahe, daß sie sich bereits zu diesem Zeitpunkt nicht mehr bei Elisabeth von Schmidt-Pauli befanden. Ein Nachlaß in Familienhand ist nicht vorhanden. Ein Teilnachlaß soll sich hingegen im Kloster Frauenwörth auf der Fraueninsel im Chiemsee befinden, konnte aber bislang nicht gesichtet werden.
Wirkt Elisabeth von Schmidt-Pauli durch ihre intensive Reise- und Publikationstätigkeit sowie ihre Projektarbeit einerseits als Pionierin, so trennt sie andererseits doch vieles von der progressiven Generation Schweizer Frauen aus Rilkes Umfeld, zu der Anita Forrer und Annemarie Schwarzenbach gehören. Recherchen in deutschen Archiven haben ergeben, daß Schmidt-Pauli, während sie mit Rilke korrespondiert, auch im Austausch mit Börries von Münchhausen und Gustav Frenssen steht – Autoren aus dem völkischen und antisemitischen Spektrum, beide protestantisch sozialisiert. Im Rilke-Briefwechsel sind unter anderem Bezüge zu dem antisemitischen Schriftsteller Waldemar Bonsels präsent. Schmidt-Paulis Bruder Edgar steht in der Weimarer Republik weit rechts und macht im frühen NS-Staat zunächst Karriere, bevor er in Ungnade fällt. Ihr Rilke-Gedenken erscheint 1940 hingegen nicht im Insel-Verlag von Anton Kippenberg, sondern bei Benno Schwabe in der Schweiz. Einen konkreten Hinweis auf die kultur- und wissenschaftspolitische Situation im NS-Staat sucht man in den Zeilen vergeblich.
2024 ist es der Fondation Rilke gelungen, zehn ausführliche Briefe Rilkes an Elisabeth von Schmidt-Pauli aus Privatbesitz zu erwerben. Sie werden im folgenden erstmals wiedergegeben. Der erste ist auf den 14. Oktober 1918 datiert, der letzte auf den 23. August 1924. Drei Briefe stammen aus der Münchner Zeit, weitere drei Briefe dokumentieren Rilkes Anfänge in der Schweiz in Schloß Berg am Irchel und im Prieuré d'Etoy am Genfer See. Vier Briefe schließlich versendet Rilke aus dem Château de Muzot oberhalb von Sierre im Wallis. Auf ihre letzten Schreiben und Karten erhält Schmidt-Pauli keine Antwort mehr.
Im Erinnerungsbuch werden einige Sätze aus dem Brief vom 14. Oktober 1918 (S. 61–62) und dem Brief vom 21. Juni 1921 (S. 90–91) zitiert. Der Brief vom 5. Dezember 1922 war 1927 in der Auswahl der »Neuen Rundschau« zu lesen (S. 307–308). Die Kürzungen, die Elisabeth von Schmidt-Pauli oder das Lektorat vornahm, geben einen Eindruck, wie lückenhaft und stilisiert das frühe Rilke-Gedenken war. So finden sich im Gedächtnisbuch Auslassungspunkte ausgerechnet an der Stelle (S. 91), wo Rilkes Brief vom 21. Juni 1921 sprachspielerischen Witz und Spott entfaltet: »Es ist zu sehr ›Häuschen‹ und, wie ich fürchte, wäre auch der Garten hinter den so nahe angezeichneten Zäunen

besser ›Gärtchen‹ zu nennen«; ebenso fehlen bei Schmidt-Pauli die folgenden Absätze, die zeigen, wie konkret und praktisch Rilke kommuniziert.

Erstmalig läßt sich nun der Verlauf des Austauschs rekonstruieren. Am 26. November 1917 schreibt Elisabeth von Schmidt-Pauli aus dem Josephinum, einer Münchner Privatklinik, Rilkes »Stunden-Buch« gehöre ihr, obwohl er es Lou Andreas-Salomé gewidmet habe. Es sei der Tag gekommen, an dem die »Gefährten-Seele« ihm sage, daß sie »da« sei, und ihn frage, ob er auch noch »da« sei oder ob er nicht mehr wandere, suche, rufe, klopfe? Der Überschwang des Geständnisses, das Distanz vermissen läßt und gleich im zweiten Satz zu den letzten Dingen, zu »Gottes Dunkel« kommt, wird nur aus der überhitzten Rhetorik der Zeit verständlich, aus den radikalen Ansprüchen einer Generation, die aus adeligen und großbürgerlichen Mustern auszubrechen sucht und Unbedingtheit einfordert.

Rilke erhält seit seinen frühen Erfolgen zahlreiche solcher Briefe, die den Autor mit den Stimmen seiner frühen Gedichte verwechseln, vielfach auch seine Weiterentwicklung nicht wahrgenommen haben. Daß die Kommunikation nicht gleich scheitert, liegt an Rilkes Art, das jeweilige Anliegen ernst zu nehmen, einen Modus zu finden, distanziert, aber nicht schematisch auch über sich selbst zu sprechen und das Gegenüber, das Nähe sucht, auf einen Weg des Distanzgewinns einzuladen. So erläutert er in seinem ersten Schreiben 1917 den Abstand zu seinem Frühwerk, insbesondere zum »Cornet«. Rilkes Briefe sind sorgfältig abgefaßt, in Tinte, mit regelmäßigen Schriftzügen und wenigen Streichungen. Kleine Zeichnungen ergänzen seine Schilderungen. Aus der Kurrentschrift wechselt er in die lateinische Schreibweise, wenn er ins Französische übergeht, das er an heiklen Stellen verwendet, um sich selbst, aber auch sein Gegenüber vor Direktheit zu schützen.

Das »Suchen« wird zum Leitmotiv des Briefwechsels, doch mit einer bemerkenswerten Wendung: Rilke sucht nach einer Bleibe, zugleich nach den richtigen Worten. Während er zu einem überlegten, distanzierten Ton gefunden hat und im Modus der Fürsorge und Selbstsorge spricht, zeugt schon der unregelmäßige, expressive Schreibduktus seiner Korrespondentin von Hektik, rastloser Reise- und Projekttätigkeit, die eine spirituelle Unruhe nicht einfangen kann. Der behutsame, zuletzt aber durchaus gereizte Ton der Rilke-Briefe mag sich nicht nur auf die Emphase der Zuschriften beziehen, sondern auch auf weltanschauliche Unterschiede.

Handelt es sich um »Briefe an eine Freundin«, wie es 1927 in der »Neuen Rundschau« heißt? Die wechselseitige Anrede mit »Schwester« und »Bruder« bei weiter verwendetem »Sie« mag auf klösterliche Formeln, auf die mönchische Welt des »Stunden-Buchs« anspielen. Die Seelenverwandtschaft, die sich Rilkes Korrespondentin erhofft, ist kaum zu entdecken. Dafür liefern die Briefe interessante Einblicke in das München der Umbruchsphase und die internationalen Netzwerke der Völkerbundzeit, ebenso in Rilkes intensive Sondierungen und seine Entscheidungsfindung vor der Ansiedlung in Sierre, zu der Elisabeth von Schmidt-Pauli mit eigenen Vorschlägen beiträgt. Die Rede ist von Begegnungen, Reisen und Lektüren, auch von Alltagsdingen, von Möbeln und Blumen, ebenso vom Umgang mit Unsicherheit.

Die Briefe zeigen einen späten Rilke, der, anders als in den nachfolgenden Stilisierungen durch Schmidt-Pauli, gerade nicht ekstatisch, sondern konkret denkt und Skepsis statt Enthusiasmus andeutet: Er habe es nie mit den Propheten gehalten. Nicht selten schreibt er spielerisch, auch stilkritisch, bereits in dem Bewußtsein, daß sich längst ein Kreis von Hagiographen und vereinnahmenden Interpreten versammelt hat: »*Weil* ich immer wartete auf einen *wirklichen Bericht über Ihre Thätigkeit*; Sie schicken mir des accents sans paroles: ›aigus‹, ›graves‹, et ›circonflexes‹, avec rien en dessous. Je ne sais plus lire de ces textes.«

Diese Zeilen wirken wie ein Kommentar zur frühen Rilke-Deutung. Kein Wunder, daß Elisabeth von Schmidt-Pauli sie in ihrem Gedenkbuch beiseite gelassen hat, in dem sie die Diskrepanz zwischen ihrem eigenen Drängen und seiner Zurückhaltung abstrakter formuliert. Am ehesten gerecht wird sie ihm möglicherweise im Gedenkbuch, als sie einen Spaziergang im Englischen Garten im Herbst 1918 schildert. Dort ist er nicht der Mystiker, sondern der Phänomenologe: »Seine persönlichen Erfahrungen und Erlebnisse, seine eigene Gefühlswelt schienen ihn bei seiner geistigen Aneignung der Welt zu stören. Er wollte sachlich sein« (S. 19).

Weitere Schreiben an Elisabeth von Schmidt-Pauli sind 2022 mit dem Gernsbacher Rilke-Bestand nach Marbach gelangt und dort seit kurzer Zeit erschlossen. Es handelt sich um die bereits zu Lebzeiten der Korrespondentin publizierten sowie im Gedächtnisbuch (S. 76–89) ausschnittweise genutzten Rilke-Briefe. Gegenbriefe von Schmidt-Pauli befinden sich in Marbach sowie im Schweizerischen Literaturarchiv. Eine vollständige Edition der Korrespondenz wird folgen, ebenso eine französische Übersetzung.

Marcel Lepper

Montag 14.10.18 –

Liebe Freundin,

So sehr ich Kiew liebe –: Sie denken doch nicht daran, sich jetzt hin verschicken zu lassen? Es heißt jetzt abwarten. Wer weiß, wie sehr ein Jeder sich nächstens wird verwenden können, genau auf dem Platze, auf dem er gerade steht. Consultez le »Gourou«, sagt er nicht dasselbe?

Ihre Rosen aus den verschiedenen Paketen waren wie die Vermehrung der Brote: auf einmal war mein Zimmer fast zu klein für ihre Menge. Ich mußte Rosen-Stationen einrichten, wo noch nie welche gestanden hatten. Bis gestern waren sie alle da, jetzt sind noch zwei oder drei am Ausklingen.

Ihre beiden Briefe überschätzen mich in jeder Weise; ich müßte anfangen zu versichern, was ich alles *nicht* bin und *nicht* kann: das Meiste nicht. Aber wenn ich nur soweit komme, das Eine, das ich kann, wieder zu können! Die jetzige Richtung der Welt giebt mir das Wachsthum einer kleinen licht-lichtgrünen Zuversicht. Man müßte den Leuten sagen: seht, Ihr dürft anfangen, einen großen neuen Anfang machen. Nur eines wird jetzt von Euch verlangt: seid guten Willens.

(Ich wüßte schon, *wie* Sie zu den Leuten sprechen sollten.)

Schön, daß die fünfte Etage Sie noch hier erwartet, dachte ich gerade gestern noch, da ich am »Russie« vorüberkam. Wozu werden Sie sich entscheiden? Grüße.

Rainer Maria Rilke

P.S. Viel Ergebenes für Frau von Boddien.

Kiew Bezug auf die humanitäre Tätigkeit von Elisabeth von Schmidt-Pauli; in den Briefen ist immer wieder die Rede von nicht umgesetzten Reiseplänen.
Frau von Boddien Bei Hedwig von Boddien (1862–1925) wohnte Elisabeth von Schmidt-Pauli zeitweilig in Berlin-Tiergarten.

Ainmillerstraße 34[IV]
am 17. Dezember 1918

Gute, treu zugewendete Freundin,
wenn ich nur Briefe über mich brächte, so wäre der an Sie der dringendste und erste von den hunderten, die ich schreiben müßte; aber mein Widerwillen gegen den Federstiel ist so groß, daß ich mich manchmal in mein Eßzimmer setze, nur um nicht mit diesem gemiedenen Gegenstand in einem Zimmer zu sein. Ich habe solche Zeiten der Schreibscheu, dann hat einzig das Mündliche recht, ich müßte schon an Ihr Bett sitzen kommen, um richtig mittheilsam zu sein: glauben Sie mir ich wäre es von Herzen.
Daß ich den »Tisch«, den Olly Lion mir so brennend wünscht, nicht von hier errathen kann, beschämt mich geradezu.
Und Sie mit Ihren noch so neuen Kräften schreiben schon solche Briefe und erzählen mir die Legende eines R. M. R.-Taschentuchs, dem Sie mehr zugemuthet haben, als es vermochte. Was soll ich thun? Um acht Uhr Abends werd ich zuweilen versuchen, im Geiste bei Ihnen einzutreten und Ihnen auch hier bei mir eine Gegenwartskerze anzünden; beinahe hätt ich keine, die Leuchter sind leer gebrannt, tief bis in die Kerzenbecher hinein. Aber zum Geburtstag hat man mir eine kleine verzierte Kerze geschickt: die ist es also, die brennt manchmal an Sie. Bei ihrem kleinen Schein zeig ich Ihnen dann, daß der große Lehnsessel jetzt anders herum steht, mit der Lehne gegen die Rückwand des Zimmers zu, immer noch schräg vor der Heizung – und zwischen ihr und ihm, genau in der Höhe seiner Armlehnen, auf den gazelligsten Beinen, ein kleines eingelegtes altes Louis-Seize-Tischchen, ein liebes Geschöpf:

, das ich ihm, dem Sessel (nicht mir) am Geburtstag geschenkt habe. Sonst ist das Meiste unverändert, nur auf dem Büchertisch wächst ein weihnachtlicher Zudrang von Sen-

dungen zur Mauer an, – wenn etwas dabei ist, was sich Ihnen möchte vorlesen lassen, so send ichs hinüber nächstens, nur muß es erst durch meine Censur gegangen sein, die langsam ist, wie ich selbst und alles Meine.
Bewunderung, wie gesagt, und Dank für die »Briefleistung« und das freundschaftlichste Gedenken jeden Tag und besonders jeden Abend um acht.
Ihr
Rainer Maria
Grüße, recht herzliche, für Olga Lion!

Ainmillerstraße 34[IV] Dort in Schwabing wohnte Rilke ab dem 8. Mai 1918.
Olga Lion Vergleiche die Briefe von Olga Lion an Rilke, 1918–1920, Deutsches Literaturarchiv Marbach.

Mittwoch

Gute Freundin und Schwester Elisabeth,
nicht jeden Tag, aber ab und zu fasse ich mich um acht zu Ihnen zusammen, was jetzt um so eher möglich ist, als ich um diese Stunde fast immer allein und zu Hause bin; endlich bin ich soweit, das Ausgehen abzusagen, mit ganz seltenen ungesellschaftlichen Ausnahmen, und damit ist auch eine größere Festigkeit in mir entstanden, nur wenige Menschen bei mir hereinzulassen. Ist das ein Fortschritt? – Sie sagen: Ja. Nichtwahr?
Gut. Olly Lion hat mir viel erzählt neulich, aber aus Ihrem »Blauen Radler« vom 18ten geht mir nicht hervor, ob *sie* Ihnen gleich darauf auch alles über ihr Bei-mir-sein berichtet hat: das versprach sie mir nämlich zu thun, da ich ja immer noch eine so schwere ungerne [?] Feder habe. Kurz nach Ollys Besuch ist übrigens, an einem kühnen Sonntag-Vormittag, mein Zimmer so umgeräumt worden, daß alles äußerlich Berichtete nicht mehr gilt; damit ist es endlich *mein* Arbeitsraum geworden, erst diese äußere Veränderung, da sie gelang, hat mir die Kraft gegeben, ein neues Lebens anzufangen: in dem nun, hoff ich, alles, was mich an Rückständen und Aufschüben bedrückt, nach und nach an die Reihe kommt. In Erwartung einer solchen Wendung zum Besseren, hab ich die Schweizer Anfrage, die auch diesen Monat wieder an mich herankam, nochmals aufgeschoben: richtig in den Februar, wie Sie vermuthen —. Aber wer weiß: wenn es mir nun anfinge, hier zu gefallen, nicht in München, aber in meinen vier Wänden, vielleicht bleibt dann alles Reisen bis auf den Frieden aufgeschoben. Ich habe nun den Ehrgeiz, bis zu Ihrem Kommen, liebe Freundin, meine Beschäftigtheit und Zusammenfassung recht gut zu befestigen. Loben Sie mich noch nicht. Aber *dann*, wenn ichs verdiene.

Wenn einmal gerade kein hochwürdiger Herr bei Ihnen ist (ausnahmsweise!), so lassen Sie sich von einer jungen Stimme Hamsuns »Segen der Erde« vorlesen. Haben Sie das Buch? Soll ichs Ihnen schenken?
(So, das ist mein »Rother Radler«.)

Ich grüße Sie brüderlich und innig
Rainer Maria Rilke

(Ach ja, Ihre »letzte Seite«, wehe! wehe!)

Datierung Mit Bleistift von anderer Hand: »Jan. 1920«, was biographisch nicht zutreffen kann; wohl 22. Januar 1919.
Blauer Radler, Rother Radler Fahrradkuriere.
Schweizer Anfrage Vortrags- und Lesereise.

Schloß Berg am Irchel
Kanton Zürich
Schweiz,
am 24. März 1921

Sie lassen mir gerade noch Zeit, Schwester Elisabeth, Ihr kleines vorösterliches Herstürmen österlich zu erwidern!
Ich bin erfüllt von allen Ihren Nachrichten und deren Andrang zu mir: Waldemar Bonsels, Kete Parsenow ... denn auch *dieser* Name bedeutet mir viel; weil einstige Erwartung. Ach hätte mich damals nur ein Zehntausendstel dessen erreicht, was mir von ihr her, wie Sie mir nun erzählen, zugedacht war. Sie sagen: ich hätte mich gefreut! Es wäre noch viel mehr gewesen. – Nun versichern Sie ihr nur, daß *nichts* verloren geht, Sie wissen das ja so gut wie ich; auch die Lotos-Blumen, sicher, haben irgendwie zu mir hingewirkt, so ungenau sind wir ja doch nicht, wenn wir einmal Gründe haben, einander zu meinen, – in diesem Meinen selbst ist ja schon das Leitendwerden des ganzen Welt-Raumes mit enthalten und miterfahren. – Aber nun, vor der Hand, grüßen Sie sie, Genoveva, und Professor Otto sehr von dem Unerreichbaren und erwerben Sie mir bei Ihren österlichen Freunden, daß ich sie besuchen darf, wenn ich einmal nach Frankfurt komme.
Was Waldemar Bonsels angeht, so freue ich mich, daß er die Bewegung erfuhr, die mir seine beiden Bücher »Menschenwege« und »Indienfahrt« bewirkt haben; seit Jahren hatte ich nicht solche Lesestunden, wo Erstaunen und Anschluß in Einem zusammenstreben. Das, was aus diesen beiden Büchern wirkt, wird nie aufhören lebendig zu sein und Leben aufzuwecken. Natürlich habe ich mir, nach dieser Erfahrung, »Eros und die Evangelien« sofort kommen lassen, da ich las,

es gäbe ein neues Bonsel'sches Buch, – aber ich habe es nicht zu den nahebleibenden Büchern eingestellt, wie die beiden anderen. Außer in der Szene mit dem Flickschuster, habe ich *jenen* Bonsels, den ich nun einmal gefunden hatte, nicht wieder entdeckt, das übrige schien nicht so sehr Glück und Erlebnis des Dichters zu sein, als vielmehr *Absicht* des sehr klugen und immer noch sehr persönlichen Autors; es ist viel Schönes da, viel Zuredendes, vieles, was der Intention nach Recht hat, – aber doch nichts von jener einen Unwidersprechlichkeit, die die »Menschenwege« und viele Seiten in der »Indienfahrt« zu so viel Mehr macht, als zu einem besonderen Gelingen innerhalb der Litteratur. Für mich ist – ich drücke das jetzt sehr übertrieben aus – »Der Tod« (des neuen Bandes) schon im »ersten Abendmahl« (der »Menschenwege«) und »Das Meer« schon irgendwie in »Teja« – feiner, leiser, unausgesprochener und dafür auch un-aussprechlicher – vorenthalten, Deutlichsein ist ja, so wie wir nun einmal mit der Sprache stehn, immer weniger, als Unbegreifliches nachsprechen – ist schon die *Auslegung* des Gehorsams gegen den Gott, nicht mehr das Gehorchen selbst! – Übrigens bin ich nicht der einzige Leser Bonsels hier in den paar Häusern um das Schloß herum; im Pfarrhause liebt man ihn sehr und das ist nicht etwa durch mich gekommen. (* Wie ist [?] Ambach und wo? Sie wissen ich suche einen Ort!) –
Daß in alle Ihre Fülle auch schon ein Vor-Wissen des neuen Spengler-Bandes hineinwirkt! Sie können denken, wie *sehr* ich den seit Jahren erwarte, da er doch vor allem von Russland – meiner heimlichen Heimath – handeln wird. Lassen Sie sich viel erzählen. Danke für das erste Heft vom »Weg zur Vollendung«, das mir eines Tages, ich glaube von Luzern, herüberkam; ich würde gerne keines dieser Hefte versäumen, besonders auch wegen der »Bücherschau« … Ja, ja, es ist natürlich aussichtslos, dieses Anwerben von Weisheitsschülern in *solchem* Umkreise, die tiefen décolletés wären ja nicht das schlimmste Hindernis – aber sonst … ja aber *wen* ruft man, *wen* ruft man, wenn man überhaupt ruft und wenns nicht Russland ist, *wo* [?]

Waldemar Bonsels Schriftsteller (1880–1952), lebte von 1918 bis zu seinem Tod in Ambach am Starnberger See; unter anderem »Die Biene Maja«, 1912; »Indienfahrt«, 1916; »Menschenwege«, 1917 (darin das Kapitel »Teja«); »Eros und die Evangelien«, 1921 (darin die Kapitel »Der Tod« und »Das Meer«).
Kete Parsenow auch Käthe (von Katharina), Schauspielerin (1890–1960).
Professor Otto Walter F. Otto (1874–1958), Altphilologe, mit Kete Parsenow verheiratet.
Spengler Oswald Spengler (1880–1936), »Der Untergang des Abendlandes«, Band 1 1918, Band 2 1922.
Der Weg zur Vollendung Mitteilungen der Gesellschaft für freie Philosophie, herausgegeben von Hermann Graf Keyserling, seit 1920.
wo Hier endet das erste Blatt; das passende zweite Blatt befindet sich in Marbach.

Le Prieuré d'Etoy
Canton de Vaud
(Suisse)
am 10. Juny 1921

Gute und liebe Schwester Elisabeth,
nun ist also wirklich die Fürstin Taxis da –, ich fahre in einem Augenblick zu ihr hinüber nach Rolle, – vorher nur rasch diese knappe programmatische Antwort auf Ihre fürsorglichen Unternehmungen in »meinen Schlössern«.
Simolin: an ihn, den ich kenne, könnte ich freilich leicht schreiben –, und thu es vielleicht auch noch, um nichts außer Versuch zu lassen –, aber wenn er nicht jauchzend zusagt – [?] dann, scheint es mir, *ist* er's eben nicht!
Ob Baron R. mir sein Jagdschlößchen W. »zujauchzen« würde, ist ja auch sehr die Frage.
So wie Sie nun davon schreiben, scheint es mir möglicher als Dorneneck, – und da es durch Bruder und Schwägerin ausgeprobt ist, – so können Sie sich leicht, genau, über alle dortigen Umstände unterrichten. Daß sie *das*, Schwester Elisabeth, gleich und auf's Feinhörigste thun möchten, ist diese große unbescheidene Bitte dieses Blättchens. – Denn da es schon zum 1ten July frei wird, hieße es einer raschen Fortgebung durch mindestens sehr waches Interesse zuvorkommen. Ich würde es, paßte es, etwa zum 1. August miethen (* für vielleicht 5 bis 6 Monate, um es dann, wenn alles stimmt, noch weiter zu behalten). Die große große Frage wird auch dort die Bedienung sein. Bitte ziehen Sie auch darüber Erkundigungen ein, Ihr Bruder wird ja, denk ich, seine eigenen Leute hingebracht haben und diese auch wieder mit sich fortnehmen. – Und dann Geographie: vergessen Sie nicht, daß ich keine – äußere – kann. Nächste Stadt? – Welche? Wie weit von wo? Z.B. von Berlin? –
Kurz, wenn Sie, nach besserem Zusehen, etwa meinen, daß es stimmen *könnte*, schreiben Sie mir einen *Band* mit Nachrichten. Damit man sich ein wirkliches Anschauen bilden kann, sonst wäre eine Miethe par distance ein Wagnis, nicht zu verantworten. Und erwägen Sie im Geiste und im Herzen, getreulich!
Würden Sie etwa, nöthigenfalls, die große Güte haben, mit Baron Radek zu verhandeln? Auch müßte man sich vergewissern, daß die Gemeinde meiner Tschechoslovaquischen Eigenschaft keine Hindernisse bereitet: dem »Ausländer«. Kurz, vous voyez, ich verschütte Sie unter einem Berg von Ansprüchen, – sind Sie noch da? – Und ich schwöre: Sie kommen strahlend heraus, an irgend einer Seite, einer Hauptseite des Berges, mit Golderzen in den beiden Hülfehänden.
Ein Segen, daß Sie nicht nach Süd-Amerika gehen, das macht alles geräumiger und runder.

Bei Schaumburgs fallen ja jetzt die Ereignisse Schlag auf Schlag. Dieses neueste finde ich sehr liebenswürdig, trotz der großen Jugend auf beiden Seiten. (Ists nicht am Besten so?)
Königstein-Taunus: ja, wäre freilich, mindestens für eine Weile, eine Leistung [?], an die sich Ihre Maaße und Mittel, vielleicht momentan eingeschränkt, anwenden ließen. Wer ist denn dort Dr. Kohnstamms Nachfolger?
Also Dank und Hoffnung auch dieses Mal. Und, wenn es geht, viele viele Details über Wölfelsgrund!! (Ists nicht zu viel, was ich verlange?)

Ihr
Bruder Rainer Maria

Rolle Ort am Genfer See.
Simolin Rudolf von Simolin (1885–1945), Kunstsammler und Mäzen.
Dr. Kohnstamm Oskar Kohnstamm (1871–1917), Gründer eines Sanatoriums in Königstein/Taunus.
Wölfelsgrund Heute Międzygórze, Ort in Niederschlesien; als Besitzer des dortigen Anwesens wird ein Baron R. (Radek) genannt.

Etoy, Le Prieuré
Canton de Vaud,
am 21. Juny 1921

Hören Sie, Schwester Elisabeth, es wird nichts aus Wölfelsgrund: der Abstand zwischen dem, was ich meine (und was Berg in einem ganz bestimmten Sinne wirklich gewesen ist) und dem vorgeschlagenen schlesischen Haus ist – soweit sich das nach Bild und Angaben schließen läßt – doch zu groß; und es war von Anfang an, meine Entschließung, lieber *nichts* zu finden, als mich zu etwas »ungefährem« nachgiebig hinüberzustellen. Es ist zu sehr »Häuschen« und, wie ich fürchte, wäre auch der Garten hinter den so nahe angezeichneten Zäunen besser »Gärtchen« zu nennen, – die Nachbarschaften, sowohl des Kurortes einerseits, wie, auf der anderen Seite, der »Einsiedler« Radek sind gefährlich nahe, – vielleicht habe ich Unrecht und weise eine liebe und berechtigte Möglichkeit zurück, – das wäre möglich, denn da ich diesen Theil Schlesiens gar nicht kenne, ist ein Absehen der dortigen Umstände (trotz Ihrer und Ihres Bruders Erläuterungen) ein schwieriges und irriges Errathen; wär Wölfelsgrund nicht so sehr »Häuschen« gewesen –, etwas größer und einsamer, – ich glaube ich wäre, um ein Urtheil zu haben, wirklich für achtundvierzig Stunden aus der Schweiz hinaus- und hingereist: denn *Sehen* wäre natürlich das einzig

Verlässliche gewesen! Aber zu so großer und ermüdender Unternehmung war mir das Vorgestellte am Ende doch nicht überzeugend genug —.
Wird Sie das sehr enttäuschen? Ihr fünfmal gestrichenes »Ja« wog schwer auf der Waage meiner Erwägungen, aber nach und nach häuften sich meine Widergründe auf der anderen Schale, und auch sie hatten ihr besonderes, ehrliches Gewicht!
Ich sehe schon, es wird schwer sein von hier sich zu einer unbekannten Gegend zu entschließen. Schlesien ist mir der unbekanntesten eine, und würde es mir nicht als ein Spiel des Zufalls erscheinen, fände ich mich plötzlich dort angesessen? Würtemberg oder Baden, oder Böhmen oder Kärnthen lägen mir näher, bild ich mir ein, – mit Unrecht vielleicht …
Ist mein bei Baron Radek vereinbarter Antworttermin schon abgelaufen inzwischen? Ich war durch drei kurz aufeinander eintreffende Besuche um so mehr abgehalten, als einer in Ouchy logierte, ein anderer in Rolle –, so daß ich zwischen diesen beiden Orten mich zu theilen hatte und täglich erst spät, nur eben zum Schlafen, nach Etoy zurückkam.
Ob ich nun doch noch mit Simolin korrespondieren sollte?
Haben Sie Dank für Ihre Fürsorge und alle ihre Beweise und danken Sie auch Ihrem Bruder herzlich für seine guten genauen Auskünfte (die Postkarte lege ich wieder mit ein) und schließe rasch rasch diese Zeilen, um nicht Ihr Warten auf Antwort noch mehr zu verlängern.
Hoffen wir weiter, Schwester Elisabeth, daß *das* sich zeige, was sich mir gleich, meinem ganzen Vorgefühl, zu erkennen gäbe.
Nur dies heute, auch fast »fliegend«,

Ihr
Bruder Rilke
dankbar!

Ouchy Stadtteil von Lausanne.

Château de Muzot
sur/*Sierre*
(Valais) Suisse,
am 5. Dezember 1922

Meine liebe Schwester Elisabeth,
daß Sie an den 4ten gedacht haben! Das dürfen Sie glauben, daß ich an der Genauigkeit und Gültigkeit Ihrer Segensgedanken und -Wünsche, gestern, keinen

Augenblick gezweifelt habe. Ich sah Sie sehr deutlich, und es hat alles schön und freundlich gestimmt von Ihnen zu mir! – Von mir zu Ihnen nur dieses mindeste dankbare Wort heute; denn die Insel druckt was sie kann, und über ein Kurzes hören Sie wieder meine wahrhafte Stimme, in die ich völlig hineingehe, corps et âme, aus den Elegien und den (mir sehr lieben) Sonetten an Orpheus. Und dann sagen Sie mir einmal, ob Sie sie ganz erkannt haben. Ich zeichne, wenn ich Ihnen die Bücher sende, in Ihren Zimmerplan das Buch ein, mit Roth, auf dem Thee-Tisch (der ja, auf japanisch, ein Altar ist) genau vor Ihrem Platz, wie man als Kind eine schöne Stadt, rund, = ⦿ = in eine Landkarte einzeichnet, eine Haupt-Stadt.

Nein: ich war *nicht* in München, nirgends, habe mich nicht aus Muzot fortgerührt, und rühre mich auch weiter nicht. Je suis ici le prisonnier de mon avenir. (Proust ist tot, haben Sie das gemerkt?, niemand wußte ja soviel innere Erfahrung gleichzeitig! Aber Valéry lebt, ein Dichter ohne gleichen, und ich übertrage ihn!)

Von Herzen, Ihr Bruder Rilke

Je suis ici le prisonnier de mon avenir Ich bin hier der Gefangene meiner Zukunft.

Château de Muzot
sur/*Sierre*
(Valais) Schweiz,
am 23. März 1923

Liebe Schwester Elisabeth,

gestern empfing ich Ihre beiden, am gleichen Tag abgesendeten, am 17ten und 18ten geschriebenen Briefe. Dank für Ihre getreue große Freude an den Orpheus-Sonetten; bald werden Sie sie nun in ihrem ganzen Zusammenhange kennen lernen können: ich erwarte die fertigen Bücher von einem Tag zum anderen.

Aber ich eile heute zu Ihrer Anfrage: ich bin nun seit mehr als zwei Jahren nicht mehr in Genf gewesen und habe mir dort keinerlei Beziehung geschaffen und erhalten. Baudouin's Buch ist mir noch unbekannt, und zu ihm hin oder auch nur auf ihn zu wüßte ich nicht den mindesten Weg oder Umweg.

Es giebt indessen – fällt mir ein – in Genf eine in Universitätskreisen und auch sonst allmächtige Frau, Mme Claparède-Spire, ich bin ihr nicht präsentiert worden und möchte auch nicht, ohne Noth, bei ihr genannt sein; aber sie ist vorurtheilslos und ehrgeizig und kann alles erreichen, was man geschickt in ihren Willen einschaltet. Dem Grafen Kessler ist sie, gelegentlich seiner Vorträge, vom größten Beistand gewesen, ebenso hat sie sich, wenn ich nicht irre, für Annette

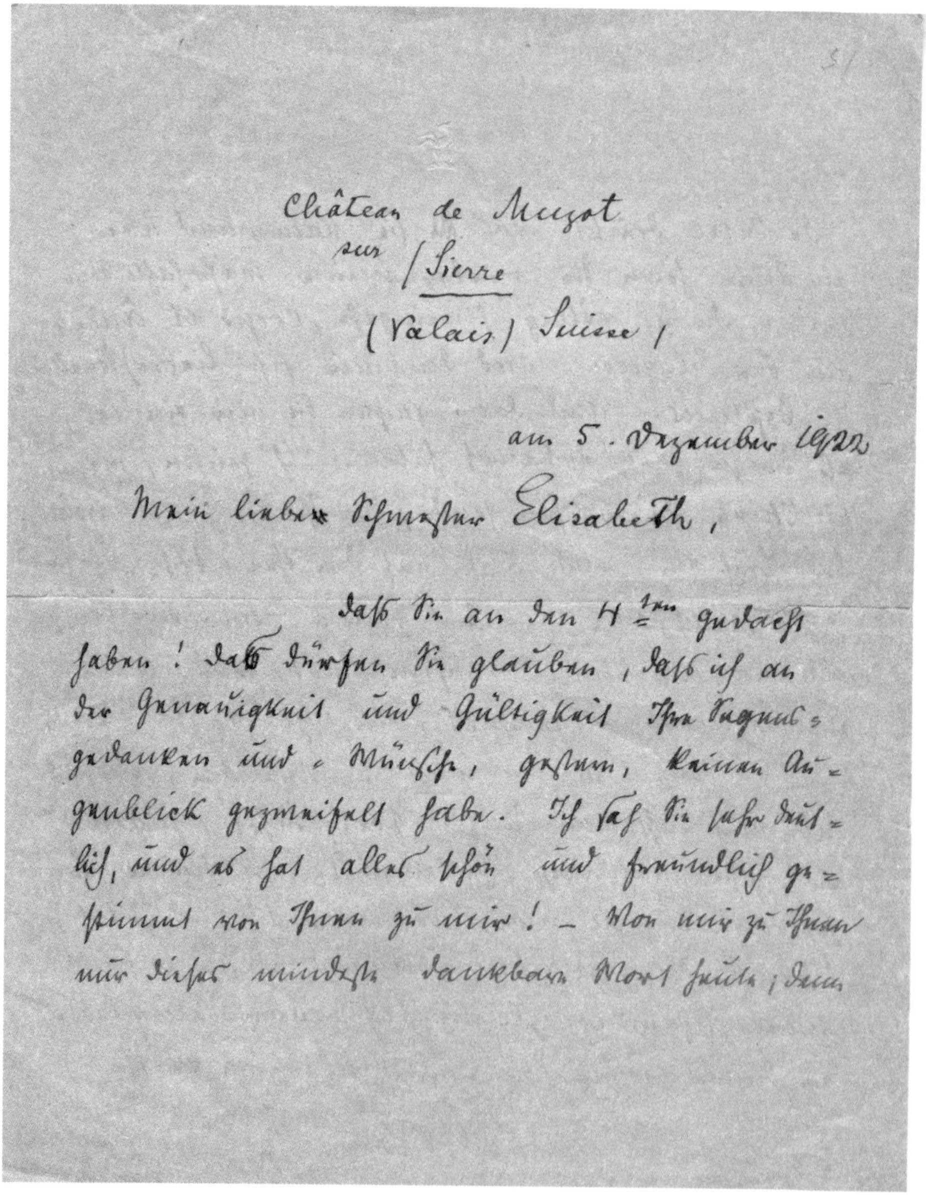

Château de Muzot
sur / Sierre
(Valais) Suisse /

am 5. Dezember 1922

Meine liebe Schwester Elisabeth,

Daß Sie an den 4ten gedacht haben! Das dürfen Sie glauben, daß ich an der Genauigkeit und Gültigkeit Ihrer Segens-gedanken und -Wünsche, gestern, keinen Augenblick gezweifelt habe. Ich sah Sie sehr deutlich, und es hat alles schön und freundlich gestimmt von Ihnen zu mir! – Von mir zu Ihnen nur dieses mindeste dankbare Wort heute; denn

Rainer Maria Rilke, Brief an Elisabeth von Schmidt-Pauli, 5. Dezember 1922

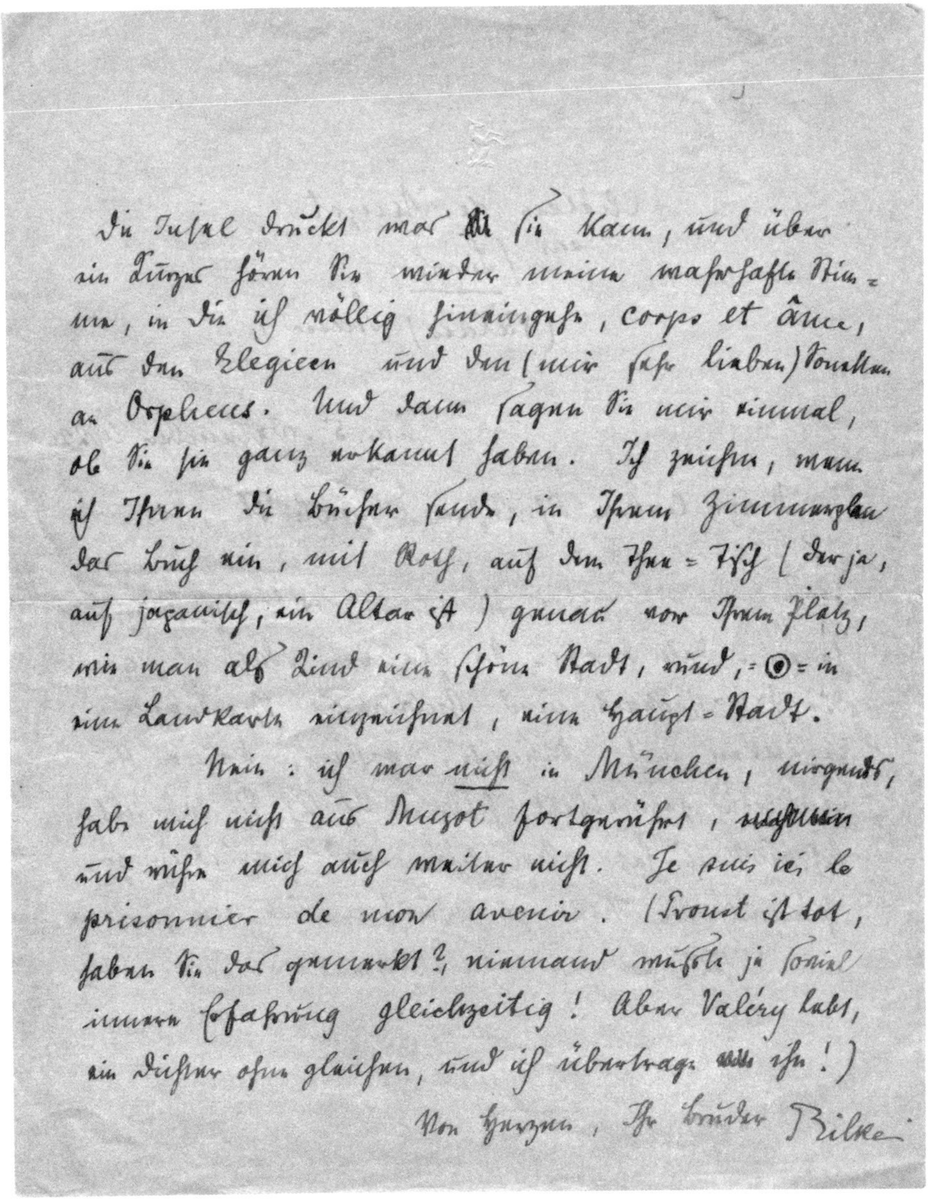

Die Tafel drückt man wie sie kann, und über ein Kurzes hören Sie wieder meine wahrhafte Stimme, in die ich völlig hineingehe, corps et âme, aus den Elegieen und den (mir sehr lieben) Sonetten an Orpheus. Und dann sagen Sie mir einmal, ob Sie sie ganz erkannt haben. Ich zeichne, wenn ich Ihnen die Bücher sende, in Ihrem Zimmerplan das Buch ein, mit Roth, auf dem Thee=Tisch (der ja, auf japanisch, ein Altar ist) genau vor Ihrem Platz, wie man als Kind eine schöne Stadt, und, =⊙= in eine Landkarte einzeichnet, eine Haupt=Stadt.

Nein: ich war nicht in München, nirgends, habe mich nicht aus Muzot fortgerührt, und rühre mich auch weiter nicht. Je suis ici le prisonnier de mon avenir. (Proust ist tot, haben Sie das gemerkt?, niemand müßte ja soviel innere Erfahrung gleichzeitig! Aber Valéry lebt, ein Dichter ohne gleichen, und ich übertrage ihn!)

Von Herzen, Ihr Bruder Rilke

Kolb, wo es nützlich war, eingesetzt; diese wohnt sogar in Genf immer bei ihr. Es hieß, daß sie auch für Unruh eingetreten sei und für andere Deutsche von vernünftiger und versöhnlicher Gesinnung …
Vielleicht also wäre es rathsam, zu dieser Frau irgendeine Annäherung (durch Kessler?) *vorsichtig* vorzubereiten; vorsichtig, denn solang jene unselige politische Spannung besteht, würde ja wohl an eine Verwendung an einem Genfer Institut kaum zu denken sein. Man ist, begreiflicherweise, sehr wider Deutschland gestimmt, und ich meine, Sie werden schon gut thun, sich zunächst bei Frobenius zu engagieren, vielleicht, daß dann von dort aus, nach und nach, der Übergang zu Baudouin möglich wäre.
Ich würde, in ähnlicher Lage, einfach an Prof. Baudouin schreiben, ihm das Besondere meiner Zustimmung vorstellen: es war ja immer Ihre Stärke, die Menschen zu *dem* zu überzeugen, wovon Sie selbst tief und innig überzeugt waren …
Aber vor Allem fragen Sie mal bei Kessler an, wegen Mme Claparède: wenn es jemanden giebt, der sich Ihren Wünschen in Genf als »leitend« [?] erwiese, so müßte *sie* es sein, und der Versuch dürfte immerhin gemacht werden. – Nur dieses heute, um Sie, Schwester Elisabeth, ganz rasch zu unterrichten. Ich schreibe nicht mehr nach Frankfurt, dorthin wärs zu spät –, aber ich komme ungern um die schöne Gelegenheit, Käthe Parsenow meine Grüße darzubringen. Vielleicht haben Sie die, auch ohne besonderen Auftrag, ihr zu Füßen gelegt.
Immer,

Ihr Bruder

Rainer Maria

Baudouin Charles Baudouin (1893–1963), französischer Psychoanalytiker, Professor in Genf.
Claparède Hélène Claparède-Spire (1873–1955), Schriftstellerin, Tochter des russischen Philosophen Afrikan Spir, Ehefrau des Genfer Psychologen Edouard Claparède.
Kessler Harry Graf Kessler (1868–1937), Schriftsteller und Diplomat.

Château de Muzot
s/*Sierre* (Valais) Suisse
am 8. May 1924

Schwester Elisabeth,
… »*Warum?*« –
Weil ich, immer in den gleichen Verhältnissen, dabei aber oft müde und unwohl seit einem Jahr –, ja sogar, ganz gegen meinen Gebrauch, ab und zu mit Kuren und Ärzten eingelassen –, weil ich, in solchem Zustand, Unlust und inneren Widerstand fühle, von mir etwas auszusagen, was, wenn schon keine Beklagung, so doch völlig unwesentlich wäre.
Weil, gute Schwester Elisabeth, Ihre Aufschreie nicht ausreichen, mir einen rechten Anschluß, sei es zu Frage oder Antwort, zu gewähren. Die Spiegelbilder von »weißen Abgrundspferden« [?] jagen an mir vorbei ohne sich aufzuhalten (– ich hole sie beim besten Willen nicht ein).
Weil ich immer wartete auf einen *wirklichen Bericht über Ihre Thätigkeit*; Sie schicken mir des accents sans paroles: »aigus«, »graves«, et »circonflexes«, avec rien en dessous. Je ne sais plus lire de ces textes, wenn nicht ab und zu ein Theetisch wieder die Zeilen dazu liefert. (Meine Bücher, die ich nur sehr langsam, in langen Pausen, aussende, wären, auf richtige Nachrichten hin, gewiß nicht ausgeblieben; übrigens hält mich auch da mein Zustand oft gehemmt.)
Weil, schließlich, ich völlig sicher war, daß Schweigen (eventuell bis zu einem Wiedersehen) uns nichts Arges anhaben könne, wenn es sich nun so ergäbe.
Weil ich überzeugt war, daß nichts die Zuwendung der Schwester Elisabeth verschieben könne, es sei denn, sie geriethe so weit ins Mittlern, daß der Ausdruck »Wendung« überhaupt keinen Sinn mehr hätte, von ihrer überallhin bezogenen Mitte aus. Und das wäre ja dann erst recht keine Ab-Wendung von

Ihrem Bruder Rilke

Und inzwischen grüße Schwester Elisabeth die gemeinsamen Freunde: Enja und die schöne goldne Zauberin, bei der sie grade sich aufhält.

»*Warum?*« Erläuterung für die aufgeschobene Beantwortung der Briefe.
Des accents sans paroles … Akzente ohne Worte: Akute, Graves, Zirkumflexe, mit nichts darunter. Ich kann solche Texte nicht mehr lesen.

Château de Muzot
s / *Sierre* (Valais)
am 23. August 1924

Schwester Elisabeth,
wie fallende Sterne … (»Stern-Schnuppen« ist ein unbrauchbares, aus der Hinter-Stube und vom Talg-Licht stammendes Wort) … wie fallende Sterne jagen Ihre Nachrichten durch meinen Gemüthsraum … Ich sah jeder nach, und immer wieder beschrieb eine neue Nachricht ihren fieberhaften Bogen.
Was thun Sie denn nur? Wenn »der Kopf schmerzt«, ist es dann nicht das Erste, Nötigste, gar nicht so viel zu denken und zu fühlen, wie Sie da thun? Mir scheint, Sie sind diesmal lange nicht so brav im »Josefinum«, wie damals, vor Jahren? Könnt ich Ihnen doch etwas, fein gepulvert, etwas von der Gelassenheit und Gleichmüthigkeit ins Couvert einlegen, zu der ich mich diesen Sommer immer wieder, nach so viel innerer Bewegung, mit Erfolg zwinge. In's Programm dieser perfekten Trägheit gehört, daß ich kaum Briefe schreibe und nun schon, wochenlang, nichts gelesen habe, fast nichts. – Ich war mit dem Fürsten Alex Taxis und der Fürstin in Ragaz –, blieb dann, nach deren Fortgehen, dort in dem behäbigen alten Bade, dessen uralte unerschöpfliche Heilwasser genau die Wärme des menschlichen Körpers haben. Später gab es zu viel Kurgäste, die zu sehr 1924 waren, um die Annehmlichkeiten der Bader recht in Gebrauch zu nehmen –, ich kam nach Muzot zurück, wo eine Unmenge Post wartete. Und nun bereit ich schon wieder ein neues Fortgehen vor, vielleicht wieder nach Graubünden, dann nach Bern, später (vielleicht) nach Paris.
Ossendowski's Buch habe ich mir, in der französischen Edition, von der Reise mitgebracht, aber, meiner jetzigen Trägheit gemäß, noch nicht aufgeschlagen; von Gandhi weiß ich nur das Oberflächlichste –, ich hab es nie mit den Propheten gehalten.
Und Sie, Schwester Elisabeth, gönnen Sie sich nun die tiefen ruhigen Gründe von alledem, lassen Sie sich aus den Strömungen hinunter, dorthin wo die Tiefe: Heimkehr ist, Unterkunft, Ausgleich –, und kommen Sie dann, mit neuen Kräften wieder ins Handeln und Hoffen. Herzlich bei Ihnen und brüderlich
Rainer Maria

wie fallende Sterne Variation des Gedichtanfangs »Weißt du noch, fallende Sterne …«, 1. Juni 1924, Chapelle de Corin; Erstdruck 1950.
Ossendowski Ferdynand Antoni Ossendowski (1876–1945), polnischer Schriftsteller, unter anderem »Tiere, Menschen und Götter«, das Buch ist in französischer Übersetzung (1924) in Rilkes Bibliothek in Muzot vorhanden.

UTA GOSMANN

ANTWORT DES ENGELS

Gedicht

1.

Niemand hört dich, wenn du schreist,
aus der Engel Ordnungen.

Dein dunkles Schluchzen meide ich,
dein Festhalten am Baum,

am Abhang, der Straße von gestern,
der verzogenen Gewohnheit.

Ersehnst die Nähe, doch fürchtest
meine Macht, wie ich auch deine fürchte.

Wie kann ich dir nah sein
ohne wegzutreten vom Licht,

da mich nur dieser Kontakt
zu einem Engel macht?

Du, der sich mit Dunkel umschließt,
machst mich schwindlig,

meine Flügel schlaff. Komm mir
mit etwas Licht entgegen, sonst habe ich,

wenn ich dich erreiche, sie schon verloren,
meine Engelskraft.

2.

Die Dinge sind leise, doch verschweigen
wollen sie dich nicht. Nur am besonderen Ort

weht der Wind durch Baumeskronen, gewinnt
ihnen ein paar Laute ab, wie im Gespräch.

Die Dinge sind leise wie ein Kind,
das sich im Spiel den Eltern entrückt.

Sie haben nicht die Kraft, sich zu
dir hinzustrecken, sind fern verfangen.

Doch wie erstaunlich, wenn die Hand gelangt,
wohin das Auge weist, ertasten kann,

was es ihr zeigt. Wenn spitze Kiefernnadeln
in den Finger stechen, er auf der Vogelbeere gleitet

glatt wie Wachs, der lockere Schnee in sich zusammenfällt
bei der Berührung mit der warmen Hand.

Die Dinge sind leise, nähern sich nicht,
entziehen sich, gehst du eilig auf sie zu.

Doch verschweigen, nein, verschweigen
wollen sie dich nicht.

3.

Von Holzglut zu Holzglut gibst du
schwächeren Geruch? Wenn du verflüchtigst,

wo du fühlst, fühlst du noch nicht genug.
Das Holz mag schwinden, doch wohin

geht die Glut? Die Worte sprießen über ihre Ränder
und lösen in den Wind sich, einmal ausgesprochen, auf,

ihr Klang verschwingt. Auch du entfaltest Wirkung,
während du versinkst. Die Leere

fließt dann ein, die Engelswelt, um Teil
von deiner Welt zu sein. Fühl nicht die Dinge

mit den Sinnen, fühl ihre Gegenwärtigkeit;
zupf, um dich zu erinnern,

an unseren Engelsschwingen, die alles,
was vergangen ist, sich aufgeladen haben

und übertragen in den leeren Raum.
Folg nicht dem Holz, folge der Glut.

Wenn du verflüchtigst, wo du fühlst,
fühlst du noch nicht genug.

KRZYSZTOF CZYŻEWSKI

EIN LEBEN IM AUSATMEN

Viktoria Amelina

Gerechtigkeit

Das letzte Einatmen war Kanada – eine gute Arbeit in der IT-Branche, ein Creative-Writing-Studium in den USA, Literaturstipendien in Westeuropa, Ferien mit der Familie in Ägypten, ihr Sohn Andrij in Polen in Sicherheit …
Viktoria Amelina passiert die polnisch-ukrainische Grenze am 26. Februar 2022. Abends gelangt sie nach Lwiw, dort wohnt ihre Mutter, die als Geschichtslehrerin arbeitet. Als die Region Kyjiw befreit ist, macht sie sich sofort auf den Weg nach Osten. Im Zug begegnet sie drei Frauen, Schriftstellerinnen, Journalistinnen, Aktivistinnen der Revolution der Würde, Kämpferinnen für die Menschenrechte: Larissa Denisenko, Svitlana Povaliaeva, Olena Stjaschkina. Was sie verbindet, ist eine Schicksalsgemeinschaft, wachgerufen durch die Maidanbewegung, eine ukrainische Schwesternschaft im Widerstand gegen den »russkij mir«. Das Wesentliche dieser Schicksalsgemeinschaft fängt Vika in einem Gedicht ein, das sie einen Monat vor ihrem Tod schreibt. Doch damals schon, im Zug nach Kyjiw, hatten sie die ganze Luft in den Lungen, waren sich im klaren darüber, daß nur mehr das Ausatmen blieb: »im Ausatmen Zeugnis ablegen (…) im Ausatmen zu den Seinen gehen«.
Gleich Anfang April 2022 meldet sich Vika für eine Fortbildung zur Dokumentierung von Kriegsverbrechen und wird Teil des Teams von Truth Hounds, einer ukrainischen zivilgesellschaftlichen Organisation, die Verstöße gegen internationales Recht festhält. Sie ist nahe an der Frontlinie tätig, genau dort, wo die Verbrechen begangen werden. Bei dieser Arbeit lebt sie allein im Ausatmen.
Damals lernte ich sie kennen. In Zeiten des Krieges genügt es, sich einmal zu begegnen, ein paar Tage lang zusammenzusein, ein einziges langes Gespräch bis tief in die Nacht zu führen – und es entsteht eine tiefe, herzliche Bindung. Man sieht den anderen Menschen in heller Klarheit. Vika hatte dieses Licht in sich und jene Art von Feinfühligkeit, die wie Zerbrechlichkeit wirken mag, in Wahrheit aber ein Zeichen von Kraft und unbeugsamem Mut ist. Auf ihr Gesicht, ganz von Stille umwoben, fiel das Mal eines tragischen Schattens. Sie gehörte zu den Wissenden. Ihre Zeit im Schriftstellerhaus »Slowo« in Charkiw war kein gewöhnlicher Stipendienaufenthalt gewesen. In den dreißiger Jahren hatte das

stalinistische Regime mehr als achtzig Prozent der Bewohner dieses Hauses mit Repressionen gequält. Für Vika war das nicht Geschichte, sie wußte, daß ihre Generation die nächsten Glieder bilden würde in dieser Kette der Dichterinnen und Dichter der »Erschossenen Renaissance«.

»Bleib in Polen, bleib hier bei uns in Krasnogruda!« – Kraftlose Beschwörungen. Beide wußten wir, daß meine Worte vergeblich waren.

Unermüdlich tätig in schlaflosen Nächten, gastfreundlich gegenüber den Gepeinigten, zornig gegen das Böse, grenzenlos in der Freundschaft – sie war geschaffen für die Arbeit im Garten der Seele. Verschiedene Namen der Liebe hatte sie kennengelernt, der Krieg aber brachte sie dazu, der einen Liebe zu dienen, die jenen Namen trug, den sie immer wieder im Gespräch erwähnte: Gerechtigkeit. Angesichts der neuen Formen der Gewalt wollte sie Gerechtigkeit in einem erweiterten Sinne verstanden wissen, in einer Denktradition, die zu Rafał Lemkin und Hersch Lauterpacht führt, den beiden in Lemberg ausgebildeten Strafrechtlern, die dem internationalen Recht die Begriffe des Völkermords und der Verbrechen gegen die Menschlichkeit hinzugefügt hatten.

Es gibt ein Foto von Vika – im Hintergrund sind die ukrainische Flagge und ukrainische Symbolik zu sehen. Sie steht an der Grenze der Oblast Donezk, kerzengerade, in einem blauen Mantel, mit ihren hellblonden Haaren, die offen über die Schultern fallen. In meiner Vorstellung gebe ich ihr Waage und Schwert in die Hände. Ich sehe sie als Priesterin der Göttin Nemesis – jener Nemesis, die noch die älteste, auf griechisches Denken zurückgehende Verwandtschaft mit Aphrodite bewahrte, bevor diese Linie verwischt wurde mit den kulturellen Zuschreibungen der Rache und der Mißgunst. Stets wachsam, um den Menschen zu geben, was sie verdienten, vergaß sie dabei die Liebe nicht und war doch bereit, wenn nötig, das Schwert zu ergreifen, um Wohlergehen und Glück zu schützen.

Vika nahm »alle Lungen voll Luft / alle Segel voll Blut / alle Bahren voll Liebe …«

Die Luft, so glaubte sie, würde sich erneuern, und einmal käme gewiß noch die Zeit, »behutsam Leben einzuatmen«. Dieser Moment blieb ihr nicht mehr vergönnt. Sie lebte im Ausatmen, bis ganz zum Ende.

Zukunft

Dienstag, 27. Juni 2023. Schlechte Nachrichten aus der Ukraine. Eine russische Rakete hat das Restaurant »Ria Pizza« in Kramatorsk getroffen, das zu diesem Zeitpunkt vollbesetzt war. Nach und nach werden die Opferzahlen bekannt. Dreizehn Tote, darunter vier Kinder. Unter den vielen Verletzten ist Viktoria Amelina.

Vika war kurz vor der Abreise nach Frankreich gewesen, um dort ein einjähriges Stipendium anzutreten. Sie wollte das Buch »Looking at Women. Looking at War« beenden (Titel der deutschen Übersetzung: »Blick auf Frauen den Krieg im Blick«, Berlin 2025). Außerdem wollte sie an den Notizen aus ihrer Zeit in der Ukraine nach dem Februar 2022 weiterarbeiten: »Krieg und Gerechtigkeit«. Auf dem Festival »Buch-Arsenal« in Kyjiw hatte sie Schriftsteller und Journalisten aus Kolumbien kennengelernt. Berührt von deren Solidaritätsaktion »¡Aguanta Ucrania!« (Halte stand, Ukraine!), die sich gegen die Verbreitung russischer Propagandalügen in Lateinamerika richtet, möchte sie diesen Menschen mehr von der Realität des Kriegs zeigen, als das Kyjiwer Festival vermitteln kann.
Am Montag fahren sie in aller Frühe los Richtung Kramatorsk, das vierzig Kilometer von der Front im Donbass entfernt liegt. Unterwegs halten sie an dem Haus, aus dem die Russen am 24. März 2022 den Schriftsteller Wolodymyr Wakulenko verschleppt hatten, den Autor mehrerer Kinderbücher und Vater eines Sohnes mit einer Beeinträchtigung. Die Russen haben Wakulenko später gefoltert und erschossen. Wie durch ein Wunder fand Vika am 24. September 2022 sein Tagebuch, das er im Garten vergraben hatte, gab es zusammen mit einer Auswahl von Wakulenkos Gedichten und einer von ihr verfaßten Einführung heraus. Der Band wurde zu einem der eindrücklichsten Zeugnisse dieses Krieges.
Frühere Posts auf Facebook hatte sie in der Oblast Cherson geschrieben, da war die Region durch die Zerstörung des Kachowka-Staudamms bereits überflutet. In Cherson hatte sie sich auch mit der Witwe des ermordeten Dirigenten Jurij Kerpatenko getroffen, um deren Zeugnis festzuhalten. Anfang Juni publizierte sie auf den Social-Media-Kanälen von Truth Hounds einen Bericht über das russische Kriegsverbrechen von Kachowka.
Als ich von der Tragödie in Kramatorsk erfuhr, glaubte ich keine Sekunde an einen Zufall. Die Rakete, von der ein Splitter Vika getroffen hatte, war eine Hochpräzisionswaffe vom Typ Iskander. Sie hat eine Reichweite von mehr als 1000 km, der Radius der Zielgenauigkeit liegt bei zehn bis dreißig Metern.
Jedes Warten enthält ein Krümchen der Hoffnung, doch die Nachrichten, die in den nächsten Tagen von Freunden eintrafen, bereiteten uns auf das Schlimmste vor. Es geschah kein Wunder, die Operation im Krankenhaus in Dnipro rief Vika nicht ins Leben zurück. 1. Juli 2023. Auf den Tag genau zwei Jahre zuvor hatte ein Beschluß der ukrainischen Parlamentarier einem Städtchen im Donbass seinen früheren Namen Nju-Jork zurückgegeben. Wenige Monate später steigt Vika in einen Bus mit der Tafel Lwiw – Nju-Jork, um die Gäste eines von ihr initiierten Literaturfestivals eben dorthin zu bringen. Hätte sie den Angriff überlebt, und wäre ihr vergönnt gewesen, *peremoha* erleben zu dürfen, den Sieg der Ukraine, wer weiß, ob sie nicht die zweite Hälfte ihres Lebens mit diesem

Nju-Jork verbunden hätte, das weit mehr als die Megalopolis jenseits des Atlantiks ihre Zukunft verkörperte.

Der kolumbianische Schriftsteller Héctor Abad Faciolince beschrieb den letzten Moment ihres Lebens, in dem sie noch bei Bewußtsein war, mit folgenden Worten: »Auf der Terrasse des Restaurants saß ich ihr gegenüber. Da auf der Terrasse kein Alkohol konsumiert werden durfte, bestellte Vika ein alkoholfreies Bier. Sergio Jaramillo gab Eis in mein Glas und goß etwas ein, was an Apfelsaft erinnerte. ›Sieht aus wie Whisky‹, sagte Vika und schmunzelte. In diesem Moment schlug die Iskander ein. Die Hölle fiel vom Himmel. Dort, im Himmel, hat Viktoria jetzt ihr Haus. Nicht im christlichen oder muslimischen Verständnis. In einem nicht materiellen Himmel, im Himmel des Denkens, der menschlicher Natur ist – wir nennen es Gedächtnis.«

Nach Vikas Auffassung ist die Zukunft nur in unmittelbarer Abhängigkeit von der Gerechtigkeit denkbar. Doch die ewige Abfolge der Regime und Tragödien hatte es den Ukrainern allzu lange unmöglich gemacht, die fremdbestimmten Verstrickungen zu verstehen und diese Erkenntnisse in ihrem Leben entsprechend umzusetzen. In Krasnogruda sagte sie mir, die ersten Worte von Czesław Miłosz, die sich ihr eingeprägt hätten, stammten aus seiner Nobelpreisrede: »Nur dort, wo die Versammelten die Verschwörung des Verschweigens fortsetzen, klingt ein wahres Wort wie ein Schuß.« In einem Raum, in dem es von den Geistern der Vergangenheit wimmelt – so ihre Überzeugung –, muß das Licht angemacht werden. Mit anderen Worten, dort gilt es, gegen die Geschichtsfälschung anzukämpfen, die Schuldigen zu benennen und zu bestrafen. Die Opfer müssen ihre Würde zurückerhalten, eine Kultur des Gedenkens muß erarbeitet werden, ganz im Sinne der Weisheit der Nemesis, die sich gegen die Selbstliebe zu wappnen weiß. Augenzwinkernd verwies Vika auf ein Werbeplakat auf dem Platz der Freiheit in Charkiw: »Lebe im Zentrum der Zukunft!« Der Slogan eines Developers wurde in ihrer Vorstellung zum Sinnbild für die Verschiebung des Schwerpunkts ihrer Arbeit – von der Erinnerung an das erlittene Unrecht hin zur Zukunft. Den wahren Sieg der Ukraine sah sie nicht allein in der Verteidigung des Territoriums, sondern auch – wenn nicht vor allem – in der De-Okkupation der Vergangenheit.

Für sie, die im Ausatmen lebte, wurde die Frage nach der Zukunft essentiell. »ich sehe wieder ein Stückchen / ›morgen‹, danach – nichts, nur Dunkelheit«, schreibt sie in ihrem Gedicht »Ein Wort im Wörterbuch (Zukunft)« vom 14. April 2022. Und weiter heißt es in diesem Gedicht:

Ich weiß nicht ob die russen nicht iskander-raketen
auf uns hageln lassen jetzt in der nächsten Sekunde

Zuhause

Ich sehe ein fünfzehnjähriges Mädchen vor mir, das in ein Fernsehstudio in Moskau eingeladen wurde. Sie hat einen Wettbewerb für russische Literatur gewonnen, der sich an Jugendliche aus den ehemaligen Sowjetrepubliken richtete. Die Fünfzehnjährige fühlt sich als Star. Bis eine Journalistin sie nach der Unterdrükkung der russischsprechenden Bevölkerung von Lwiw fragt. Schlagartig wird ihr bewußt, warum sie in dieses Studio eingeladen wurde, warum das zerfallende Imperium in ihre Schule investierte, in der die Unterrichtssprache Russisch war. In diese Fernsehsendung, die auch bei ihr zu Hause angeschaut wurde. In all die internationalistischen Jugendbegegnungen. In das Puschkin-Amateur-Theater. In all die Reisen nach Moskau. »In uns haben sie wahrscheinlich mehr investiert als in die Bildung für Kinder in russischen Dörfern. Diese Kinder waren ja schon bezwungen, sie mußten nicht mehr mit Sommerferienlagern und Reisen zum Roten Platz geködert werden.« So Vika in einem Essay, den sie für ein Seminar in Krasnogruda geschrieben hatte. Und gleich im Anschluß heißt es in diesem Beitrag: »Hoffen wir, daß es eine der größten Fehlinvestitionen der Russischen Föderation gewesen ist.«

Es war der Wendepunkt in Viktoria Amelinas Leben, dessen Zentrum sich nun von Moskau nach Kyjiw verschob. Die von Rußland fabrizierten Lügen greifen nicht mehr, mit dem erwachten Bewußtsein wandelt sich das Selbstbild, ein neues Gefühl der Zugehörigkeit entsteht. Die Wahl der Wahrheit wird zur Wahl der Identität. Zuvor hatte sie noch verstehen müssen, daß Grenzenlosigkeit als Attribut der Phantasie ohne Frage ihre Vorzüge besitzt, in den Händen eines Imperiums aber zu einem Werkzeug der Eroberung und Unterdrückung wird. Und wenig später wird sie sehen, daß die Menschen, die in Westeuropa eine Welt mit offenen Grenzen befürworten, sich schwer damit tun, die Emanzipation der Ukraine zu verstehen, für die die Grenze zu Rußland eine Frage des Überlebens ist. Den Song der »Scorpions«, der erklang, als die Berliner Mauer niedergerissen wurde – »Wind of Change« –, kannte sie auswendig: »The world is closing in / and did You ever think / that we would be so close, like brothers ...« Mit der Annexion der Krim gewannen diese Zeilen eine völlig neue Dimension.

In ihrem Buch »Vita activa oder Vom tätigen Leben« schreibt Hannah Arendt, was die Griechen dazu bewogen habe, die Unverletzlichkeit der Grenzen zu betonen – nicht die Idee des Privateigentums in unserem heutigen Verständnis, sondern die Überzeugung, daß der Mensch ohne ein Zuhause nicht an den Belangen der Welt mitwirken könne, denn nur wenn er »seinen« Platz habe, sei er zu einer solchen Teilhabe fähig. Auf der Spur dieser Gedanken entstand die musikalische Formation von Serhij Zhadan, Oleh Kadarov und Yevhen Turchynov:

»Mannerheim-Linie«. Eine Metapher für die Verteidigung der eigenen Prinzipien wie für die reale Linie der Verteidigung gegen den russischen Aggressor, in Anlehnung an die Bunkerstellungen, welche die Finnen gegen die sowjetische Bedrohung angelegt hatten. Als die Band auf Einladung Vikas im Rahmen des Festivals ein Konzert direkt an der Front im Donbass gab, blieb kein Raum mehr für Metaphern. Die Dichtung wurde Wirklichkeit. Doch suchte die Wirklichkeit zugleich Halt in der Sprache und der ukrainischen Identität. Ohne diese Rückbindung verlöre jede reale Verteidigungslinie ihren tieferen Sinn.

Vika wuchs in einer Familie auf, die das Trauma des Holodomor erlitten hatte und den Komplex der Russifizierung mit sich trug. Das Ukrainische war ihr nicht vererbt worden. Sie mußte selbst eine ungeheure Arbeit leisten, um sich von dem Gefühl zu befreien, im eigenen Land »fehl am Platz« zu sein. Die Frage des Zuhauseseins wurde zum Dreh- und Angelpunkt – für die Emigrantin, die aus dem Nest des »russkij mir« geworfen worden war; für die Schriftstellerin, die in mehreren Sprachen schrieb; für die ukrainische Patriotin und Aktivistin, die ein nomadisches Leben führte.

»Genau darum geht es«, sagte Vika, als sie in unserem Kulturzentrum in Sejny den Trickfilm »Pokój« gesehen hatte. Pokój – das Wort hat im Polnischen zwei Bedeutungen, die aufeinander verweisen. Der intime Raum eines »Zimmers«, der dem Menschen die Möglichkeit gibt, zu Hause zu sein, stellt die Grundlage dar für den »Frieden« im Zusammenleben mit den anderen.

Vika gehörte zur Generation derjenigen, die ihr Zuhause in der Ukraine erringen und die um dessen Bewahrung kämpfen mußten, um den Preis des eigenen Lebens. Vika fühlte sich überall dort zu Hause, wo sie als Ukrainerin Hilfe und Verständnis fand. In Prag, wo sie sich gleich nach dem Beginn der russischen Invasion aufhielt, in Polen und in anderen europäischen Ländern, in den USA. Doch Solidarität mit der Ukraine alleine war nicht genug. Sie fragte immer auch nach der polnisch-belarusischen Grenze, nach der Grenze zwischen Mexiko und den USA. Ihr Mitgefühl galt allen Flüchtenden, allen Migranten, gleich, woher sie kamen.

Das Zuhause war eine »Hausaufgabe« für sie, die es zu bewältigen galt. Die Reparatur der Welt sollte bei ihr beginnen, bei der eigenen Person, um von dort auszustrahlen – in die Schaffung einer Sphäre des Vertrauens im eigenen Land, in den Aufbau einer Zivilgesellschaft, die in der Lage ist, Gerechtigkeit einzufordern, die aber ebenso Verantwortung übernimmt für ihre Schwächsten, einer Gesellschaft, die die Rechte der Minderheiten schützt und niemanden ausschließen will. Das gesellschaftliche Engagement und der kritische Patriotismus jener Generation, für die Vika eine der bedeutendsten Persönlichkeiten wurde, vereinten sich in dem Verlangen, die Wahrheit auszusprechen. Dem Leben im

Ausatmen entsprang das Bedürfnis, den eigenen Namen laut und vernehmlich auszurufen, das so lange Jahre hindurch unterdrückte Recht auf ein selbstbestimmtes Dasein – auf ein Leben »daheim« – endlich umzusetzen. »Das Schweigen hinterläßt so tiefe Risse, daß es schwierig ist, sich zu Hause zu fühlen«, schrieb sie an anderer Stelle.
Entscheidend waren für Vika die Erfahrungen auf dem Maidan im Dezember 2013. »Um in Kyjiw auf die Straße zu gehen, mußten wir uns auf das Risiko einlassen, einander zu vertrauen.« Die wichtigste Lektion, die sie aus der Revolution der Würde mitnahm, drückt sie in Worten aus, die eine universale Idee der Gemeinschaft meinen: »Das Zuhause kein magisch-idealer Ort, sondern der Platz, an dem du sicher weißt: Wenn du geschlagen wirst, kommen Nachbarn, um dir zu helfen.« Im Zuge des Aufbruchs im Namen einer zivilgesellschaftlichen Solidarität tauchen Graffiti mit dem Schriftzug HOME auf – und das »O« füllt eine Landkarte der Ukraine aus. Das habe ihr imponiert, sagte Vika einmal in einem Gespräch mit Natalia Kornienko.

Nju-Jork

Am 7. November 2021 fanden erstmals zwei Marathonläufe in New York statt: einer, traditionsreich, bereits zum fünfzigsten Mal, auf den Straßen und Brücken der amerikanischen Metropole, und der zweite fast unmittelbar an der Front, in einem Städtchen im Donbass, wo ein Krieg andauerte, von dem die Welt nichts wissen wollte. Der zweite Lauf stand unter dem Motto: »Der Marathon, den niemand laufen will.« Wer teilnehmen wollte, legte – an jedem beliebigen Ort – eine beliebige Distanz zurück, als Zeichen des Protests gegen die russische Aggression gegen die Ukraine, als Zeichen des Protests gegen einen Krieg, der zum Marathon zu werden drohte. An der Laufveranstaltung im ukrainischen Nju-Jork nahmen neben einer Handvoll Menschen vor Ort 35 000 Personen weltweit teil. Auf diese Weise versuchten die Ukrainer, Aufmerksamkeit zu erlangen für die Verbrechen des russischen Regimes, dem der Westen damals nach wie vor Waffen lieferte. Für Viktoria Amelina war aber auch noch etwas anderes wichtig: der Ort selbst und seine Einwohner. Denn einen Monat zuvor hatte sie dort das erste Nju-Jorker Literaturfestival organisiert.
In Krasnogruda wollte Vika vor allem von Nju-Jork erzählen. Von der Kleinstadt auf den Hügeln zwischen Avdijivka und Bachmut, mitten im Auge des Sturms. Einer Stadt, die geteilt war durch die Sprachen – Ukrainisch und Russisch –, geteilt durch das Gefühl der Zugehörigkeit zur Ukraine beziehungsweise zu den Donezker Separatisten und zu Rußland, seit 2014 permanent unter Beschuß, und mit jedem Kriegsjahr entvölkerte sie sich weiter. Eine der dringlichsten

Angelegenheiten nach dem 24. Februar wurde für Vika die Evakuierung der noch in Nju-Jork verbliebenen Familien.
Nju-Jork hatte sie über ihren Mann kennengelernt, seine Familie stammte von dort. 2005 brachte er sie zum ersten Mal an den Ort seiner Kindheit. Sie erzählte mir von der jungen Frau, die damals aus der Großstadt in ein Krähwinkel kam und die – sie wußte selbst nicht, wie und wann – ihr Herz daran verlor. In jenem nächtlichen Gespräch in Krasnogruda ließen wir unserer Phantasie freien Lauf, entwarfen ein »kleines Zentrum der Welt«, das in Nju-Jork entstehen könnte. Die Konfrontation des Großen mit dem Kleinen und eine Umdeutung der Dimensionen zugunsten des Kleinen – das elektrisierte uns. Ein Konzept, das nicht nur dem Donbass und der Ukraine guttäte, sondern generell den Großstädten und Ballungsräumen. Nach Vikas Vorstellung sollte ein solches Festival der Impuls für ein langfristiges Kulturprogramm sein, das sich über das ganze Jahr erstreckt, als organische Arbeit mit den Menschen vor Ort. Für dieses Projekt wollte sie auch die russischsprachige Bevölkerung gewinnen, die ihr Zuhause in der Ukraine noch nicht gefunden hatte. Die Ursachen dafür sah sie sowohl in der russischen Propaganda als auch in Versäumnissen des ukrainischen Staates. Ganz besonders wichtig war ihr die Arbeit mit der jüngsten Generation, ebenso mit Lehrerinnen und Lehrern sowie mit Persönlichkeiten, die sich für die Zivilgesellschaft engagieren. Ihre Ideen spiegeln sich in der Struktur des Festivals: Den literarischen und künstlerischen Veranstaltungen ging ein »Tag des Lehrers« voraus, der für Pädagoginnen und Pädagogen aus der Oblast Donezk gedacht war. Olena Stjaschkina und Serhij Zhadan hielten Vorträge zur Geschichte und sprachen über Poesie. Kinder bekamen ihre eigene kreative Sphäre, sie konnten an Workshops teilnehmen, nach Herzenslust schmökern. Für Jugendliche gab es einen Essay-Wettbewerb. Und es entstand ein lokaler »New Yorker«: www.newyorker.city. Bis heute betreuen Krystyna Schewtschenko, Valeria Panasenko und Nadja Hordijuk – drei Frauen aus Nju-Jork – dieses Portal.
Zusammen mit bekannten Künstlerinnen und Künstlern aus der ganzen Ukraine traten im Rahmen des Festivals lokale Musikerinnen und Musiker auf, Schriftstellerinnen und Schriftsteller sowie ein Kindertanzensemble. Hinter alldem stand das gemeinsame gesellschaftliche Engagement, ermöglicht wurde das Unternehmen durch eigene finanzielle Mittel, die Viktoria Amelina mit freiwilligen Aktivistinnen und Aktivisten zur Verfügung gestellt hatte, sowie durch Mittel von NGOs.
Anhand von Erzählungen und mit Hilfe der Fotos, die Vika gemacht und auf Facebook eingestellt hat, versuche ich, mir ein Bild des Städtchens Nju-Jork zu machen.

Zentrale Achse ist die Gartenstraße. Zu beiden Seiten Häuser aus rotem Backstein, die Dächer mit roten Ziegeln, hellblaue Fensterläden. Kein Zufall also, daß dies die Farben des Nju-Jorker Literaturfestivals wurden. Die Ziegelei hatten seinerzeit Deutsche gebaut, die sich Ende des 19. Jahrhunderts dort niederließen. Vorher hatten Kosaken und Kaufleute aus der Balkanregion in der Gegend Fuß gefaßt. Sie suchten nach dem Ende der Saporoscher Sitsch eine neue Bleibe. Wie der Ortsname Nju-Jork in die Grenzlande der ukrainischen Steppe kam, bleibt bis heute auch unter Historikern ein Rätsel. 1864 ist der Name bereits auf der Landkarte zu finden. Eine lokale Legende erzählt von einem Würdenträger, der seine Geliebte aus Westeuropa hierhergebracht und ihr eine blühende Zukunft versprochen hatte, ein weiteres Nieuw Amsterdam. Doch mit Legenden sollte man vorsichtig sein, sie führen ihr Eigenleben, verführen mit ihrem Zauber Menschen, die scheinbar nichts mehr zu tun haben mit den tief in der Zeit verborgenen Anfängen der Erzählung.

Unter den deutschen Siedlern gab es Lutheraner, die Mehrzahl der Einwohner des Städtchens aber waren Mennoniten. Wichtiger als die Steuerfreiheit war für sie das Privileg, keinen Militärdienst leisten zu müssen. Ihre Religion verbot ihnen, eine Waffe in die Hand zu nehmen. Der asketische Zug ihrer Kultur, der unter anderem die Nutzung technischer Errungenschaften untersagte, stand dem industriellen Aufschwung der Siedlung nicht im Wege. Der Wohlstand wuchs rasch, und Anfang des 20. Jahrhunderts war aus dem einstigen Weiler in der Steppe eine Kleinstadt mit fast achttausend Einwohnern geworden. Es gab eine Maschinenfabrik, eine Eisenbahnlinie, es gab Elektrizität, eine Mühle, einen Buchladen, eine Knaben- und eine Mädchenschule. Aus jenen Jahren stammt die Pracht der ehemaligen Gardenstraat, ebenso der Park mit den Springbrunnen, die üppigen Ornamente an den alten Fabrikgebäuden.

Ich betrachte Viktorias Fotos, höre die Erzählung vom tragischen Schicksal der Mennoniten unter Stalin. Einer der Brüder, die den Buchladen geführt hatten, weigerte sich, religiöse Bücher zu verbrennen, und wurde von den Bolschewiki erschossen. Andere wurden nach Sibirien verschleppt, in die Gegend des heutigen Amursk. Eine Wiedergeburt der Ukraine mußte in Vikas Vorstellung auch die Wiedererschaffung einer Erinnerung an diejenigen beinhalten, die einmal Nachbarn gewesen waren und denen das »Land der Räte« die Hölle bereitet hatte.

Wir halten an einem Foto inne; es zeigt das Kulturzentrum »Ukrainisches New York«, das sich im Gebäude des ehemaligen Genossenschaftsladens von Aaron Thiessen befindet. 1910 wurde der Bau errichtet. Vor wenigen Jahren erst wurde hier eine Gedenktafel angebracht, die auf ukrainisch und auf deutsch die Geschichte des Gebäudes erzählt. Als Vika das Festival vorbereitete, bat sie Serhij Zhadan, den Einwohnerinnen und Einwohnern von Nju-Jork seine Übersetzungen von Gedichten Bertolt Brechts vorzulesen, musikalisch begleitet von dem

Jazz-Kontrabassisten Mark Tokar, der wenig später Offizier der ukrainischen Streitkräfte wurde.

Vika hatte ein feines Gespür für die Besonderheiten des »Grenzlandes«, das eben nicht nur Konfliktregion ist, sondern ebenso ein Raum der Begegnung mit den »anderen« und damit die erste, die wichtigste Sphäre, in der eine Erneuerung beginnen kann.

Nju-Jork ist ein strategisch wichtiger Ort an der Frontlinie im Donbass, eine Verteidigungsstellung der ukrainischen Mannerheim-Linie. Hier toben fürchterliche Kämpfe, die den Ort erbarmungslos zerstören. Russische Bomben vernichteten seine Wirtschaftskraft. Viele Menschen kamen ums Leben. Wer konnte, floh. Nach den früheren Verwüstungen – der Revolution der Bolschewiki, dem Zweiten Weltkrieg – kehrte der Ort immer wieder ins Leben zurück. Auch von diesen Wunden, den bisher schlimmsten in seiner Geschichte, wird er sich erholen. Allerdings wird das ein schwieriger und langwieriger Prozeß werden.

Doch besitzt Nju-Jork noch eine weitere Bedeutung für die Landkarte der Ukraine und – ja – der Welt. Dank der Bemühungen Viktoria Amelinas wurde Nju-Jork zum Symbol der Deokkupation der Zukunft. Soll dieser Prozeß Wirklichkeit werden, sind nicht militärische oder wirtschaftliche Aspekte entscheidend – auch wenn Vika und ihre Verbündeten an der Bedeutung dieser Sphären niemals zweifelten. Die harten Faktoren der Geopolitik nehmen keine Rücksicht auf das Leben, die natürliche Umwelt, die Bedürfnisse der Menschen. Eben diese Belange sind aber wesentlich für die zivilisatorischen Ökosysteme in den »kleinen Zentren« der Welt. Von hier aus ist eine Veränderung der Wirklichkeit möglich, von hier aus entstehen tragfähige nachbarschaftliche Bindungen, entsteht ein Gefühl der Verantwortung für die Umwelt. Damit stellt sich die Solidarität vieler kleiner Zentren dem Monopol des großen Zentrums entgegen. Aus dem Potential des *genius loci* lassen sich universale Werte gewinnen – die Schaffung einer Erinnerungskultur, die Wahrung der Menschenrechte. Eine Gesellschaft der Verantwortung, die in die Bildung und die Sphären der Zivilgesellschaft mindestens so viel investiert wie in den Sport und den Straßenbau, ist in der Lage, das Diktat des Autoritarismus zu überwinden.

Die Geschichte von der Heimkehr

Vika klopfte an Türen, um Vergessenes zu wecken, und alles, was sie tat, verstärkte die Echowirkung des Klopfens.

Menschen, denen gegeben ist, was Vika gegeben war, überschreiten ihre gewöhnlichen Möglichkeiten. Das ukrainische Verb *mohty* bezeichnet, wozu wir *imstande sind*, was wir *vermögen*. In ihrem Bemühen um Gerechtigkeit, auf ihrer

Suche nach einem Zuhause und einer Zukunft tat Vika mehr. Sie überschritt ihre Grenzen, stellte unter Beweis, daß es möglich ist, sich zu *überwinden – peremohty –*, mehr zu tun, als in unseren Kräften liegt, mehr zu tun, als wir uns vorstellen können.

Im Ausatmen wird das Lied zum Schrei. Unablässig höre ich ihn. Unablässig hallt er durch die Welt, die nicht müde wird, ihr »Nie wieder« zu murmeln. Unablässig versucht er, den Konformismus des neuen Appeasements zu übertönen, in dem nichts anderes aufscheint als die alten Muster: Das Knie beugen vor der Tyrannei, in der stets illusionären Hoffnung, die Verheerung werde die Verzagten erst an zweiter Stelle treffen, und bis dahin sei vielleicht ohnehin alles vorbei und ausgestanden, während die Gräberfelder immer weiter wachsen.

> Auf das frühlingshaft blauende Feld
> tritt eine Frau im schwarzen Kleid
> die Namen der Schwestern zu rufen
> wie Vogelschreie in den leeren Himmel

Die Frau, die die Namen der Schwestern ruft, um ihren Schmerz über das Feld zu säen, findet sich wieder in der *poesis*, in der Tat des Wortes. Die Poetin Viktoria Amelina wurde während des Krieges geboren. Zuvor hatte sie Romane und Kinderbücher geschrieben. In einem Gespräch mit Natalia Kornienko verweist sie auf die Ausnahmesituation: »Die Gedichte kamen, als ich etwas sagen wollte, aber nicht mehr in der Lage war, einen Prosatext zu schreiben, ja nicht einmal mehr einen banalen Post auf Facebook zustande brachte. Seit längerem schon denke ich, daß fiktionale Texte zu schreiben nichts mit einer besonderen Befähigung zu tun hat, sondern vielmehr mit einer Unfähigkeit – der Unfähigkeit, sich unmittelbar auszudrücken, so wie andere Menschen es tun. Als ich mich nicht mehr in Prosa mitteilen konnte, kam die Lyrik. Und es ist auch eigentlich keine Lyrik – ein Geschoß hat meine Sprache getroffen und aus den Splittern formen sich Verse (…) Sämtliche Wörter haben andere Bedeutungen angenommen. Deshalb sind auch in den wenigen Gedichten, die ich seit der Vollinvasion geschrieben habe, keine Metaphern zu finden, nichts Imaginiertes, nichts, was auf irgendeine Weise Eindruck machen will. Statt dessen Unmittelbarkeit, nackte Bedeutung, Fetzen von Information. Ich nenne es ›Offensichtliches, in Versform gereiht, während des Krieges notiert‹.«

In dem Gedicht »Keine Lyrik« führt sie den Gedanken aus:

Gesplitterte Sprache
klingt nach Lyrik
ist aber keine

Und auch das hier ist keine
Sie ist als Freiwillige
im Einsatz in Charkiw

(7. Mai 2022)

Bei uns in Krasnogruda gibt es den Brauch, daß jeder, der zum ersten Mal zu Besuch kommt, mit dem Glöckchen klingelt, das unter dem schmiedeeisernen Frosch an unserer Haustür hängt. Dieser Ton gilt uns als Versprechen auf ein Wiederkommen. Auch Vika hat mit dem Glöckchen geklingelt. Am Tag darauf las sie bei der Veranstaltung »Café Europa« in der Alten Jeschiwa in Sejny das Gedicht »Eine Geschichte für die Heimkehr«. Es endet mit den Worten:

Und du, was hast du mitgenommen?

Ich habe nur diese Geschichte mitgenommen
von der Heimkehr
Da, ich habe sie ans Licht geholt
sie wächst

(8. Mai 2022)

Aus dem Polnischen von Lothar Quinkenstein

DANA RANGA

JESUS SAGT

Gedichte

Der nächste Lippenschlag?
Der nächste Atemzug?
Das nächste Wort?
Die nächste Handbewegung.
Hoffnung, zwischendrin.
Das nächste Geräusch?
Ja? Nein?
Jesus schweigt.
Der nächste Sturz,
der nächste Schmerz.
Bleikugel am Fuß.
Blickt ihr ins Gesicht.

Umblättern.

Die Blumen, die Bäume, die Gräser
die wachsen, irgendwo
ein Kreuz
in der Nacht
Gewitter
Blitz und Donner.
Sitzt da, alleine
als Gips
als Plastik
als Bronze.
Jesus INRI.

Erkältet.

Der winzige Hund und Jesus
die Rolltreppe hinunter
und wieder hoch
die Rolltreppe hinunter
und wieder hoch
die Rolltreppe hinunter
und wieder hoch

U-Bahn-Station

Von außen keine Nachricht
von innen kein Licht.
»Hast du die Beschreibung?
Lade den Dieb ein
und sieh, was er stiehlt«,
sagt Jesus.
In der Mappe der Liebesbeweis.
Wiederhole den ersten Schritt.
Verzicht ist zu üben.
Beschreibungen, nichtfließend
Umgebung, Begehung –

»… ich ging den Weg«

Ein Boot
auf dem Toten Meer
dreht sich um sich selbst
der Wind
will sich nicht legen.
Jesus dreht sich um
wieder und wieder
dreht sich um

und steht nicht
still.

NATASCHA WODIN

EIN GRAB IM URAL

Auch Friedrich hatte eine kleine Geschichte mit Rußand. Während seiner Schulzeit in Weimar war er verliebt in seine aus Leningrad stammende Russischlehrerin, und großen Eindruck hatte offenbar auch sein Klassenlehrer auf ihn gemacht, der mit perfekten Russischkenntnissen aus langjähriger Gefangenschaft zurückgekehrt war und seine Schüler mit seinem Charisma in seinen Bann zog. Ihm und der hübschen jungen Lehrerin aus Leningrad war es geschuldet, daß Friedrich trotz der allgemeinen Abneigung der Schüler gegen den Russischunterricht schon in der Pubertät Gedichte und Erzählungen von Turgenjew, Puschkin, Tolstoi und Gorki las. Er kannte zu jener Zeit auch ganz persönlich einen Russen, einen in der DDR stationierten Offizier, der des öfteren seine junge Mutter, eine Kriegerwitwe, besuchen kam. Er ging damit ein hohes Risiko ein, weil den in der DDR stationierten sowjetischen Soldaten private Kontakte zur deutschen Bevölkerung streng verboten waren. Der Besucher spielte russische Lieder auf dem Klavier, er brachte Friedrich das Schachspielen und das Schlittschuhlaufen bei, zwei Dinge, die fast alle Russen können, und womöglich wäre er in einer anderen Zeit Friedrichs Stiefvater geworden, aber unter den herrschenden Umständen war das ausgeschlossen. Eines Tages wurde Friedrichs Mutter auf irgendein Amt zitiert, Friedrich wußte nicht, worum es dort gegangen war, aber von da an kam der Russe nicht mehr, er war für immer verschwunden.

Später, schon lange im Westen, entdeckte Friedrich seine Liebe zur russischen Literatur neu. Sie wurde zu seiner Zuflucht, während er viele Nächte schlaflos neben seiner schwerkranken Frau lag. Mit Hilfe eines Wörterbuchs übersetzte er sich Gedichte von Puschkin ins Deutsche und lernte sie dann im Original auswendig. Er kannte Puschkin viel besser als ich, las »Eugen Onegin« Wort für Wort im Original und hörte sich die Arie des Fürsten Gremin aus Tschaikowskys Vertonung so oft an, bis er sie mit seinem schönen Baßbariton auf russisch nachsingen konnte.

Wir flogen zuerst nach Moskau, wo wir ein paar Tage in der Wohnung meiner Nichte zweiten Grades blieben, die gerade nicht zu Hause war, sondern uns in ihrem Elternhaus im Ural erwartete. Schon eine Ewigkeit war ich nicht mehr in Moskau gewesen, zum letzten Mal vor über dreißig Jahren, als die Marktwirtschaft den Sozialismus gerade erst zu überholen begann, als sich am Eingang des ersten McDonald's-Restaurants kilometerlange Schlangen bildeten, während sich am

Puschkin-Denkmal die letzten Bibliophilen trafen und öffentlich Gedichte rezitierten. Jetzt erkannte ich hier nichts wieder. Das einstige Moskau hatte sich nicht verändert, es war wie vom Erdboden verschwunden. Aus der mir vertrauten grauen Stadt mit ihren stillen, verwilderten Straßen und Gassen, in denen die Zeit eingeschlafen war, war eine Megacity mit schrillen Leuchtreklamen geworden, futuristische Skylines wechselten sich ab mit wiederbelebtem zaristischem Pomp, die ganze Stadt mit ihren neuen, mehrspurigen Straßen war von Westautos überrollt, die meistens standen, weil auch die neuen Straßen schon wieder hoffnungslos überlastet waren. Geschäfte wie hier existierten bei uns nicht, nach fast hundert Jahren Mangelwirtschaft gab es hier Dinge zu kaufen, die man nicht einmal im Westen bekam. Man konnte zwischen hundert verschiedenen Torten wählen, von denen jede einem kleinen Kunstwerk glich, ganze Fleisch-, Geflügel- und Fischberge türmten sich vor unseren ungläubigen Augen direkt auf dem gekachelten Fußboden eines Geschäfts, das Obst- und Gemüseangebot, das früher nur aus Kartoffeln, roter Bete und im besten Fall aus ein paar verschrumpelten Äpfeln bestanden hatte, glich jetzt dem eines überquellenden südländischen Marktes. Im berühmten Kaufhaus GUM, in dem man einst tagelang für ein Paar häßlicher Winterstiefel anstehen mußte, gab es jetzt nur noch Dior, Armani und Versace. Wir kamen uns vor wie mitten im biblischen Tanz ums Goldene Kalb. Das Leben hatte eine Geschwindigkeit, die man in jedem Augenblick körperlich spürte, nach drei Tagen hatten wir das Gefühl, wir seien um ein Jahr gealtert.

Einst, in einem anderen, fernen Leben, hatte ich in Rußland viele Freunde gehabt, mein russischer Freundeskreis war deutlich größer gewesen als mein deutscher. Eine Zeitlang hatte ich sogar in Moskau gewohnt, aber alle, die ich damals kannte und die, so hatte das Schicksal es gewollt, einer anderen, älteren Generation angehörten, waren inzwischen gestorben. Ich hätte in Moskau nur noch Gräber besuchen können. Und ein Grab war es auch, zu dem ich jetzt mit Friedrich in den Ural reiste.

Mein Cousin Igor, halb russischer, halb ukrainischer Herkunft wie ich, war der mir nächste noch lebende Verwandte, den ich vor ein paar Jahren durch eine Internetrecherche gefunden hatte, die dem verschütteten Leben meiner Mutter in der Ukraine galt. Igors Mutter war die Schwester meiner Mutter, die man in der Stalinzeit wegen »volksfeindlicher, konterrevolutionärer Tätigkeit« in ein Straflager am Polarkreis verbannt hatte. Dort war Igor 1936 geboren, weit entfernt von Mariupol, wo meine zu dieser Zeit sechzehnjährige Mutter mit ihren Eltern lebte. Auf meiner Suche nach ihr hatte ich keinen einzigen Menschen gefunden, der sie gekannt hatte, auch Igor kannte sie nicht, aber er kannte Menschen, die sie gekannt hatten, mit denen sie eng verbunden war. Er war der einzige mir bekannte, noch lebende Zeuge ihres Lebens. Ihre Schwester Lidia war seine

Mutter, und er hatte viele Jahre mit seiner Großmutter, der Mutter meiner Mutter, unter einem Dach gelebt, der Frau, um die meine Mutter in den Jahren in Deutschland fast täglich geweint hatte, mit deren Tod vor Augen sie wahrscheinlich zu dem deutschen Fluß gegangen war, in dem sie sich ertränkte, als ich zehn Jahre alt war. Von Igor hatte ich erfahren, daß die Mutter meiner Mutter in Wirklichkeit noch bis 1963 gelebt hatte, nicht ahnend, daß ihre verschwundene jüngere Tochter Jewgenia sich sieben Jahre vor ihrem eigenen Tod irgendwo in Deutschland das Leben genommen hatte. Während der langen Reise an den Polarkreis, zu der meine Großmutter aufgebrochen war, um ihre ältere Tochter im Straflager zu besuchen und ihren Enkel Igor kennenzulernen, war der Krieg ausgebrochen und hatte ihr den Rückweg nach Mariupol abgeschnitten. Nach Kriegsende hatte man lange nach meiner Mutter gesucht, aber da jede Spur von ihr fehlte, mußte man annehmen, daß sie durch deutsche Bomben umgekommen war. Erst von mir hatte Igor erfahren, daß sie, seine Tante, in Wirklichkeit von den Deutschen zur Zwangsarbeit nach Deutschland verschleppt worden war und schließlich sich selbst umgebracht hatte.

Igor hatte mit seinen Eltern und seiner Großmutter lange am Rand des Hungertodes in der Evakuierung in Kasachstan gelebt, erst einige Jahre nach Kriegsende konnte die Familie nach Rußland zurückkehren. Nach seinem Schulabschluß studierte Igor Geodäsie an der Moskauer Universität und wurde anschließend als Landvermesser in den Ural geschickt, wo er für immer blieb. Er war verheiratet, hatte zwei Kinder und mehrere Enkel. Vor etwa fünfzehn Jahren hatte sich in seinem Leben eine Tragödie ereignet. Seit jeher verband ihn eine besondere Liebe mit seiner jüngeren Schwester Alina. Sie war in Moskau zurückgeblieben, als er in den Ural zog, aber die Geschwister nutzten jede Gelegenheit, sich zu sehen, telefonierten täglich miteinander, schrieben sich Briefe. Alina war nicht verheiratet, aber sie hatte einen Sohn, den ich schon vor Igor kennengelernt hatte. Er war mein erster großer Fund auf der Suche nach meiner Mutter gewesen, er war es, der mich zu Igor führte, seinem Onkel im Ural. Während unserer kurzen Korrespondenz hatte er mir eines Tages wie nebenbei mitgeteilt, daß er seine Mutter umgebracht hatte und danach mehrere Jahre in der Psychiatrie gewesen war. Seinen immer kargen Mails hatte ich entnommen, daß seine Mutter ihn offenbar rigoros, mit despotischer Liebe von der Außenwelt abgeschirmt hatte, weil sie, aus dem ukrainischen Adel stammend, auf keinen Fall wollte, daß ihr Kind zu einem *homo sovieticus* heranwuchs. Und als der isolierte, völlig vereinsamte Junge schließlich herangewachsen war, zu einem gespenstischen Riesenbaby, nahm er eines Tages ein Kopfkissen und drückte es seiner schlafenden Mutter so lange aufs Gesicht, bis sie tot war. Danach, so erzählte mir später Igors Frau, löffelte er ein Glas Mayonnaise aus und legte sich wieder schlafen.

Der Mord an seiner Schwester zerstörte auch Igors Leben. Kurz nachdem ihn die Nachricht erreicht hatte, erlitt er einen Schlaganfall, ein paar Jahre später noch einen, der ihn endgültig zum Invaliden machte. Er war gebettet in die Liebe seiner Frau und seiner Kinder, ihnen verdankte er wahrscheinlich, daß er überhaupt noch am Leben war. Aber der schreckliche Mord an seiner Schwester ließ ihn nie los, er blieb für immer sein Trauma, seine große, unheilbare Wunde.
Eines Tages geschah ein Wunder. Bei Igor meldete sich eine Frau aus Deutschland, die behauptete, die Tochter seiner vor Jahrzehnten verschwundenen Tante Jewgenia zu sein, also seine Cousine. Im Russischen nennt man eine Cousine Schwester zweiten Grades, den zweiten Grad läßt man in der Regel weg und sagt einfach Schwester. Zwölf Jahre nach Alinas Tod wurde Igor von heute auf morgen eine neue Schwester geschenkt, die er schon fast sein ganzes Leben gehabt hatte, ohne etwas davon zu ahnen. Nun war er auf einmal zu einem Hiob geworden.
Mehr als zwei Jahre skypten wir regelmäßig miteinander. In mir füllte sich ein Leerraum mit zärtlicher Liebe für diesen wortkargen, unbestechlichen alten Mann, meinen Cousin, meinen Bruder, von dessen Existenz auch ich mein Leben lang nichts geahnt hatte. Durch ihn kam ich meiner Mutter und ihrem Leben in der Ukraine so nah wie noch nie zuvor. Es blieb ein Phantasma für mich, daß ich einen Menschen gefunden hatte, der der Sohn ihrer Schwester war. Für ihn war durch mich etwas von seiner Alina in die Welt zurückgekommen, für mich kehrte durch ihn etwas von meiner Mutter zu mir zurück. Seine Frau sagte, er würde nur noch von Gespräch zu Gespräch mit mir leben, sein größter Wunsch sei es, mich vor seinem Tod leibhaftig kennenzulernen. Er war nicht mehr reisefähig und hoffte darauf, daß ich zu ihm kommen würde. Ich litt unter Schuldgefühlen, weil ich, die Jüngere und Gesündere, nicht den Mut aufbrachte, mich auf die Reise in den Ural zu machen, zu vieles hinderte auch mich. Meine Schmerzen, meine Reiseangst, mein Biorhythmus, den ich nicht mit den Menschen, sondern mit den Fledermäusen teilte. Schließlich kam Friedrich, und alles veränderte sich. Wir hatten schon die Tickets nach Tscheljabinsk gekauft, aber es war zu spät. Zwei Wochen vor der Erfüllung seines letzten großen Lebenswunsches starb Igor an einem dritten Schlaganfall. Wir konnten nicht einmal mehr an seiner Beerdigung teilnehmen, aber wir flogen trotzdem. Für uns war es so etwas wie unsere Hochzeitsreise.
Er hatte mit seiner Frau im fünften Stock eines neuen, komfortablen Hochhauses in einer geräumigen Eigentumswohnung gewohnt, die seine gutverdienenden Kinder für ihre Eltern gekauft hatten. Vom Balkon aus sah man grüne Höhenzüge, man roch den Ural mit seinen riesigen Wäldern voller Beeren und Pilze, gleich hinter dem Haus begann der schmale Asphaltweg, auf dem Igor seine kleinen Spaziergänge machte, solange er noch konnte. Ich sah die Tapete in

der Küche, vor der er immer beim Skypen gesessen hatte, sein Bett, in dem er geschlafen und in dem ihn sein letzter, tödlicher Schlaganfall ereilt hatte. Auf dem Nachttisch stand noch mein Foto in einem weißen Holzrahmen.

Zu unserer Begrüßung versammelte sich ein großer Teil der Familie an einem langen, mit russischen Speisen gedeckten Tisch. Igors Frau, seine Tochter Tamara, in deren Wohnung wir in Moskau gewohnt hatten, sein Sohn Sascha mit seiner Frau und deren zwei Söhnen mit ihren Kindern. Sie brachten mir zum ersten Mal zu Bewußtsein, daß viele Russen eher kleingewachsene Menschen waren. Galja, Igors Witwe, die fast sechzig Jahre mit ihm verheiratet war und mit verweinten Augen am Tisch saß, war nicht viel größer als ein zehnjähriges Kind. Auch ihre Kinder waren alle klein, so daß ich auch Igor, der mir auf dem Bildschirm immer groß und stattlich erschienen war, plötzlich als kleinen Mann vor mir sah. Meine Mutter war meinen Kinderaugen immer groß erschienen, wie alle Erwachsenen, aber wahrscheinlich hatte sie eine ähnliche Statur gehabt wie ihre Schwester Lidia, von der ich wußte, daß sie nur einen Meter sechsundfünfzig groß gewesen war. Friedrich nahm sich unter meinen russisch-ukrainischen Verwandten wie ein Riese aus.

Igors Kinder gehörten zu denen, die nach dem Zerfall der Sowjetunion zu Wohlstand gekommen waren. Sascha, ein gutgenährter Sanguiniker, war Teilhaber mehrerer Firmen, besaß ein eigenes Haus mit Klimaanlage, Sauna und Partykeller, ein zweites am Schwarzen Meer, außerdem eine Datscha an einem nahgelegenen See, wo man am Wochenende baden und angeln konnte. Igors Tochter Tamara war Geschäftsführerin der russischen Niederlassung eines deutschen Pharmaunternehmens, eine ebenfalls kleine, aber ausgesprochen energische Frau mit scharfzüngigem Humor. Sie war gerade dabei, sich eine neue Eigentumswohnung in Moskau zu kaufen, und besaß ebenfalls eine zweite Wohnung in Sotschi. Die Geschwister unternahmen gemeinsam mit ihren Familien viele Reisen, erkundeten die Welt, die ihnen in der Sowjetzeit so lange verschlossen gewesen war. Die Mitglieder des Familienclans hielten unerschütterlich zusammen und überwanden regelmäßig große Entfernungen, um einander zu sehen. Jeder Geburtstag, jedes Fest wurden gemeinsam gefeiert.

Sie hatten uns mit überströmender Herzlichkeit und Gastfreundschaft empfangen, bewirteten uns täglich mit allem, was die russische Küche hergab, schlugen uns vor, in den Ural zu ziehen, wo sie uns eine Wohnung oder ein Haus besorgen und wo wir mit ihnen zusammen ein gutes Leben haben würden. Ich, die ich außer meinen Eltern nie Verwandte gehabt hatte, war plötzlich in eine Großfamilie integriert, in eine russisch-ukrainische Sippe, die auch Friedrich ganz selbstverständlich als Familienmitglied aufgenommen hatte, obwohl er ein völlig fremder Mensch für sie war, genauso wie ich im Grunde auch. Aber ihnen genügte

es, daß ich zu ihrem Stammbaum gehörte, daß wir Blutsverwandte waren und daß Igor in mir seine geliebte Schwester wiedergefunden hatte. Er, der Abwesende, das konnte man deutlich spüren, war die Respektsperson dieser Familie gewesen, von allen geliebt und geehrt, und da seine Zuneigung mir gehört hatte, waren seine Frau und seine Kinder mir und Friedrich ebenfalls ganz selbstverständlich zugeneigt, Mir war, als würde auch Lidia mit am Tisch sitzen, Igors Mutter, die Schwester meiner Mutter, nach der ich auf meiner Suche so lange und sehnsüchtig gefahndet und die ich schließlich für tot gehalten hatte, umgekommen im Gulag, mit Abertausenden anderer Leichen eingestampft ins Bett des Weißmeer-Ostsee-Kanals, den die Häftlinge für Jossif Stalin bauen mußten. In Wirklichkeit war sie, wie ich nun wußte, über neunzig Jahre alt geworden und hatte noch bis vor siebzehn Jahren in einer Provinzstadt gelebt, wo ich von Moskau aus in einer knappen Stunde mit der S-Bahn bei ihr gewesen wäre. Als ich zum ersten Mal in die sowjetische Hauptstadt reiste, war sie erst zweiundsechzig Jahre alt. Ich hätte sie noch lange Zeit besuchen können, ich hätte noch fast dreißig Jahre Zeit gehabt, sie und ihre Familie kennenzulernen, mir von ihrem einstigen Leben zusammen mit meiner Mutter in Mariupol erzählen zu lassen.
Sascha brachte uns in seinem geräumigen Geländewagen zum Friedhof, seine Mutter und seine Schwester kamen mit. Wir fuhren durch eine zersiedelte, desolate Stadt, früher wahrscheinlich eine der russischen Versorgungswüsten, jetzt gab es auch hier zahlreiche Supermärkte, sogar einen »SPAR«, man sah Tankstellen und Apotheken. Ein abseits gelegener, maroder Pavillon hatte eine reiche Auswahl an frischen Blumen, ich kaufte einen großen Strauß weißer Lilien und roter Rosen. Auch das ein Zeichen der neuen Zeit, Blumen hatte es in der Sowjetunion zumeist nur in Form roter Nelken gegeben, wenn überhaupt.
Der Friedhof war ein offenes Gräberfeld mitten in der Landschaft. Igors Grab lag direkt an einer stark befahrenen Straße, man stand wie am Rand einer Autobahn, im Lärm der ständig vorbeirauschenden Autos, die ihre stinkenden Abgase auf die Gräber spien, obwohl Platz genug war, die Ebene sich schier endlos nach allen Seiten ausbreitete. Die absurde, gleichgültige russische Realität, die ich so gut kannte. Für Igor spielte diese Realität keine Rolle mehr, aber ich fühlte mich statt seiner gekränkt, am liebsten hätte ich die Urne mit seiner Asche wieder ausgegraben und an einer anderen Stelle der Stille übergeben, von der es hier so viel gab. Ein provisorisches Holzkreuz mit seinem Namen stand am Kopfende des Erdhügels, auf dem ein großes Gebinde aus weißen und lilafarbenen Plastiktulpen lag. Echte Blumen, so erklärte mir Tamara, würden sofort gestohlen werden, sofern die frei umherlaufenden Ziegen sie nicht schon vorher gefressen hätten.
Friedrich stand in seinem weißen Sommerhemd ernst und feierlich neben mir, aufrecht wie ein Soldat beim Salut. Schon als wir in Berlin in die Aeroflot-Maschine

gestiegen waren, eingetaucht in diese ganz andere, aus Rußland mitgebrachte Luft, hatten sich alle unsere Widersprüche schlagartig in Wohlgefallen aufgelöst. Wir waren auf dem Weg in eine Welt, in der wir einander noch nicht kannten, in der für uns noch alles offen war. Wir begannen, so schien es, noch einmal ganz von vorn. Und zu meinem Erstaunen ging Friedrich, der zugeknöpfte Hanseat, sofort auf im Russischen, er legte alle seine Förmlichkeiten und Konversationsgewohnheiten ab, er war meinen Verwandten in seiner Offenheit und Begeisterung wahrscheinlich näher als ich, er war, so konnte man meinen, der Russe, ich die Deutsche.

Ich hatte Igor nur vom Bildschirm gekannt, aber es war klar, daß er, anders als seine Kinder und auch anders als seine Frau, noch in der alten russischen Welt gewurzelt hatte, ein Kind des Gulags, des Krieges und des Hungers, eine tiefe, verschwiegene, wahrhaftige Seele, ein Mensch von großer Güte, mit einem untrüglichen Gespür für Heuchelei und Ungerechtigkeit. Mit großer Zärtlichkeit hatte er immer von seinen Enkeln gesprochen, von allen Kindern, jedes war für ihn eine unantastbare Persönlichkeit.

Ich wußte, daß ich zum ersten und letzten Mal an seinem Grab stand, ich würde nicht in den Ural zurückkehren, es war meine letzte große Reise. Ich wußte nicht mehr, ob ich ihm gesagt hatte, daß er wahrscheinlich der Grund dafür war, daß es mich überhaupt gab. Meine Großmutter war seinetwegen an den Polarkreis zu ihrer Tochter Lidia gereist, sie wollte ihren Enkel kennenlernen. Wäre meine dreiundzwanzigjährige Mutter nicht allein zurückgeblieben in der Stadt, in die bald darauf die deutschen Nazis einfielen, wäre sie unter den Fittichen ihrer Mutter geblieben, wäre sie vielleicht ihrer Verschleppung nach Deutschland entgangen. Sie hätte vielleicht auch meinen Vater nicht geheiratet, bei dem sie wahrscheinlich Schutz gesucht hatte, obwohl er nicht der richtige Mann für sie war. Ihr Leben wäre ganz anders verlaufen, und ich wäre nie zur Welt gekommen. Igors Geburt in einem russischen Lager hatte vermutlich dazu geführt, daß meine Eltern mich im letzten Kriegsjahr in einem deutschen Lager zeugten.

Heute, fast sechs Jahre nach unserer Reise in den Ural, hat Sascha mir ein neues Foto vom Grab seines Vaters geschickt. Auf der gegenüberliegenden Seite der Straße ist ein Meer russischer Flaggen zu sehen, über symmetrischen Reihen weißer Steinwürfel, die ich erst auf den zweiten Blick als Grabsteine erkenne. Das ist Igors neue Nachbarschaft – ein Soldatenfriedhof unter wehenden weiß-blau-roten Flaggen. Von seinem Platz in der ersten Grabreihe des Friedhofs für die Normalsterblichen hat er einen freien Blick auf die Fortsetzung der russischen Geschichte nach seinem Tod. Nur ein Asphaltstreifen trennt ihn von den gefallenen jungen Männern des neuen Kriegs, der eigentlich nie zu Ende gegangen ist

zwischen dem Osten und dem Westen, der nur vorübergehend ein wenig geschlafen hat und jetzt, neu entbrannt, die gesamte Menschheit bedroht.
Bis heute muß ich an die Schwalbe denken, sie geht mir nicht aus dem Sinn. Jeden Abend kam sie zum Übernachten von irgendwoher zu Saschas Haus, in dem wir während unseres Besuchs wohnten. Sie war immer allein. Ein winziger Vogel, der irgendwo in den endlosen Wäldern und Tälern des Urals wohnte und seinen Schlafplatz hinter der Wandlaterne eines Hauses am Rand dieser Wälder gefunden hat. Die kleine Schwalbe saß in der Armbeuge der Laterne über der Haustür, die so eng war, daß sie darin eigentlich gar keinen Platz hatte, daß sie sich noch kleiner machen mußte, als sie ohnehin schon war. Morgens, wenn wir aufstanden, war sie verschwunden, segelte wahrscheinlich schon seit dem ersten Sonnenstrahl irgendwo durch die blauen Himmelsweiten des Urals. Jeden Tag wartete ich auf sie, und tatsächlich kehrte sie jeden Abend zurück, saß in der Dämmerung wieder in dem engen Spalt zwischen Mauer und Lampe, und immer war mir, als käme sie aus dem bekannten deutschen Kinderlied, das meine Mutter einst so oft mit mir gesungen hat, meist mit Tränen in den Augen, das Lied vom Vogel, der geflogen kommt, um einen Gruß von der Mutter zu bringen.

BERTRAM REINECKE

ZAW LA ZAW, KAW LA KAW

Gedichte

ZAW LA ZAW, KAW LA KAW I

allgegenwärtig die felder seitlich der wege
kaum je geschah etwas, es sei denn jemand (die erosion)
wendete in der weite das gewand (aus staub) hin und her.
und weil nirgends nichts ist, macht dort ein gott sich breit
tut dies, tut das, harret hier, harret da, wartet hier, wartet da

und jesus ging über den (krickower) see
auch wenn ichs nicht selber sah, aber die wasserläufer
können es ja auch und die spinnen wandern durch die luft.
(umkleidet von staub oder tau
schimmerte erst später ihr netz im licht.)

es gab einen gott, der mich versuchte
und – gegebenenfalls – zur hölle fahren ließ
mich persönlich (das konnte ich mir tatsächlich vorstellen)

denn ich hab noch die stimme der engel gehört.
sie schnarrten, aber das wunderte mich kaum
klang doch auch die rostige handpumpe vorm haus
wie ein schreiender esel.

flatis vocis, reines lautspiel, die *vox coelestis*, die glossolalie
drang aus vaters harmonium zwischen den gilben tapeten
ganz fleckig von transzendenz, ein vorhalt der ewigkeit
flogen die engel in 8-fuß höhe durch den raum
und zum fenster des gemeindesaals hinaus, fleißige bienen
arbeiterinnen (bereiteten unsere ankunft vor
machten den himmel unbewohnbar)

im weinberg des herrn, drei schwestern aus ostpreußen
sangen die schlichten weisen ab, abtragen und -schaben

was irdisch ist, sünde und scham von den seelen
sprachen mit vater (auf der fensterbank lagen fliegen
wie tote schrauben) das *fahr teer, uns ehr' …*
und brannte nicht unser herz in uns als er mit uns redete?

es herrschten geordnete verhältnisse
wochentags schmierten die drei alten jungfern uns kindern
brötchen mit butter, lasen *hier ein wenig, da ein wenig*
den christlichen hauskalender vor und legten
vor einem bildnis von dürers betenden händen
geh eilig, währt ede ein arme
unsere kinderbibeln aus:

na, der da umgefallen ist heißt goliath
das hat ihm bestimmt wehgetan
das passiert, wenn man mit steinen schmeißt
deswegen sollst du auch nicht immer
mit deinen legos herumwerfen!

ZAW LA ZAW, KAW LA KAW II

drei heiligtümer barg vaters amtszimmer: das abendmahlsgerät
(wie ein pilot sein besteck pflegt hatte er es
nach der heiligen handlung geputzt und verwahrt)

wenn ich heimlich einige von den weißen runden idolen mit dem ☧
aus der silbernen dose nahm – erschien kurz mein bildnis
statt wie sonst des vater imago auf der blanken patene
und als ich *nun den bissen genommen hatte*
ging ich *alsbald hinaus. und es war nacht.*

drei heilige mädchen sahn dabei zu: katharina
schutzpatronin von schulen und philosophie und etwas kleiner
dahinter margarete und barbara (allesamt provisorisch
aus sorge vor dieben ins pfarrhaus geschafft
dies zweite der wunder) blickten mit identisch
mißgestimmten gesichtern vom zachower katharinenaltar:
drei holzpüppchen in lärmendem nichtstun
dazu die ganze heilige familie und
johannes mit der wahrheit – die hat zeit.
was für ein aufwand!

(und dagegen die enttäuschung als vater erklärte
daß neubrandenburg mit der vierspurigen straße
auch bloß eine kleinstadt war.)
meine geheime idolatrie eine abweichung von der ordnung
in dieser unbedeutenden gegend, verschwistert den asseln
hinter den losen ziegeln, den polygynen waldameisen
mit ihrem magnetsinn im zachower forst
den salamandern, dem damwild und den imagines der schröter.

einmal hatte ich aus dem obergeschoß
hinab hinter die rankengitter geschaut
ich sah eine natter und noch andere rätsel

und wenn sich mein vater zurückzog zur tagesschau
– der schwarz-weiß-apparat war
das dritte (und bedeutendste) der wunder –
(die eule der minerva mochte allenfalls
anderswo irgendwo ihren flug beginnen)
erhoben sich daheim die motten aus den sisalmatten.

ich barg derweil andere geheimnisse (einmal fand ich
zwei letzte after eight im papierkorb, rechts und links
hinter der schmuckborte der leeren packung verklemmt,
ein andermal ein westmarkstück in einer jackentasche).

als ich krank war und mit vater allein
durfte ich mit ihm fernsehen, einen bericht über den seekrieg
im persischen golf, ob großkampfschiffe noch zeitgemäß wären
wenn schon der einschlag einer einzigen rakete …
(ich konnte mir das sehr gut vorstellen).

danach lief *flug in gefahr:* ein düsenklipper –
beide piloten hatten verdorbenen fisch gegessen
und vater erklärte geduldig, daß sowas oft erst dann auffällt
wenn es zu spät ist, etwa wie bei jenen knollenblätterpilzen
deren weiße runde kappen ich noch nicht
vom champignon unterscheiden konnte.

ZAW LA ZAW, KAW LA KAW III

meist war es still im haus, in vaters büchern schliefen
leavitts gesetz und levitikus, der krater catharina
im *kalender für sternfreunde* (an dessen bildteil
hatte er mir erklärt, warum auf dem mond keine leute wohnen).
in den regalen veralteten die atlanten
und reglos lag der schwarze mann unter meinem bett
… wenn nicht vater das radio einschaltete
für das zeitzeichen im deutschlandfunk.

dann nahm er den mächtigen propheten vom brett
mit dem geteilten silbernen bart und stieg mit mir auf den turm
die kurbel an die großen ratschen setzen, damit der grahamgang
eine weitere woche der gleichmäßigen zeit zerrieb.

manchmal erwachte das werk, der windfang
setzte sich in flatternde drehung, kreiste geschwinder, hob
geruhsam den schwerfälligen hammer und die schloßscheibe maß
der glocke nach und nach eine anzahl von schlägen ab, bis
erneut aus der einsetzenden stille des ernsten sekundenpendels
tickende meditation wieder hervortrat, als wäre nichts geschehen
es roch nach schmierfett und staub.

und, ging es noch höher, stieg ich voraus
(daß, falls ich fiele nicht beim *hingehen und rücklings fallen,*
zerbrochen am fuße der leiter aufschlüge)
ölen des zeigerwerks rostigen kardantrieb
hinauf, zu den leeren glockenstühlen
ihre bronzen hatte der erste weltkrieg gefordert

in der turmhalle unten wohnten seine gefallenen
darüber ruhten die toten von 71 und neben dem uhrenhaus
lag noch schief eine tafel aus den befreiungskriegen
offensichtlich steigen die toten nur langsam zum herrn
(ihr müsset ihm entgegen gehen!) circa ein stockwerk
nur im jahrhundert, ein vorgeschmack auf die ewigkeit
oder war doch irgendwann die zeit
einfach stehengeblieben?

ZAW LA ZAW, KAW LA KAW IV

vaters merkbuch für hausbesuche. die geburtstage trug er ein
sterbefälle, wegzüge strich er heraus:
ein verkleinerter auszug aus dem kalender gottes
wie das klassenbuch in frau kollmorgens aktentache
ein vorhalt auf gottes kladde am jüngsten tag.

aber noch reihte es sich aus abend und morgen dahin.
dann und wann kam der sensenmann (ohne kapuze
wozu auch, man soll nach dem regen mähen)
tippte an seine schifferkappe, begann
in winzigen schritten voranzutreten mit schwingenden hüften
regelmäßig wie das pendel der uhr, und machte heu.

zwischen wachen und schlafen, zwischen halbschlaf
und halbwach halb im schlaf und halb im halbwachen halbschlaf
schlafwachend schlichen die tage hin.

wachet auf ruft uns die stimme der mutter in der herrgottsfrühe
sie macht die lampe an, deckt den tisch *und die morgenröthe*
hatte (jedenfalls sommers) *schon das gestirne unter den rock*
ihres lichtes verborgen, wenn wir, *wir mußten ihm entgegengehn*
vorbei an kirche und friedhof müde zum schulbus fröstelten.

aber *brannte nicht unser herz in uns als*
frau kollmorgen dem knappen dutzend schüler
die *morgenröthe* einer neuen zeit auslegte
ein starker und mächtiger kam von dort, war
in den himmel geflogen und hatte keinen gott gesehen, während
feuer regnen vom himmel herab in vietnam.

sie erklärt den sozialismus auf dem lande:
das melkkarussell (ließ auf sich warten)
die kombine, maat und drusch, nur ein arbeitsgang
lf 16 auf w 50 im nemerower spritzenhaus

im neuen befreiten jahrtausend aber würden wir
unsere gesamte nahrung aus plastegefäßen
zu uns nehmen, unter anleitung der sowjetunion
ein anderer mächtiger mann, unser direktor stabe
vertrat schon jetzt in der volkskammer in berlin

die interessen unseres volks. mein vater jedoch
sah noch immer die falschen, *ewig gestrigen* nachrichten.

ihr habt euch entschlossen mitzuhelfen
den schädling »lodrian« zu vertreiben, also erklärte ich es ihm
wie ein wassersturm der mächtig einreißt, er erwiderte nur:
ich weiß daß deine lehrerin dieser ansicht ist.
weh der prächtigen krone der trunkenen von ephraim
der welken blume ihrer lieblichen herrlichkeit!

ich wünschte mit den füßen leicht aufwärts begraben zu werden
so wie die kosmonauten liegen, im schlaf noch
trainieren für die schwerelosigkeit, wollte ich doch schließlich
später auch noch nach oben hinauf.

der schädling »lodrian« ist nämlich ein hartnäckiger bursche
wendet euer wissen an, wenn ihr dem schädling »lodrian« in der schule
im haushalt oder anderswo begegnet!

MICHAEL KRÜGER, PIERO SALABÈ

DAS WIRD EUER LEBEN ÄNDERN

Ein spätes Gespräch über Dichtung, Tradition und Melancholie

PIERO SALABÈ: Michael Krüger, Sie stehen am Anfang Ihres achten Jahrzehnts. Wie blicken Sie auf Ihre Kindheit zurück?
MICHAEL KRÜGER: Die ersten sechs Jahre bin ich bei meinen Großeltern in einem kleinen Dorf in Sachsen-Anhalt aufgewachsen. Mein Vater war der klugen Ansicht, ich solle als Kleinkind nicht nach Berlin kommen, das mit Sicherheit bombardiert werden würde. Nach dem Krieg enteignete man der Hof meines Großvaters, der dort jedoch ein Zimmer behielt: Es war unser Eß-, Wohn- und Schlafzimmer, mit drei Tellern, drei Tassen, drei Gabeln und Messern und einer Truhe für die Klamotten. Für mich war es die schönste Zeit.
SALABÈ: Was war daran besonders?
KRÜGER: Ich ging mit meinem Großvater spazieren und lernte von ihm, wie man die Natur beobachten muß. Wir besaßen zwei Bücher, eine wunderbar illustrierte Bibel und ein Pflanzenbestimmungsbuch, verfaßt von meinem Ururgroßonkel, der Nachfolger von Chamisso am Königlichen Herbarium in Berlin war. Auf unseren Streifzügen durch die Felder sammelten wir Löwenzahn, Brennessel, Beeren, Pilze – alles, was man essen konnte, und das wurde dann zu Hause anhand des Buches bestimmt. In meiner Kindheit lernte ich den Respekt vor dem Alter, vor der Natur und vor der Bibel, die mir meine Großmutter vorlas. Sie konnte daraus jede Geschichte herleiten. Das hat mich bis zum heutigen Tag geprägt, denn man findet in der Bibel sämtliche Konflikte wieder. Die Bibel ist ein Reservoir aller Geschichten, wie kein anderer Text. Ich habe sie nicht in erster Linie als religiöse Schrift wahrgenommen, sondern als Buch unerhörter Erzählungen. Lesen Sie mal einem Kind, das noch nie Schokolade geschmeckt hat, die Hochzeit von Kanaan vor. Alle Wunder, die in der Bibel Jesus zugeschrieben werden, sind großartige Geschichten, und meine Großmutter, die persönlich von Gott enttäuscht war, das aber nicht zugeben wollte, hat sie mir auch als solche, als große Literatur vorgelesen. Sie war enttäuscht, weil Gott sich nicht gegen die lächerlichen Kommunisten durchsetzen konnte, die ohne jede landwirtschaftliche Kenntnis den Hof übernommen hatten. Die Art und Weise, wie meine Großeltern mit der Natur umgingen, hatte etwas »Religiöses«, aber in dem Moment, wo man es beschreiben will, verflüchtigt es sich. Und das gilt natürlich auch für die Poesie allgemein: Ein

poetischer Urtext sind die Psalmen, deren »Geschmack« in jedem Gedicht anwesend ist, aber man kann schlecht behaupten, ohne die Kenntnis der Psalmen hätte Ernst Jandl keine Gedichte geschrieben. Dichter haben die Metaphysik in den Genen – aber sie sind eben keine Wissenschaftler, die Gene isolieren und bestimmen wollen.

SALABÈ: Ihr jüngster Lyrikband trägt den Titel »flußaufwärts«. Gibt es eine Verbindung zwischen Ihren letzten Gedichten und den ersten aus dem Buch »Reginapoly« von 1976?

KRÜGER: Bestimmte Naturmotive sind geblieben, die Vögel beispielsweise. Im Band »Die Dronte« erkundete ich diesen seltsamen Taubenvogel, der so schwer ist wie der Albatros, aber nicht fliegen kann. Es gibt im Senckenberg Museum in Frankfurt eines der ganz wenigen erhaltenen Skelette des Dodos, dem ich bei jeder Buchmesse meine Aufwartung machte. Die alten Chroniken erwähnen sein bitteres Fleisch und ich sah darin eine schöne Dialektik, die Rache des Vogels an der Evolution, die ihn flugunfähig gemacht hatte. Damals habe ich »Das Ende der Naturgeschichte« von Wolf Lepenies verlegt, einem der wenigen Soziologen, die sich für die Naturwissenschaften interessierten. Im Studium des 18. Jahrhunderts fand ich eine Fülle von Hinweisen und Anregungen für die Naturgeschichtsdebatte, die in den siebziger Jahren avantgardistisch anmutete. Gesellschaft war schließlich das Wichtigste. Einmal kam Hans Jonas zu Besuch aus Amerika, nachdem er »Das Prinzip Verantwortung« geschrieben hatte. Wir saßen zusammen in einem Kreis von Philosophen und Historikern, und er fragte ganz unschuldig, was denn in Europa gerade ein besonderes Thema sei. Ich sagte: »Wir haben eine grüne Partei.« Es war das erste Mal in der ganzen Parteiengeschichte, daß eine politische Gruppierung das Ziel verfolgte, Gaia, die Natur und unsere Idee davon, zu beschützen. Damals, vor fast fünfzig Jahren, hat niemand ernsthaft geglaubt, es sei mehr als ein Spleen. Wir wurden ja so erzogen, daß die Gesellschaft, die ihre Ressourcen ausbeutet, schon so klug sein würde, immer etwas nachwachsen zu lassen. Daß das nicht stimmte, sehen wir heute: Der Mensch hat sich in Europa die Erde untertan gemacht. Wir wissen, daß wir hier versagt haben. Die Erde ist nicht für acht Milliarden Menschen angelegt, die ein anständiges Leben führen, also im Wohlstand leben wollen wie wir.

SALABÈ: Seit einigen Jahren leben Sie in einem Holzhaus im bayerischen Voralpenland. Warum hat es Sie gerade hierhin gezogen?

KRÜGER: In diesem Land zwischen dem Starnberger See und den Alpen werden die Böden nicht so hemmungslos ausgebeutet wie anderswo, weil keine intensive Landwirtschaft betrieben wird. Wenn man hier nachmittags nach Süden läuft, kommt man in einen Zustand des Gehens und Betrachtens, wie ich ihn in

Deutschland selten erlebt habe. Und wenn man nun älter wird und auch bald unter der Erde liegt und damit ein Teil dieser Sache wird, interessiert sie einen natürlich noch mal unter einem anderen Gesichtspunkt.

SALABÈ: Biagio Marin, der Dichter von der kleinen Insel Grado, der ein Leben lang in seinem Dialekt schrieb, hat zwischen achtzig und neunzig einige seiner schönsten Gedichte verfaßt. Was steht Ihnen noch bevor?

KRÜGER: Ich hoffe, mit Biagio Marin gleichziehen zu können. In »Die Welt en gros und en détail« hat Claudio Magris ein unvergeßliches Porträt dieses Dichters verfaßt, der übrigens auch auf deutsch schrieb. Hier in meiner Nachbarschaft lebt der Philosoph Jürgen Habermas, der zwischen achtzig und neunzig eine tausendseitige Studie über den wechselseitigen Einfluß von Philosophie und Religion geschrieben hat. Es gibt so etwas wie Alterswerke, ob mir das gegeben ist, weiß ich nicht. Ich habe da gar keinen Ehrgeiz. Ich schreibe, was mir gefällt – und wenn es meiner Gesundheit gefällt. Ich habe die Leukämie vorerst überstanden, aber es ist eine Krankheit, die man nie ganz besiegt. Ich tue so, als ob es noch eine Weile weiterginge. Das sieht man an meinem Arbeitszimmer, in dem wir gerade sitzen, es liegen überall Haufen mit Projekten herum. Wenn ich Zeit habe, werde ich das alles noch bearbeiten.

SALABÈ: Welche offenen Wünsche gibt es noch, was treibt Sie um?

KRÜGER: Am meisten macht mir der Niedergang der dramatischen Kunst zu schaffen. Das Theater hat vor Christi Geburt begonnen und scheint nun in den zwanziger, dreißiger Jahre unseres Jahrhunderts zu Ende zu gehen. Auf die Bühne werden nur noch Projekte, Diskurse oder Romane gezerrt, aber unser Drama, das sich im Grunde nicht verändert hat, gerät in Vergessenheit. Darüber würde ich gerne ein Stück schreiben, habe viele Notizen gemacht. Aber es schwebt mir auch ein Buchprojekt vor, das sich mit der Frage beschäftigt, wie wir mit Bildern haushalten: Welche von den Abertausenden von Bildern, die man in einem Leben gesehen hat, Kunstbilder, aber auch Photographien, haben einen existentiell geprägt? Ein Maler, der mir viel bedeutet, über den ich ein Buch geschrieben habe, ist Segantini. Viele Leute interessieren sich überhaupt nicht für ihn, sie meinen, er habe nur grasende Kühe und die Berge gemalt. Ich glaube, es lohnt sich, diese Wahrnehmungsunterschiede zu untersuchen. Warum sehen zwei Menschen, die dem gleichen Kulturkreis angehören, die Dinge so unterschiedlich? Ich will dies an drei Malern festmachen, die mich in meiner Jugend sehr beeindruckt haben, informelle Maler, von denen heute keiner mehr redet. Für mich waren sie eine Offenbarung.

SALABÈ: Sie sprachen von Habermas, den Sie noch sehen. Viele andere Weggefährten, von Oskar Pastior bis Tomas Tranströmer, von Wolfgang Bächler bis Zbigniew Herbert sind nicht mehr da. Wie erleben Sie diese Lücke?

KRÜGER: Als einen Abgrund. Eben sind die beiden Schweizer Peter Bichsel und Peter von Matt gestorben. Im letzten Jahr Jürgen Becker und Wolfgang Rihm, Ich weiß nicht, wie man es schafft, diese Tode wegzustecken. Ich habe ja nicht nur die Werke dieser Autoren geliebt, sondern auch ihr besonderes Wesen. Heute gehe ich manchmal an ihren Häusern vorbei und denke, hier lebte er. Hermann Lenz, beispielsweise, der bei mir um die Ecke, in der Mainzer Straße in München wohnte. Eigentlich sollte ich herumlaufen – auf die Gefahr hin, für verrückt erklärt zu werden – und die Leute ermuntern, ihn zu lesen: »Das wird euer Leben ändern.« Zu meinem inneren Museum gehören aber auch viele Autoren, die ich nicht getroffen habe. Wenn ich an das frühe 20. Jahrhundert denke, wäre ich gerne dreißig Jahre früher auf die Welt gekommen, um Antonio Machado kennenzulernen. Man sollte eine Lebenskonzeption entwickeln, um zu verschiedenen Zeiten zu leben. Die ersten Jahre an einem Ort, die nächsten zehn in Paris um 1880, im Salon von Mallarmé und beim jungen Valéry, dann weitere Jahre in New York, mit der großen amerikanischen Poesie, die in einhundertfünfzig Jahren entstanden ist und zweihundert großartige Dichter hervorgebracht hat und immer noch hervorbringt.
SALABÈ: In einem Gespräch vor zwanzig Jahren sagten Sie mir, es würden Generationen kommen, die mit der Literatur versuchen werden, das Leid zu überschreiten, einer Literatur, die viel naiver mit dem Glück zu tun hat. Ist dies eingetreten?
KRÜGER: Ja, leider. Man braucht sich nur das Spektrum der Unterhaltungsliteratur anzusehen, die sich immer mehr spezialisiert. Für jede mentale Konditionierung und Identität gibt es hundert Romane, die man sich im Laufe der Jahre zusammenkaufen kann. Dann hat man seine eigens für sich zugeschnittene Bibliothek. Es besteht gar nicht mehr der Versuch, die *wirkliche* Erzählung zu finden, jeder Roman müßte die früheren noch etwas überbieten, statt dessen gibt man sich mit dem Abbild der eigenen Befindlichkeiten zufrieden. Die Herstellung von Schicksal ist weit vorangeschritten, mit der Künstlichen Intelligenz wird dies in exponentiellem Maße forciert. Wohin das führen soll, kann ich nicht sagen. Ich bin ein Kind des 20. Jahrhunderts, geboren in den letzten Jahren des Zweiten Weltkriegs. Ich habe noch den dichten Schatten der Ideologien mitbekommen in einer Welt, die auch durch Mimesis über den Schrecken nachgedacht hat. Und da es für den Schrecken keine Lösung gab, ist dieser melancholische Ton entstanden, den man in der heutigen Beschleunigung vergeblich sucht.
SALABÈ: Sie erwähnen, daß Sie als Kind seiner Zeit die besondere Melancholie der Epoche der Desillusion und der Verunsicherung erlebten. Wie steht es um Ihre Gemütslage im 21. Jahrhundert?
KRÜGER: Im Moment fehlt mir jeder Optimismus. Ich war, wie viele andere auch, überzeugt von der europäischen Idee als der einzigen politischen Offen-

barung unserer Generation: Sprachgrenzen, Mentalitätsgrenzen, Grenzen des Geschmacks und der Traditionen sicherlich, jedoch keine politischen Grenzen mehr. So habe ich auch meine Arbeit im Verlag gesehen. Von diesem Großprojekt ist nicht mehr viel übriggeblieben. Was soll man rühmen, wenn nichts Rühmenswertes mehr vor Augen steht? Also kümmern sich alle wieder um ihre Befindlichkeit. Das »große Ganze« ist zunächst einmal flüchtig, und ich fürchte, es wird in meiner Lebenszeit nicht mehr in unsere Hirne, Herzen und Gebeine fahren. In einem Kinderbuch von Maurice Sendak sagt der Hund hinter dem Fenster: Es muß im Leben doch mehr als alles geben – schön wär's. Andererseits will man sich auch nicht den Luxus der Bitterkeit leisten. Eine Möglichkeit, die mir immer eingeleuchtet hat und die ich bewundert habe, ist die »Erfassung der Welt« durch Jürgen Becker. Er kennt keine »metaphysischen Ausschläge«, sondern nur das geduldige Festhalten der Dinge. Auf der anderen Seite gibt es Dichter wie Christian Lehnert, die bewußt den religiösen Faden wiederaufnehmen und weiterspinnen.

SALABÈ: Nach dem Fall der Berliner Mauer wurde eine Zeitlang die engagierte Literatur weniger gepflegt als in anderen Epochen. Bricht womöglich angesichts der heutigen Weltlage die Zeit eines neuen Engagements an?

KRÜGER: Ich hoffe, Sie haben nicht eine Anti-Trump-Lyrik im Sinn! – Die wird sicherlich gerade vorbereitet. Ich sehe viele engagierte Dichter am Werk: Jan Wagner und Marion Poschmann arbeiten auf verschiedene Weise daran, wie man über das, was wir Natur nennen, Gedichte schreiben kann; Durs Grünbein und Marcel Beyer engagieren sich auf ganz verschiedene Art bewundernswert für Geschichte; Lutz Seiler bohrt auf unerhört subtile Weise in unsere besondere Geschichte. Es gibt in Deutschland hundert sehr gute Dichterinnen und Dichter, die sich mit dem Problem, was ein Gedicht ist und was man mit ihm sagen oder ausdrücken kann, auf leidenschaftliche Weise auseinandersetzen – nur interessiert das keinen mehr, außer die Dichter selbst. Ich gebe seit ein paar Jahren mit Unterstützung der Bayerischen Akademie und der Baur-Stiftung eine Buchreihe mit Texten exilierter Dichter und Dichterinnen heraus. Diese Menschen, die furchtbares Leid ertragen mußten, die in Flüchtlingslagern auf die Welt gekommen sind, die in jungen Jahren schon am Ende waren, haben nichts anderes im Sinn, als sich »mit Gedichten zu retten«: Sie schreiben Gedichte, um sich an die letzten Reste von Tradition anzuschließen. Ich bin immer wieder aufs neue gerührt, wenn ich das lese.

SALABÈ: Sie waren zeit Ihres Lebens auch Übersetzer. Welchen Dichter oder Lyrikband würden Sie am liebsten noch übersetzen?

KRÜGER: Ich übersetze nach wie vor gerne, zuletzt, um mit den einfachen Dingen anzufangen, habe ich Dante übersetzt für ein Projekt von Theresia Prammer. In den frühen achtziger Jahren habe ich einmal mit Dagmar Leupold die Gedichte von Pavese übersetzt, für Claassen. Als ich kürzlich eine Neuausgabe bei Kampa in die Hand nahm, hatte man meinen Namen schon gelöscht. Ich übersetze viel für mich, um herauszufinden, wie andere es machen, aber ich habe es aufgegeben, mich als Übersetzer zu bewerben. Kürzlich dachte ich, ich sollte als alter Knochen die Gedichte von Robert Lowell übersetzen, weil ich es ungerecht finde, daß dieser große und einflußreiche Dichter so unbekannt ist. Ich muß so etwas nur denken, dann sehe ich plötzlich eine Anzeige, daß ein anderer sich darangewagt hat.

SALABÈ: Sie haben über vierzig Jahre das Bild der Lyrik in Deutschland geprägt, als Dichter, Übersetzer und Herausgeber von Poesie aus aller Welt, unter anderen von Joseph Brodsky, Tomas Tranströmer, Seamus Heaney und Charles Simic. Heute geben Sie die Reihe Lyrik Kabinett bei Hanser heraus. Wie beurteilen Sie das aktuelle Panorama?

KRÜGER: In unserer winzigen Community gibt es ungeheuer kenntnisreiche Experten, die – wie Jan Wagner, Monika Rinck, Marcel Beyer, Norbert Hummelt, Ron Winkler oder Steffen Popp – mit schöner Regelmäßigkeit ihre neuen Übersetzungsarbeiten vorlegen. Eigentlich sind alle Dichterinnen und Dichter an Übersetzungsprojekten beteiligt, das finde ich großartig. Denken Sie nur an die vielen Anthologien, die bei Wunderhorn und in anderen Verlagen erscheinen, wo man nachlesen kann, wie in Litauen oder Belarus gedichtet wird. Das von Hans Magnus Enzensberger einst errichtete »Museum der Poesie« hat viele Anbauten für seine wachsenden Sammlungen erhalten. Und trotzdem gibt es noch immer weiße Flecken. Seit vielen Jahren rege ich zum Beispiel an, eine große Anthologie der hebräischen Poesie von den Psalmen bis zu Jehuda Amichai, Dan Pagis oder Agi Mishol zusammenzustellen, bisher vergeblich. Jeder Depp hängt sich für Hunderttausende ein Bild übers Sofa, aber keiner will mit der Förderung von Poesie Unsterblichkeit erlangen. Ich mache die letzten Jahre meines Lebens einfach weiter: Neben der Reihe Lyrik Kabinett gebe ich noch mit Freuden und mit Freunden die Edition Petrarca und die Exilreihe heraus – und wenn dann keiner mehr Gedichte lesen will, dann soll man auf meinen Grabstein schreiben: Er hat es wenigstens versucht.

DÉNES KRUSOVSZKY

DER SOMMER IST VORBEI

Gedichte

SCHREIBEN NUR MIT MESSER

Wo sind die Zeilen,
die du mir versprochen hast,
und wo sind die,
die ich dafür versprach,
mit eingezogenen Hälsen sitzen wir auf dem Ast,
entsetzlich krächzend
bemühen wir uns,
über etwas Erhabenes zu sprechen,
der Sommer ist vorbei,
dabei brach vorhin gerade erst
der Frühling an,
oder ist auch das egal,
einst hat man mit Stoppuhr überprüft,
ob wir schnell genug lesen können,
und was hat sich dabei herausgestellt,
auch schreiben sollte man nur mit Messer,
doch natürlich habe ich es gerade dann nicht dabei,
wenn ich endlich anfangen würde.

RADIERGUMMI

Plötzlich ist alles so alt geworden,
woher kommen all die Kampffahrzeuge,

revoltierende Jugendliche
fordern Weihnachtsrente,

wegen landesweiten Schneefalls gibt es
in den geschlossenen Abteilungen kältefrei,

alle sind frei, doch liegen alle im Sterben,
dabei wurde auch der Tod längst verboten,

aufgrund des staatlich verordneten Faschings
ist in den Secondhandläden großer Andrang,

auch ich muß mich in meinem Leinenkittel
verstecken, wenn ihr mich auf der Straße erkennt,

haltet mich nicht an, oder falls doch,
nennt mich Radiergummi.

SAHNELIKÖR

Aus Versehen ging ich zum Treffen
einer anderen Klasse, da ich schon da war,

hielt ich meine Rede,
mit der alle ausgesprochen zufrieden waren,

behäbige Männer umarmten mich,
reife Frauen zeigten mir Bilder von ihren Kindern,

zum Andenken unserer verstorbenen Freunde
tranken wir gemeinsam einen Sahnelikör,

als ich ihnen gegen Morgen endlich gestand,
daß ich nicht der war, für den sich mich hielten,

zeigten sie mir ein verblichenes Foto, deuteten auf mich,
und dann mußte ich doch fliehen.

ALGORITHMEN

Da ich nicht stark genug etwas anderes wollte,
bekam ich das, es geht nicht um dich,

überhaupt, wer bist du und was suchst du hier,
der menschliche Geschmack wurde schon ausgelagert,

jetzt findet gerade die Auslagerung der Aufmerksamkeit statt,
dann können die Gefühle kommen, die Erinnerungen,

am Ende ist die Frage wirklich nur noch,
wie man das, was geblieben ist, nennt,

in meiner Kindheit angelten alle
und niemand aß Fisch,

die Leute nahmen regelmäßig
ihre Lieblingssendungen auf

und sahen sie sich niemals an,
ließen die mit Luftgewehr erschossenen Spatzen

an einem Faden vor der satten Katze baumeln,
onanierten zu Modemagazinen,

hatten keine Ahnung von dynamischer Finitheit,
schämten sich noch nicht, sich zu langweilen,

doch kam es vor, daß sie sich mangels
einer besseren Idee unerwartet erhängten.

Aus dem Ungarischen von Timea Tankó

ELISABETH PLESSEN

MITTEILUNG AN DEN ADEL

Das unveröffentlichte Nachwort

Ich war im Sommer 1971 in einem kleinen Haus in den Bergen oberhalb von Latina oder des Capo Circeo, als ich die Nachricht vom Tod meines Vaters erhielt. Es gab in dem Haus kein Telefon. Der Postbote brachte das Telegramm meiner Mutter auf der Vespa. Mein Vater war in seinem Bett in seinem Schloß in Dänemark gestorben. Er hatte das Wochenende über nicht im Krankenhaus in Næstved bleiben wollen. Seit einem Jahr hatten wir uns nicht mehr gesehen. Ich hatte den Kontakt abgebrochen. Wir hatten uns nur noch gestritten. Ich machte mich auf den Weg zur Beerdigung, die auf seinem anderen Besitz in Ostholstein stattfinden sollte.

Wie sehr mich dieser Tod umgeworfen hatte, merkte ich erst allmählich. Ich hatte zuvor ein paar Gedichte und kleine Erzählungen veröffentlicht, der Hanser Verlag hatte meine Dissertation herausgebracht, aber einen Geschichtenband abgelehnt. Ich hatte fürs Dritte Fernseh- und Hörfunkprogramm gearbeitet und war dabei, »Katia Mann. Meine ungeschriebenen Memoiren« herauszugeben. Ernst Schnabel, mit dem ich damals zusammenlebte, machte sich für ein Rundfunkfeature in der Transsibirischen Eisenbahn auf den Weg. Statt mit ihm zu fahren, setzte ich mich hin und begann die »Mitteilung an den Adel«. Ich mußte aufschreiben, was mich mit meinem Vater, mit den Eltern so auseinandergebracht hatte, warum wir so aus- und aneinandergeraten waren. Wann hatte das Nicht-miteinander-Reden angefangen? Ja nicht erst 1968. Es ging in frühe Kinderzeiten zurück. Hatte ich zuvor gedacht, ich habe keine Welt, hatte ich nun auf einmal zuviel. Wie sie fassen, wie sie komprimieren, ohne mich im Epischen à la Tolstoi zu verlieren. Da fiel mir als Gerüst die Reise der Tochter von München, wo sie bei einer großen Zeitung arbeitete, nach Norddeutschland ein – eine Collage, ein Condukt quer durch die damalige Bundesrepublik.

Ich lebte in Berlin. Ich fuhr mit Ernst Schnabel im Auto, einem kleinen schwarzen MG, durch die DDR nach München. Dort sollte die Fahrt in die Vergangenheit losgehen. Am 19. Mai, wie im Roman beschrieben, fuhren wir von München aus auf die Autobahn. Schnabel am Steuer, ich auf dem Beifahrersitz mit Stift und Papier, um alles zu notieren, was mir links und rechts der Fahrbahn auffiel oder durch den Kopf ging. Da es Frühjahr war, wollte ich neben der Haupthandlung auch wissen, wie es in den Tagen der Autofahrt Frühling wurde. Was in

München schon blühte, steckte weiter nördlich noch in den Knospen. Ich wählte den Namen Augusta, extra altmodisch. Augusta ist mein letzter Vorname. Elisabeth Charlotte Marguerite Augusta. Die Reise – das war eine offene Form, und ich wollte ja ins Offene – das Ziel lag in Norddeutschland. Ich wechselte offen (auch brüsk) zwischen der dritten Form – Augusta – und der ersten – Ich – hin und her.

Ich schrieb zweieinhalb Jahre an dem Manuskript. Ich hatte Siegfried Unseld kennengelernt, und Ernst Schnabel hatte ihm von dem Ding, das da im Entstehen war, erzählt, und Ferdinand Sieger auch. Sieger war damals *der* Urheberrechtsanwalt, und er war Justitiar mehrerer deutscher Verlage (auch des Suhrkamp Verlags, auch des S. Fischer Verlags). Ich war mit Sieger befreundet. In seinem Haus in Follonica waren viele Passagen des Buches entstanden. Ich traute mich nicht, mich direkt an Unseld zu wenden. Ihn interessiere das Thema sehr – ich solle, ließ er mich wissen, wenn ich fertig sei, den Roman an den Verlag schicken. Ich war sehr aufgeregt deswegen. Suhrkamp: Das war die Numero Uno unter den westdeutschen Verlagen und Unseld *der* Verleger. Ich gab Sieger das Manuskript, er hatte sich erboten, es an Unseld zu schicken: »Den 6. Februar 1975 Roman-Manuskript Elisabeth Plessen Lieber Herr Unseld! Unter diesem Aktenzeichen korrespondierten wir am 12./18. März 1974 und hängten inzwischen gelegentliche Randbemerkungen an Werk-Schwangerschaft und -Schwangere an. In letzterer Hinsicht waren wir uns in unserer Sympathie einig. Damit muß es jetzt ein jähes Ende haben. Wenigstens für Sie und Ihren Verlag. Denn hiermit übersende ich Ihnen, wie verabredet, das Manuskript, das Elisabeth auf der Reise von Berlin nach Locarno bei mir ausstieß. Sich seiner anzunehmen, versprachen Sie – freundlich wie immer oder meist – Ihrem (Dr. Sieger)«. »Burgel Zeeh ist die Privatsekretärin des großen Siegfried«, schrieb mir Sieger am 12. Februar 1975 und schickte eine Kopie ihres Antwortbriefs mit: »Lieber Herr Dr. Sieger, Dank für Ihren Brief vom 6. Februar und das Manuskript von Frau Plessen; nun muß ich Sie und sie um Geduld bitten: Herr Unseld ist seit heute für eine Woche (endlich einmal) im Schnee. Ich verwahre Ihre Sendung in jeder Hinsicht gut auf, er wird sich bald melden.« Ich wartete mit großer Hoffnung.

Als Mitte April noch immer keine Antwort kam, wandte ich mich an Elisabeth Borchers, die damalige Cheflektorin. An Unseld zu schreiben traute ich mich nicht. Aus dem Brief: »[I]ch wage, obwohl Sie mich gar nicht kennen, Ihnen mit einer Sorge ins Haus zu fallen: seit über zwei Monaten liegt ein Romanmanuskript von mir im Verlag, das Ferdinand Sieger, mit dem Schnabel und ich befreundet sind, nach Gesprächen mit Herrn Unseld selber direkt an ihn geschickt hat. Jetzt weiß ich natürlich, daß das der dumme Weg war, aber es hilft nichts, er ist nun einmal begangen und umdirigieren kann ich die Sache nicht. Außer Sieger und Schnabel kennen auch Andersch und einige – nicht ahnungslose – Leute das Manuskript, und wenigstens einige sind der Meinung, daß das Buch gerade in diesem Jahr eine besondere Chance auf dem Markt hätte, vom Thema her und weil ich ja nun einmal eine Frau bin. [Es war das Jahr der Frau ...] Herr Unseld ist ein beschäftigter Mann, wahrscheinlich liegt das Skript einfach noch im Sekretariat, und er ist noch nicht dazu gekommen, hineinzugucken. Meine scheue, aber sehr herzliche Bitte an Sie besteht eigentlich in einer Zumutung: Haben Sie Lust, es sich einmal herauszuholen und hineinzusehen? Ohne einen Tip von Ihrer Seite werde ich das Manuskript jedenfalls nicht zurückerbitten und mich nach einem anderen Verlag umsehen ...« Dem Skript fehlten noch die letzten fünfundzwanzig Seiten, an seinem Ende fand sich statt ihrer eine kurze Skizze des Schlusses. Ich arbeitete noch daran, auch an einer Passage, die das Kriegstagebuch des Vaters betraf. Gleichzeitig hatte mich die Warterei aber auch verunsichert.

Statt einer Antwort von Frau Borchers kam eine von Unseld: »[I]ch danke Ihnen im Namen von Frau Borchers für Ihren Brief vom 16. April. Der Verleger ist in der Tat ein beschäftigter Mann, aber Ihr Manuskript liegt keineswegs im Sekretariat, sondern es ist gewissermaßen virulent, hat nicht nur einen, sondern zwei, ja drei Leser gefunden. Wir haben beratschlagt, und daraus sehen Sie schon, daß es eine kontroverse Diskussion im Hause gibt. Immerhin ist eine Entscheidung gefallen. Wir wollen, wenn Sie damit einverstanden sind, mit Ihnen arbeiten mit dem Ziel, ein Suhrkamp-Buch aus diesem Manuskript zu machen. Sie sehen, das ist fast schon eine Zusage, jedenfalls eine nun doch sehr konkrete Bereitschaft. Aber, wie gesagt, Frau Borchers, die das Lektorat in diesem Fall übernehmen möchte, muß mit Ihnen eingehend arbeiten. Sie selbst ist aber jetzt mit den akuten Arbeiten zur Verabschiedung des Programmes für das 2. Halbjahr beschäftigt. Und außerdem haben wir noch das Suhrkamp-Jubiläum, das uns allen sehr viel Arbeit macht. Konkret bedeutet das, daß Frau Borchers Juni oder Juli mit Ihnen arbeiten könnte. Die Folgerung daraus: das Buch kann nicht mehr in diesem Jahr erscheinen, sondern erst im nächsten Frühjahr. Ich meine, das ist auch keine so gewichtige Sache. Der Text ist wichtiger als der Termin. Ich schreibe Ihnen heute, weil Sie mit Recht eine Antwort erwarten dürfen und Sie sollen auch versichert sein, daß der Weg über Sieger zum Verlag und zum Verleger ein sehr guter ist. Herzliche Grüße Ihr ...« Ein paar Tage später rief mich Frau Borchers an, um einen ersten Kontakt herzustellen. Ich war darüber so verdattert, daß ich am Telefon fast stumm blieb. Also schrieb ich ihr, Bezug nehmend auf Unselds Brief, ich bildete mir nicht ein, daß mein Manuskript nicht der Lektorierung bedürfte und eine endgültige Entscheidung des Verlags selbstverständlich davon abhänge, »aber da die verlagsinterne Diskussion doch offenbar recht kontrovers war, würde ich vorher schon gern wissen, in welche Richtung die Kontroverse geht. Für mich hängt die Entscheidung ja schließlich auch davon ab. Meine Frage ist ganz einfach: richten sich Ihre Einwände gegen Formales oder gegen inhaltliche Komplexe? Wenn es um ganz grundsätzliche Einwände ginge, würde ich mich doch ein bißchen bedenken können, bevor die Arbeit beginnt.«

Sie antwortete mir Mitte Mai und hatte Einwände, gravierende von Anfang an, aber ich war bereit, sie entgegenzunehmen, solange oder soweit sie sich mit meiner Vision des Buches vertrugen. »Die Erzählweise ist unterschiedlich: vieles wird streng nach autobiographischer Vorlage angeführt (so zumindest scheint es), dann gibt es Passagen, die zwar nach wie vor autobiographischen Charakters sind (zu sein scheinen), sich aber vom Detail lösend in die Dimension eines freieren Erzählens gleiten, und zwar auf das eigentliche große Thema zu. Hier ist der Roman am stärksten. Die Nacherzählung des Tagebuchs leuchtet nicht ein. Die Felix-Episode mag für Augusta von besonderem Gewicht sein, im Roman trägt sie nicht, bleibt blaß und steuert nichts zum eigentlichen Thema bei. Augusta habe den Vater auf dem Gewissen – wenn Sie im Sinn hatten, diesen Beweis anzutreten, so ist es nicht geglückt. Man gewinnt ganz im Gegenteil nach und nach den Eindruck, das Verhältnis beruhige sich. Darum wird auch nicht klar (zumindest aus der Inhaltsangabe des letzten Teils), warum Augusta schließlich doch nicht zur Beerdigung fährt. An solchen Punkten sollte das Gespräch ansetzen …« Elisabeth Borchers schlug ein Treffen Ende Juli vor, das sie dann aber nicht einhalten konnte.

Ich arbeitete weiter an meinem Manuskript und antwortete mit einem langen Brief: »Zur Frage des Autobiographischen: natürlich ist da manches ganz unverstellt ›aus meinem Leben‹, aber eben doch nur manches. Da mischen sich fiction und non-fiction auf Schritt und Tritt. Die verschiedenartige Erzählweise, die Sie beobachten, hängt nicht damit zusammen: sie war vielmehr beabsichtigt. Ich wollte und will weniger eine durchgehende Erzählung als eine Collage, einen Flickenteppich aus Tonarten machen. Anders scheint mir eine derartige Sache heute gar nicht mehr erzählbar zu sein … Der Komplex ›Kriegstagebuch‹ stimmt noch nicht; mir ist inzwischen selber aufgefallen, daß hier rechthaberische Töne aufgekommen und der Bezug zum Ganzen doch zu schwach geworden ist. Ich habe, wie gesagt, die große Passage schon überarbeitet. Verzichten möchte ich auf diesen Komplex keinesfalls … Daß es ein (dem beschriebenen ähnliches) Kriegstagebuch meines Vaters tatsächlich gibt (das außer mir niemand kennt), gab mir die Möglichkeit, den Konflikt sachlich zu beschreiben und aus der Ebene des Wohl- und Übelmeinens und der bloßen Gefühle herauszuhalten. Das möchte ich gern so lassen, vielmehr: ich sehe gar keine Möglichkeit, das zu ändern, ohne mich aufzugeben. Daß ichs so gut wie möglich machen möchte, ist klar, und ich bin sicher, daß Sie mir helfen können. Ich poche hier nicht auf irgendwelche eigensinnigen Vorstellungen. Ich habe vielmehr genau vorgehabt, in einer Beschreibung des Lebens der Augusta 40 Jahre Politik wirklich eine Rolle spielen zu lassen. In Augustas (und meiner) Generation hält man sich nämlich viel darauf zugute, die Kontinuität der Geschichte ausdrücklich zu übersehen. Dergleichen wird hier auch literarisch zum ersten Mal versucht. Ich wäre eher bereit, meinen Versuch für gescheitert zu halten, als die Idee aufzugeben. Natürlich hat Augusta ihren Vater nicht auf dem Gewissen (das ist eine Behauptung ihrer jüngeren Schwester, und in den Passagen, die Sie noch nicht kennen, oder die geändert worden sind, ist das jetzt auch klar). Viel eher hat der Vater Augusta auf dem Gewissen, aber das ist eine Frage, die nicht ich, sondern der Leser entscheiden muß. Ich stimme ganz mit Ihnen überein, daß das Augusta-Vater-Verhältnis einschließlich des Kriegstagebuchs (und gerade durch dieses) ganz deutlich werden muß, so daß es am Ende ›trägt‹, wie Sie schreiben. Wenn ich dieses ›Tragen‹ richtig verstehe, so begreife ich es als konkrete Erzählung mit konkreter Chronologie und einem konkreten Bestand an Ursachen und Folgen. In diesem Sinne kann und mag der ganze Felix-Komplex freilich nicht tragend sein. Felix ist wirklich eine fiktive Figur, Augusta hat einen, ich nicht. Aber gerade dieser Felix ist genau der Partner, den viele meiner Altersgenossinnen und Freundinnen haben, wenigstens hier in Berlin und in München. So eine Sache hat keinen Anfang, sie hat keinen Bestand und sie kann auch kein Ende haben in einem logischen und erzählerischen Sinn; gerade das ist das Historische daran …«

Durch den Brief wappnete ich mich mit Argumenten für ein kommendes Treffen. Am selben Tag antwortete ich auch Unseld: »Sie werden kaum ungeduldig gewartet haben – trotzdem ist es mir nicht lieb, einen Brief von Ihnen erst sechs Wochen nach Empfang zu beantworten. Die Gründe sind ganz einfach: es ging und geht mir nicht gut, und ich fand es doch nötig, einen Kontakt mit und einige Auskünfte von Elisabeth Borchers zu bekommen, bevor ich Ihnen jetzt antworte. Natürlich habe ich mich sehr über Ihr Schreiben gefreut und ich danke Ihnen. Wenn auch die Zuversicht, die Sie mir einflößen, konditioniert ist, so glaube ich doch an ein gutes Ende. Sie werden mich zu jeder Zusammenarbeit vollständig bereit finden. Mehr mag ich im Moment gar nicht sagen. Sobald Frau Borchers und ich zusammengesessen haben und weitergekommen sein werden, gibt es Konkreteres zu besprechen, und bis dahin sollte ein ausführlicher Brief von meiner Seite wohl warten. Dank noch einmal. Auch Ferdinand Sieger hat sich gefreut, als ich ihm Ihren Brief am Telefon vorlas, und Schnabel läßt Sie sowieso grüßen.«

Unseld antwortete mir am 12. Juni: »[H]aben Sie Dank für Ihren Brief vom 6. Juni. Ich bin sicher, daß Sie mit Elisabeth Borchers einen guten Kontakt haben werden.

Ich höre auch, daß Sie über meine Bemerkung, man müßte ein ›Suhrkamp-Buch‹ erreichen, rätseln. Das ist aber so schwierig gar nicht. Gemeint ist nicht, daß wir den Versuch machen, alles über einen Suhrkamp-Leisten zu schlagen, ganz im Gegenteil. Es geht uns darum, in der Arbeit mit dem Autor jenes Äußerste an Substanz und Qualität zu erreichen, zu dem der Autor fähig ist. Das ist die Ambition, die hinter diesem, wenn Sie so wollen, Etikett steht.« Ich wollte ja, und wie ich es wollte, doch gab es in der Zusammenarbeit mit Frau Borchers zu viele Abers. Es vergingen Monate, bis sie sich auf einen Termin mit mir verständigen konnte. Ihre alte Mutter war krank und sie selber dort, wo ich nicht hinkommen konnte, oder umgekehrt. Sie machte erst Urlaub, das verstand ich damals nicht so ganz. Ich schlug vor, wo wir uns überall treffen konnten – im Siegerschen Haus in Follonica, wo ich den Sommer über war, in Holstein, in Dänemark, nicht im Verlag, denn ihn fand ich den letzten aller Orte für eine konzentrierte Arbeit, wenn man Cheflektorin ist. Ich schickte das überarbeitete und nun vollständige Manuskript eingeschrieben aus der Post in Follonica am 20. August an Elisabeth Borchers ab. Ein erstes Buch – mir brannte die Zeit oder besser die Ungeduld auf den Nägeln. Auf der Rückreise aus dem Siegerschen Haus besuchten Ernst Schnabel und ich Tutti und Gottfried Fischer in Camaiore. Ich gab Tutti das Manuskript in die Hand, sie setzte sich in ein Stühlchen auf dem Rasen vor dem Haus und fing an zu lesen. Sie las das Manuskript in einem Zug durch, reichte es mir zurück und sagte, hätte ich noch den Verlag, würde ich es sofort machen.

Schließlich fuhr ich doch zu Elisabeth Borchers in den Verlag. Ich war aufgeregt und guten Mutes, hatte keine Ahnung, was mich erwartete oder erwarten könnte. Ich habe damals kein Tagebuch geführt, aber ich sehe mich noch in ihrem mit Büchern und Manuskripten vollbepackten Büro sitzen, am Schreibtisch rechts neben ihr, mein Exemplar der »Mitteilung« auf den Knien, und sie, die mir erklärte, warum das Buch, so wie es war, nicht – immer noch nicht – ging, a) von der Struktur her, b) vom Gefühl her: Die Schärfe des Tons sei unausgegoren, einseitig, pubertär. Ich sollte mir den Stoff lieber aufheben und zu ihm zurückkehren, wenn ich abgeklärt, ja, wenn ich achtzig wäre. Ich argumentierte dagegen: Gerade die Schärfe der Auseinandersetzung und der Emotionen mache das Buch aus. Es habe keine einseitige Haltung, darauf hätte ich achtgegeben. Es gebe am Ende eine Trennung ohne Sieg oder Niederlage. Elisabeth Borchers mißfiel die Idee der Reise. Ich solle einzelne Porträts schreiben, meinte sie, meine Beobachtungen seien ja gut. Ich sagte, aber gerade diese Reise, dieser Condukt, ein musikalisches Thema mit Variationen wie bei Gustav Mahler … Ihr mißfiel der Einschub beziehungsweise die Auseinandersetzung mit dem Kriegstagebuch des Vaters. Der Rückblick in die Nazizeit, der mir so wichtig war, auch weil er das Thema Adel von der rein persönlichen Perspektive in eine allgemeinere rückte. Immerhin war nur ein kleiner Teil des deutschen Adels im Widerstand gewesen, und mit dem Mythos, daß es anders war, wollte ich aufräumen. Wir kamen nicht zusammen. Am Ende hatte sie das ganze Buch zerpflückt. Als wir so weit waren, kam Unseld herein. Borchers schilderte ihm das Problem mit mir. Was sollte er sagen? Er hatte, dachte ich, das Manuskript ja nicht gelesen oder nur hineingeblättert, so stand es in seinem Gesicht, sich nur sehr für den Stoff interessiert und konnte Borchers vor mir, schien mir auch, nicht in den Rücken fallen. Da stand er im Raum, und ich saß da, wie vor zwei Übereltern, die ich enttäuscht, vor denen ich versagt hatte, weil ich beharrlich etwas anderes wollte. Ich hatte das Klassenziel nicht erreicht.

Elisabeth Borchers verstand die 1968ff. immer aggressiver gestellte Frage an die Elterngeneration nicht, nach dem »Wie konntet ihr nur – Hitler wählen, den Krieg anzetteln, den Holocaust verdrängen, und das große Schweigen danach. War da nicht was? Gab es nichts zu berichten?« Vermutlich interessierten sie auch die Hauptfragen meiner Generation nicht. Sie sagte mir eine extreme Gefühlskälte nach, wo ich hätte verzeihen sollen. Sie begriff die Heftigkeit des verletzten Gefühls und der politischen Auseinandersetzung nicht, als lebte sie in einem Elfenbeinturm und nicht im Zeitgeschehen, dem Vietnamkrieg, der APO, der Springerhetze gegen die linken Studenten, dem Springertribunal, der RAF etc. Die heißen, ja radikalen Debatten mit dem Versuch, links von der Sozialdemokratie eine politische Heimat zu formulieren, die sich nicht diskreditierte wie ihre real existierenden Schwestern – sozusagen alles, was meine Generation auf den Prüfstand stellte, um einen Gegenentwurf zu wagen, interessierte Elisabeth Borchers nicht. Gut, so war es eben.

Nach vier Stunden Streit, der uns, weil ich nicht nachgeben konnte, ohne mein Manuskript zu zerstören, noch mehr auseinanderbrachte als alle gewechselten Briefe, stand ich auf, nahm mein Manuskript unter den Arm und sagte trotzig und enttäuscht: »Dann schreibe ich mir eben meine Bücher selber.« Dann stand ich auf der Lindenstraße. Was nun? Ich fuhr für vierzehn Tage zu Freunden nach Baden-Baden, die mich trösteten und auf andere Gedanken zu bringen suchten, danach fuhr ich nach Berlin zurück. Was tun? Ich hatte Frau Borchers versprochen, sie auf dem laufenden zu halten, da sie doch neugierig war, was mit dem Manuskript weiter geschähe, denn ich hatte ihr gesagt, daß Ernst Schnabel, Ferdinand Sieger, Alfred Andersch, Roland H. Wiegenstein, Hans Jürgen Schultz, der damals Chefredakteur Kultur beim Süddeutschen Rundfunk in Stuttgart war, und andere von dem Roman sehr angetan wären, und sie wollte mich nach der Buchmesse benachrichtigen, wenn Maria Dessauer, die Lektorin bei Suhrkamp war, das Manuskript als »second opinion« gelesen hätte. Schnabel und ich beratschlagten. Ich stellte Kopien des Romans her und verschickte sie: an den Hanser

Verlag, an den Piper Verlag, an S. Fischer, an Rowohlt, an Wagenbach, an Rogner & Bernhard und ich weiß nicht mehr wohin noch. Der Lektor des Piper Verlags antwortete, ich solle meinen roten Faden – die Reise – herausnehmen und das Ganze überarbeiten. Klaus Wagenbach schrieb mir, er fände das Buch »sehr schön«, könne es aber nicht machen, es übersteige das Volumen seiner Quarthefte (Romane veröffentlichte er damals ja noch nicht). Antje Ellermann schrieb mir, sie würde das Buch gern machen, könne mir aber keine Sicherheit geben, da Rogner & Bernhard kurz vor der Pleite stehe. Das war keine gute Aussicht (selbst wenn die Pleite Gott sei dank nicht eintraf). Ansonsten bekam ich keine Antwort. Da lag es nun, mein unerwünschtes »Kind«.

Ich war mit Alfred Andersch befreundet. Er hatte das Manuskript sehr gern gelesen, meinte nur, es sei am Ende des Straßburg-Kapitels schon alles gesagt. Was das große Schweigen oder Nicht-miteinander-reden-Können zwischen Vater und Tochter betraf, ja, da gab ich ihm recht, doch ich konnte nicht hier schon aufhören, ich hatte mehr zu erzählen. Andersch war an der Titelfindung mitbeteiligt. Ich sehe uns zu dritt, ihn, Schnabel und mich, in unserer Kellerwohnung in Berlin-Charlottenburg (Westend) sitzen und nachdenken. Ich hatte immer das Wort »Mitteilung« im Sinn gehabt, doch war Mitteilung allein zu wenig, und wem wollte ich was mitteilen? Da fiel Andersch »an den Adel« ein. Das fand ich zu Anfang eine Spur zu groß, aber es war provozierend und polemisch, ich müßte den Titel ständig verteidigen, das wiederum fand ich gut, darauf ließ ich mich gern ein.

Trotzdem, wie weiter? Wo war ein Verlag für mich? Roland Wiegenstein, Redakteur des WDR in Berlin, leitete seit Jahren eine Sendung, die das »Literarische Rätsel« hieß und damals zwischen Radio Basel und dem WDR veranstaltet wurde. Fünfunddreißig Jahre hat Wiegenstein die Sendung geleitet. Eingeladen wurden Schriftsteller, Publizisten, Germanisten mit einer umfassenden Kenntnis der deutschen Literatur quer durch die Jahrhunderte. Bei der für mich beziehungsweise die »Mitteilung an den Adel« ausschlaggebenden Rätsel-Rate-Sendung saß ich mit Urs Jenny und dem Schweizer Autor Walter Matthias Diggelmann am runden Tisch. Nach der Sendung erzählte ich Diggelmann von meiner versammelten Verlagspleite. Ich solle das Manuskript an Klara Obermüller schicken, sagte er, sie arbeite als literarischer Scout für den Züricher Benziger Verlag.

Ich schickte Klara Obermüller den Roman (oder gab ihn sogar Diggelmann, bevor er nach Zürich zurückflog, noch in die Hand). Sie begutachtete ihn und gab ihn an Renate Nagel, die damalige Cheflektorin, weiter und sehr schnell hatte ich die Antwort, daß der Benziger Verlag den Roman machen wolle. So wie es war – mit wenigen Kürzungsvorschlägen, »ein unmotivierter Bruch in der Erzählperspektive ist vorhanden«, hieß es aber auch. An die Schweiz hatte ich nie gedacht. Ich ergriff die gereichte Hand freudig und reiste mit einer Gruppe von jungen deutschen Schriftstellern für eine Lesereise durch die USA – zum Luftholen – und fuhr danach nach Zürich zur Vertreterversammlung des Verlags und las aus dem Manuskript. Renate Nagel wurde für lange Jahre meine Lektorin und Freundin. Doch war auch mit ihr die Zusammenarbeit anfangs nicht einfach. Sie monierte den Titel »Mitteilung an den Adel«, so daß wir den Vertrag über den Roman erst einmal unter meinem Arbeitstitel »Unter dem Glassturz« abschlossen, da die Vertreter sich gegen meinen Titel ausgesprochen hatten. Es gab aus ihrer Reihe auch Gegenvorschläge wie »Zwischen Knicks und Eichen«, wogegen ich mich heftig verwahrte. Renate Nagel fragte mich, ob ich den Titel »Welt hinter Glas« akzeptieren könnte. Sie habe, schrieb sie mir, »beide Titel inzwischen bei einigen großen Buchhandlungen in der Schweiz und in Deutschland getestet. Dieser Test fiel eindeutig zugunsten von ›Welt hinter Glas‹ aus, ›Mitteilung an den Adel‹ hingegen stieß auf Unverständnis, in einigen Fällen sogar auf Abneigung. Natürlich weiß ich auch, daß ›Mitteilung an den Adel‹ für einen kleinen Kreis intellektueller, literarisch sehr gebildeter Leser attraktiver ist. Ich fände es aber falsch und für uns beide schade, wenn wir die Verkäuflichkeit des Buches wider besseres Wissen auf eine kleine Gruppe beschränken und Ihrem Roman durch eine falsche Titelwahl den Weg zu einem breiteren Lesepublikum verbauen würden. Ich finde Ihr Buch zu wichtig, als daß es nur einen kleinen Kreis von Eingeweihten erreichen sollte. Ich habe es innerhalb unseres Herbstprogramms zum Schwerpunkt gemacht und unsere Leute von Werbung und Vertrieb ganz dafür eingenommen. Dies ist aber nur dann sinnvoll, wenn wir nicht durch den Titel ›Mitteilung an den Adel‹ schon beim Buchhandel Schranken gegen Ihr Buch errichten. Bitte lassen Sie sich von mir überzeugen. Es hängt so viel davon ab.«

Das konnte ich nicht zulassen. Also wappnete ich mich wieder mit »Instanzen«, da meine Meinung als Anfängerin offensichtlich zu angreifbar erschien. Am 19. März 1976 schrieb ich zurück: »die Zusammenarbeit mit Ihnen macht Spaß ... Mein einziges Problem ist, daß mir der Titel ›Welt hinter Glas‹ überhaupt nicht einleuchtet. Abgesehen davon, daß er praktisch über jedem Buch stehen könnte, stimmt er im Zusammenhang mit dem meinen nicht. ›Hinter Glas‹ ist ja allenfalls die Welt, aus der Augusta kommt und in der ihr Vater steckenbleibt, und das ist ja doch nicht die Welt, sondern allenfalls eine Welt. Was die Welt betrifft, so steht ihr Augusta, wie mir scheint, doch ganz direkt gegenüber. Der von Ihnen vorgeschlagene Titel läßt aber den Verdacht aufkommen, hier werde von einer geradezu autistischen Person erzählt ... In meiner Not habe ich heute auch zwei Buchhändler gefragt, darunter die alte, hocherfahrene Besitzerin der ›Bücherstube Schoeller‹, der bedeutendsten literarischen Buchhandlung

Berlins. Beide waren ganz gegen die ›Welt hinter Glas‹ (und fanden die Formel nichtssagend) und ganz entschieden für ›Mitteilung an den Adel‹. Zwei Literaturkritiker, Roland Wiegenstein und François Bondy, die ich ebenfalls sprach (vorgestern erst), sind geradezu bereit, für die ›Mitteilung‹ auf die Barrikaden zu gehen. Die Attraktion des Titels, wurde dabei gesagt, sei in einer Öffentlichkeit, die offen oder heimlich die Regenbogenpresse in Rekordauflagen treibe, nicht von der Hand zu weisen. Komisch, ich habe ein ganz sicheres Gefühl, daß wir damit sehr viele Leute anreden werden, viel mehr als mit der ›Welt‹. Lassen Sie sich überreden und vielleicht sogar überzeugen?« Renate Nagel gab nach, versicherte sich jedoch nochmals bei Andersch und setzte aus seinem Statement den Satz auf die Rückseite des Covers: »Hinter dem sachlich kühlen Titel verbirgt sich ein sehr persönliches und leidenschaftliches Buch: authentisch in der ebenso gerechten wie vernichtenden Kritik an einer Lebensform, die man für längst erledigt geglaubt hatte, authentisch in seiner Sprache, in der eine Tochter-Vater-Beziehung zu mitreißender Erzählung gerät.«

Der Roman kam zur Buchmesse heraus, wurde im November zum »Buch des Monats« gekürt, bekam den Kritikerpreis 1976 für Literatur der Akademie der Künste in Berlin. Dieter Hildebrandt hielt die Laudatio auf mich und sagte unter anderem, »sie erzählt mit der polemischen Seelenruhe einer Generation, die gelernt hat, nicht nur das schleswig-holsteinische ›Einhaus‹ dieses Romans, sondern Zauberberge aller Art jederzeit hinter sich zu lassen«. Diesen Satz über das Hinter-sich-Lassen habe ich bis heute nicht vergessen. Das Buch ging schnell in die nächsten Auflagen und wurde kontrovers – was ja gut war – besprochen. Vom Erfolg war ich überrascht. Ein Freund, dessen Urteil ich traute, hatte erklärt: Bei dem Thema verkaufst du dreitausend Exemplare und nicht mehr. Der Roman fand bei den Kritikern und Lesern enthusiastische Zustimmung, schillernd zwischen Bewunderung, größtem Lob und Respekt, und er rief bei der rechten Fraktion, der Springerpresse hauptsächlich, Empörung und schroffe, auch pöbelnde, in den Klatsch gehende Ablehnung hervor. Frauen aus der älteren Generation, nicht nur adliger Herkunft, schrieben mir, ich habe endlich gesagt, was sie hätten sagen sollen. Junge Frauen aus allen Schichten schrieben mir Dankesbriefe dafür, daß ich ihnen geholfen hätte, ihre eigenen Probleme genauer zu sehen und vielleicht sogar anzugehen. Zugleich bekam ich Briefe – von Vätern –, in denen mir »Leichenschändung«, »Nekrologie«, »Nestbeschmutzung«, »der Ausbruchsversuch eines ›Trotzköpfchens‹« bzw. (Pankraz in der »Welt«) einer »sauren Zitrone« nachgesagt wurden – und das war das Buch des Monats! (Ein Hieb gegen die Darmstädter Akademie, die sich entschuldigen zu müssen meinte, derart, daß die Meinung der preisverleihenden Jury mit der Haltung der Akademie nicht über einen Kamm geschoren gehöre, das seien zweierlei Dinge …) Im »Rheinischen

Merkur« wurde mir die »verquälte Fahndung nach sich selbst« bescheinigt. Es war viel los in der Presse. Und in den Briefen, die ich bekam, auch. Ich wurde mit Briefen regelrecht überschüttet. Einem mir unbekannten deutschen Grafen, der ein Landgut im Veneto hatte, war mein Buch der Inbegriff der »Fäkalienliteratur«, wohingegen ein anderer Nichtadliger, der in Australien lebte, mir »unbekannterweise« seine größte Hochachtung für meinen Mut und meine klare Sprache aussprach. Leider besitze ich die Briefe nicht mehr. Ich gab sie damals einer Journalistin, die sie im Dritten Hörfunkprogramm des SFB in einem Feature verwenden wollte. Sie versprach, sie mir zurückzugeben, was aber nicht geschah, und ich hatte nicht darauf bestanden, daß die Frau sich Kopien machte. Meine Familie reagierte auf den Roman mit Wut und Schweigen, oder eher mit wütendem Schweigen. Anderthalb Jahre lang war das Verhältnis zu meiner Mutter und meinem Bruder ziemlich gestört. Selbst das führte zu keiner Diskussion. Nur ein Großonkel sprach mit mir über das Buch. Es hatte ihm sogar gefallen. Er monierte nur, daß ich meinen Namen nicht geändert hatte. Dann ändere du doch deinen, sagte ich ihm. Meine Großmutter hatte die »Mitteilung« auch gelesen und meiner Mutter stillschweigend zurückgeschickt. Jahre später entdeckte ich ihr Exemplar in einer Plastikhülle in der untersten Schublade einer Barockkommode in einem der Salons im Haus, unter altem Kinderspielzeug. Alles, was ich je veröffentlicht habe, steht im Bücherregal meiner Mutter. Nur die »Mitteilung« fehlt – immer noch. In Schleswig-Holstein war der Roman das Skandalbuch des Jahres. In den Buchhandlungen wurde er sozusagen unter der Ladentheke verkauft – weil Plessen draufstand, trauten sich die wenigsten Buchhändler, den Titel ins Fenster zu stellen. Alle aus der im Titel angesprochenen Klasse kauften es, doch gab es niemand zu. Ich war das schwarze Schaf und blieb es.

ZOLTÁN DANYI

LOSE STEINE

Gedichte

(LANDSCHAFTS-)BILD

Von nahem: Zittern und
Beben.
Von ferne: wogender
Tanz.

DIE SCHULTERN UND DIE STIRNEN

Die Schultern und die Stirnen, die Knie
und die Schuhabdrücke sind noch
auf den Pflastersteinen, dem Kanalgitter

und am Bordstein an der Ecke, wohin
sie fielen, und dann lagen sie noch lange da,
bewegungslos und immer kühler,
bis die Panzer den Marktplatz
abriegelten, um die Dächer
von Scharfschützen zu säubern.

(Am Ende entfernten sie natürlich
auch die Körper, nur die Flecken
auf dem Stein sind geblieben, wie Falten auf dem Laken
nach dem Liebesspiel.)

LOSE STEINE

Von der Sonne erhitzte Treppen,
seit kurzem erst im Schatten,
die Steine sind noch warm,
als du dich auf sie setzt,
gegenüber der Kirche,
in der du das erste Mal betetest,

nicht, daß du gewußt hättest,
was ein Gebet bedeutet
(du weißt es bis heute nicht),
die Steine der Treppen sind lose geworden,
etwas weiter weg ein Stapel Holz,
jedes Brett darin ist warm.

WO WIR SIE HÄUFIG BERÜHREN

Dort, wo wir sie häufig berühren, nutzen sich
die Dinge glänzend ab. Wir hinterlassen Spuren
im Kissen, auf der Sitzfläche der Stühle. Als
hätten wir ein Gewicht.

AUF DEM HAUPTPLATZ IN DER ALTSTADT

Auf dem Hauptplatz in der Altstadt starb
ein Feigeneis den Heldentod,
eine schmelzende Spur auf den Steinen,
der Schatten der Kirche
wird sie noch lange nicht erreichen.
Oben, an der Turmuhr,
zeichnen die beiden Zeiger
Feuerzungen nach,
eng beieinander.
Der Wind bringt Muschelgeruch
vom offenen Meer und Kanonendonner
von einem mit bloßem Auge
kaum sichtbaren Zerstörer.

NICHT, DASS ES NICHT MEHR DA IST

Nicht, daß es nicht mehr da ist, oder
daß es einem so sehr fehlt, und auch nicht,
daß es nichts anderes geben kann, denn das
wäre noch weniger möglich, dicht gestreute
Steine, undurchschaubar eng verwobenes Gras,
so läßt es einen nicht los,
der Staub in den Augen, im Herzen,

den Adern kann sich vielleicht
nie mehr legen, erst wenn sie sich gegenseitig
auf die Schultern nehmen und weitergehen,
ohne einen Blick zurück.

EINSCHLAGSTELLEN

Die Einschlagstellen, die Spuren
der verfehlten Treffer,
die Schrammen von Schrapnellen
werden langsam vom Wind verwischt,
vom Wasser fortgespült,
Kieselsteine zwitschern
in wieder und wieder
herauslaufenden Wellen,
ölig glänzende Körper
liegen in der Sonne,
und die Frauen drücken
mit der Fingerkuppe
die Glut ihrer Zigaretten
unter der Handtuchecke in den Sand.

Aus dem Ungarischen von Terézia Mora

LAETITIA LENEL

WENN NICHTS BLEIBT

Künstlerinnen im frühen 20. Jahrhundert

Im Herbst 2024 ging die große Ausstellung über »Künstlerinnen zwischen Frankfurt und Paris« des späten 19. und frühen 20. Jahrhunderts im Frankfurter Städel zu Ende. Im selben Herbst eröffnete »Elles. Les élèves de Jean-Jacques Henner« im Musée national Jean-Jacques Henner in Paris, im Januar 2025 folgte die Ausstellung über Dora Hitz im Kunstverein Coburg. Selbsterklärtes Ziel dieser Schauen war und ist es, »eingeübte Sichtweisen zu hinterfragen«, wie es im Katalog zur Frankfurter Ausstellung heißt. Statt das Narrativ der Künstlerin als »Randfigur« oder »Heldin« zu reproduzieren, wollen sie zeigen, daß Frauen in der Kunstlandschaft um 1900 »zahlreich, sehr präsent und erfolgreich« gewesen seien. Das ist begrüßenswert, weil Künstlerinnen als Akteurinnen ihrer Epoche ernst genommen und ihr Geschick und Werdegang nicht, wie lange Zeit üblich, vornehmlich den Leistungen männlicher Mentoren zugeschrieben werden. Mitunter geraten bei diesem ambitionierten Vorhaben jedoch die starken Widerstände aus dem Blick, auf die sie damals stießen. Diese zeigen sich vor allem in dem, was keine Spuren hinterließ: in engen Grenzsetzungen, brüchigen künstlerischen Biographien und in Gemälden und Plastiken, die verlorengingen. Das daraus resultierende Schweigen und die nicht entstandenen oder nicht überlieferten Werke entziehen sich musealer Erschließung. Für unser Verständnis des Schaffens von Malerinnen und Bildhauerinnen im frühen 20. Jahrhundert ist die Benennung dieser Leerstellen allerdings zentral.

Wie stark die weibliche Sozialisation als hemmender Faktor auf das Schaffen von Künstlerinnen einwirkte, läßt sich besonders gut an einem seinerzeit viel beachteten Buch der späten zwanziger Jahre zeigen. 1928 veröffentlichte der Kunsthistoriker Hans Hildebrandt im Berliner Rudolf Mosse Verlag das Buch »Die Frau als Künstlerin«, in dem er bildende Künstlerinnen seit der Antike vorstellt und davon ausgehend über Möglichkeiten und Grenzen weiblicher Kunst nachdenkt. Dem liegt seine Beobachtung zugrunde, daß sich die Stellung der Frau in den vorangegangenen Jahren entscheidend verändert habe. Zum ersten Mal, so der Autor, werde dem Weib »die grundsätzliche Ebenbürtigkeit zugestanden«. Hildebrandt setzt sich intensiv mit zeitgenössischen Künstlerinnen auseinander, mit denen er zum Teil in direktem Austausch steht. Dennoch zweifelt er nicht daran, daß nur Männer zu wahrer Kunst berufen seien: »Das Allerhöchste aber hat eine Frau als gestaltende Künstlerin noch nie erstrebt, geschweige denn erreicht. Und es fragt sich, ob sie es je erreichen wird. Nicht, weil dem weiblichen Geschlechte die letzte Genialität versagt ist. Die Frau hat sie. Doch auf anderen Gebieten als auf jenen, auf denen sie dem Manne eignen mag. Das Weib besitzt sie, wo es seine leiblich-geistige Persönlichkeit ohne jede Einschränkung einsetzen kann: im Leben und in der Liebe.« Man werde »bedeutenden Herrscherinnen, Gelehrtinnen, Künstlerinnen« daher immer Männer gegenüberstellen können, die größer gewesen seien und Größeres vollbracht hätten als sie. Das gelte nicht nur für die bildende Kunst, sondern auch für Musik und Literatur. Zwar gebe es großartige Musikerinnen und Schauspielerinnen, jedoch keine bedeutenden Komponistinnen und Autorinnen: »Wo die Frau selbst den Weg bestimmt, verliert sie die Sicherheit und versagt zumeist.«

Nach diesen allgemeinen Betrachtungen über »das Wesen weiblichen Schöpfertums« und einer Geschichte der weiblichen Kunst seit der Antike folgt ein dritter, auf die Gegenwart bezogener Teil, in dem sich Hildebrandt mit dem Schaffen von Malerinnen und Bildhauerinnen von Charlotte Berend-Corinth bis Auguste von Zitzewitz auseinandersetzt. Auch dieser Abschnitt wird von zahlreichen Abbildungen begleitet, die heute einen eigenen Wert besitzen, da etliche Künstlerinnen vergessen oder ihre Werke verschollen sind. Hildebrandt nimmt wahr, daß künstlerisch tätige Frauen seit 1914 eine neue Sichtbarkeit in Deutschland erlangt haben, und glaubt, daß das »neue Weib« auch die »neue Künstlerin« hervorbringe. Er gesteht der Malerin Alice Trübner zu, »ein nicht alltägliches Talent« zu besitzen, und attestiert Paula Modersohn-Becker, daß »sie selbst, ohne es zu ahnen, die ersten Schritte gegangen war« in eine neue Kunstrichtung. Dennoch bringen Hildebrandt auch diese Beispiele nicht von seiner These ab, daß allein Männer wahre schöpferische Kraft besäßen. So glaubt er, daß Alice Trübner »so ganz im Banne ihres Mannes« gestanden habe, daß »man sich nicht vorzustellen vermag, wie sie ohne Wilhelm Trübner gearbeitet hätte«. Und wiederholt trotz der lobenden Worte für die »mit männlicher Sicherheit« gemalten Bilder von Charlotte Berend-Corinth und Käthe Kollwitz' »schöpferische Kraft« seine eingangs dargelegte Hypothese: »Trotz unverhoffter Steigerung der Selbständigkeit bewahrheitet sich dennoch die alte Erfahrung auch jetzt: Die Kunst der Frau begleitet die Kunst des Mannes. Sie ist die zweite Stimme im Orchester, nimmt die Themen der ersten Stimme auf, wandelt sie ab, gibt ihnen neue, eigenartige Färbung; aber sie klingt und lebt von jener.«

Hildebrandts Buch erhielt zahlreiche positive Besprechungen. Die Kritiken lobten, sein Buch sei zur rechten Zeit erschienen, einer »Stunde der Abrechnung zwischen beiden Geschlechtern«. Die Rezensionen in der Funk-Woche und im Berliner 8-Uhr-Abendblatt beschrieben Hildebrandts Herangehensweise an

das Thema als »liebevoll und gründlich« und hoben hervor, daß der Verfasser mit »objektiver Beurteilung die Vorzüge wie die Mängel der Frauenpsyche« in den Blick nehme. Fast alle wiederholten Hildebrandts Schlußfolgerungen. Sein historischer Abriß wurde als Beleg dafür angeführt, daß die weibliche »Grundeinstellung immer dieselbe, der Umwelt verbundene bleibt« (Berliner Tageblatt) und »die künstlerischen Fähigkeiten der Frau mehr auf der reproduktiven Seite liegen als auf der selbstschaffenden« (Funk-Woche). Manche empfanden Hildebrandt gar als zu freundlich gegenüber den »Malweibern« (Das Kunstblatt).
Höflich und respektvoll wollten die meisten Kritiker der »Konkurrentin« begegnen, wie Frauen in einer der Besprechungen genannt wurden, ihre gönnerhafte, leicht spöttische Haltung jedoch nicht ablegen. So nannte ein Rezensent Hildebrandts Feststellung, »daß die schöpferische Genialität der Frau letzten Endes nur auf dem Gebiete des Gefühls zu erwarten und zu finden sei«, für Frauen »ermutigend«. Darüber sollten diese allerdings nicht vergessen, »daß die Frau als Bildnerin auch im Zeitalter der Emanzipation nicht über den Mann als Schöpfer hinauswachsen kann, daß sie an den Flug des männlichen Genius besten Falles heranreicht«. Unverhohlen erklärten mehrere Journalisten, daß ein Reiz von Hildebrandts Buch in seiner beruhigenden Wirkung bestehe. In diesem Sinn nannte ein Rezensent die Tatsache, daß »es der Frau in unwahrscheinlich kurzer Zeit gelungen ist, den Vorsprung des Mannes einzuholen«, einen ernsten Grund zur Besorgnis, versicherte seinen Geschlechtsgenossen jedoch sogleich, daß »dem weiblichen Geschlecht von Natur aus Grenzen gesetzt« seien, »die dem Mann seine Führerstellung im kulturellen Leben für immer sichern« (Düsseldorfer Stadt-Anzeiger). Diese Annahme glaubte er in Hildebrandts Abriß bestätigt zu finden.
Auch dem Verfasser selbst scheint es ein Anliegen gewesen zu sein, Frauen vor einem allzu großen Selbstbewußtsein als Künstlerin zu warnen – und sie statt dessen an ihre eigentlichen Pflichten zu erinnern. Hildebrandt spart nicht mit Nadelstichen gegen die »mannähnlichsten Vertreterinnen« des weiblichen Geschlechts, die zu selbstbewußt aufträten, und lobt an ihrer Stelle jene »bedeutenderen« Frauen, die »in Vielseitigkeit oder Beschränkung zu erkennen gelernt« hätten, »worauf ihre eigenste Natur sie verweist«. Zu Beginn der Frauenemanzipation seien »gerade die Verehrer des weiblichen Geschlechtes mit einigem Rechte« besorgt gewesen, »daß die neue Frau manchen der einstigen Reize einbüßen werde«. Zum Glück habe die Mehrzahl der Frauen schnell erkannt, daß dies der falsche Weg sei. Wieder einmal hätten weibliche Einsicht und Selbstbescheidung die Oberhand behalten: »Noch jedesmal hat das Weib dank seinem Anpassungsvermögen, das jenes des Mannes weit übertrifft, sich in das verwandelt, was die Stunde von ihr verlangte und was der Mann zur

Ergänzung seines tätigen Lebens brauchte.« Und bestehe in dieser Haltung nicht der eigentliche Kern des Weiblichen? Zwar würden Frauen nicht über wahre schöpferische Kraft verfügen, wohl aber besäßen sie eine »Genialität des Bezauberns mit jeder Geste, jedem Worte, jedem Tun«. Künstlerinnen seiner Zeit empfiehlt Hildebrandt entsprechend, sich auf Schaffensgebiete zu konzentrieren, »die der Freude des Kindes dienen, die den heranwachsenden Menschen fröhlich und allgemach hinüberleiten sollen in die harte Welt der Wirklichkeit«: die Herstellung von Puppen, Spielzeug, Bilderbüchern. Schließlich könne sich die weibliche Liebe einfühlen in die Wünsche und Träume von Kindern, nicht zuletzt, weil die Frau »selbst dazu noch Kind genug ist«.

Nur ein Rezensent kritisierte das Buch scharf. »Der Versuch traditioneller Einschüchterung der Frau hat sich jahrtausendelang bewährt«, schrieb Paul Frischauer in der Neuen Freien Presse, und »die Gegenwarterscheinung der manischen Abdrängung fast jedes Problems auf das Gebiet der Psychologie erleichtert dieses Bemühen«. Ein solcher Versuch seien auch Hildebrandts »philosophierende Gedanken über ›die Frau‹, über die Art ihrer Seele, ihr Wesen und die Grenzen ihres Geistes«. Der Autor urteile, so Frischauer spöttisch, »als ›Vollmann‹«. Ziel seiner Schrift sei nichts anderes, als »der Frau jede schöpferische Urkraft abzusprechen und damit letzten Endes ihrer Künstlerschaft überhaupt die wahrhafte Daseinsberechtigung zu nehmen«. Fassungslos wiederholt der Rezensent Hildebrandts Ausdruck von der »freien Entfaltung« der »Einbildungskraft der Frau«: »Die freie Entfaltung? Aber wann ward sie der Frau vergönnt?« Kunst sei ein Beruf, der gepflegt werden müsse. Das aber sei Frauen nie möglich gewesen, außer vielleicht in den Nonnenklöstern des frühen Mittelalters, »in denen Frauen unter sich, abseits von der ätzenden Kritik des Mannes« leben und arbeiten konnten und in denen auch die große Kunst einer Hildegard von Bingen entstand. Der Autor, meint Frischauer, »vergißt, daß sich wohl das Talent in der Stille zu bilden vermag, das Genie aber nur im Getriebe der Welt«.

Diese Rezension nimmt teilweise die Argumentation der Kunsthistorikerin Linda Nochlin vorweg, die 1971 den einflußreichen Essay »Warum hat es keine bedeutenden Künstlerinnen gegeben?« veröffentlichte. Nochlin weist darin die im Titel gestellte Frage zurück – schließlich sei die Vorstellung des großen Genies ein Konstrukt, zugeschnitten auf weiße und männliche Künstler, entstanden durch eine (Selbst-)Mythologisierung, in der die wundersame Gabe des einzelnen herausgestellt wird, während soziale und institutionelle Bedingungen verschwiegen werden. Eben diese aber seien zentral und hätten Frauen in der gesamten Kunstgeschichte gefehlt. »Der Haken liegt nicht in unseren Sternen, Hormonen, unseren Menstruationszyklen oder leeren Körperinnenräumen«, lautet einer der bekanntesten Sätze aus Nochlins Essay, »sondern in unseren

Institutionen und unserer Erziehung, wobei Erziehung alles umfaßt, was uns vom Augenblick unseres Eintritts in diese Welt bedeutungsvoller Symbole, Zeichen und Signale widerfährt.«

Europäerinnen waren bis ins späte 19. und in den meisten Ländern bis ins frühe 20. Jahrhundert hinein von staatlichen Kunstakademien ausgeschlossen. Private Malschulen genossen nicht nur weniger Anerkennung, sie waren auch kostspielig und standen dadurch nur wenigen offen. Wo Frauen, wie in Paris seit 1897, eine akademische Ausbildung erlangen konnten, blieben ihnen die Möglichkeiten des Aktstudiums lange verwehrt. Gelang es Künstlerinnen dennoch, ihren künstlerischen Werdegang zu verfolgen, sahen sie sich auch weiterhin mit starken Einschränkungen in bezug auf Ausstellungsmöglichkeiten und den Kunsthandel konfrontiert. Meist brauchte es einen Förderer, um im männlich dominierten Kunstbetrieb überhaupt wahrgenommen zu werden. Hildebrandts Text und seine Rezeption offenbaren aber auch die zentrale Bedeutung eines weiteren Faktors: der weiblichen Sozialisation. Während das zielstrebige Verfolgen der künstlerischen Karriere sowie ein selbstbewußtes Auftreten als »männlich« stigmatisiert wurden, galten Beschränkung, Helfertum und Bescheidenheit als »weiblich«. Tatsächlich war diese Sozialisation in vielen Fällen ein zentrales Hindernis. Gleichzeitig wirkte sie noch viel länger nach und tut dies bisweilen bis heute. Der Wunsch, als eine jener »Begnadeten« (Neue Zürcher Zeitung) erkannt zu werden, die zumindest über die besagte »Genialität des Bezauberns« verfügen, kostete zahlreiche Künstlerinnen große Kraft und erschwerte es ihnen, dem eigenen künstlerischen Schaffen nachzugehen.

Anlaß für Hildebrandts Buch »Die Frau als Künstlerin« bildete die künstlerische Tätigkeit seiner eigenen Frau. 1908 hatte er die damals einundzwanzigjährige Lily Uhlmann geheiratet, die einer großbürgerlichen jüdischen Familie entstammte. Uhlmann nahm zu diesem Zeitpunkt bereits seit drei Jahren Malunterricht – zunächst in München, dann in Dachau. Ihre frühen Ölbilder zeugen von großem malerischen Können und dem mutigen Bruch mit Konventionen. So finden sich unter den Stilleben Darstellungen von Früchten und Krügen von beinahe greifbarer Plastizität. Zugleich traute sie sich, die Tiefenillusion durch die zweidimensionale Wiedergabe anderer Elemente der Komposition, wie Tischtuch und Raum, aufzulösen. Hinzu kommen intensive und ungewöhnliche Farben, die auch ihren Porträts erstaunliche Eindringlichkeit verleihen. Sie wurde Meisterschülerin bei Adolf Hölzel in Stuttgart und trat in den Württembergischen Malerinnen-Verein ein.

Seit dem Ersten Weltkrieg konzentrierte sich Lily Hildebrandts künstlerische Tätigkeit auf Gebiete, die ihr Mann in seinem Buch von 1928 als typisch weiblich bezeichnete, die Hinterglasmalerei sowie die Illustration. 1918 erschien ihr Bilderbuch »Klein-Rainers Weltreise«, das aufgrund seiner flachen, klar umrissenen Figuren in satten, kontrastierenden Farben als eines der ersten modernen Bilderbücher gilt. Es handelt sich bei den Bildern um Buntpapiercollagen, die sich hauptsächlich aus geometrischen Formen zusammensetzen und doch voller Bewegung sind. In den vierziger und frühen fünfziger Jahren nutzte Matisse dieselbe Technik in seinen berühmten Scherenschnitten. Diese gelten bis heute als originell, ja revolutionär. Lily Hildebrandts Innovationskraft aber wird durch Hans Hildebrandts Darstellung verwässert, der die Verse zu dem Kinderbuch beigesteuert hatte. In seinem Künstlerinnen-Buch bezeichnet er ihre Arbeit als »echt weibliche Mischung aus Naivität und Raffinement«, wobei er ihre Originalität sogleich in Abrede stellte: »In allen solchen Gestaltungen, denen sich noch gar viele gesellen ließen, lebt sich eine so herzliche Freude an der Befreiung von aller Alltagslogik aus, wie sie nur ein großes Kind zu empfinden vermag.«

Seit dem Winter 1943/44 schuf Lily Hildebrandt gar nichts mehr. »Ich bezweifle, daß es allein die bitteren Erlebnisse des NS-Regimes waren, weshalb meine 1974 verstorbene Mutter 1944 endgültig aufgehört hatte zu malen«, schrieb ihr Sohn Rainer in einem kleinen Katalog zum Werk Lily Hildebrandts 1989. Andere mögliche Gründe nennt er nicht. Die Voraussetzungen für eine Fortsetzung ihrer künstlerischen Tätigkeit seien günstig gewesen, glaubt er, und zitiert einen Artikel über die Hinterglasmalereien seiner Mutter, die 1927 in der renommierten Galerie Gurlitt ausgestellt wurden. Unter »den Händen dieser liebenswürdigen Künstlerin«, heißt es in der Besprechung, gewinne die Technik »den Reiz des Primitiven (...). Eine unschuldsvolle und kindliche Phantasie spielt mit intensiv leuchtenden Farben und zaubert Bilder (...), deren schönster Reiz in ihrer Anspruchslosigkeit und märchenhaften Einfalt liegt.« Wie der Ehemann beschreibt auch dieser Rezensent die Hinterglasmalereien von Lily Hildebrandt als kindlich, einfältig und anspruchslos – eine Einschätzung, die im Band von Hans Hildebrandt immer auch ein Aufruf zur Selbstbescheidung ist. Daß eine Bewertung wie diese zugleich eine Grenzsetzung ist, die weder den Werken noch dem Anspruch der Mutter gerecht wird, machte sich auch der Sohn nicht klar.

Lily Hildebrandt selbst stellte das eigene Schaffen, womöglich auch aufgrund derartiger Einordnungen, offenbar vor allem zugunsten der wissenschaftlichen Arbeit ihres Mannes zurück. In dem gemeinsamen Nachlaß im Getty Research Institute in Los Angeles finden sich Spuren der vielen Recherchearbeiten, die sie für seine Texte durchführte. Noch zwei Jahre vor ihrem Tod heißt es in einem Artikel der Stuttgarter Zeitung, daß sie »sich hauptsächlich damit beschäftigt, das publizistische Werk des Kunsthistorikers Hans Hildebrandt zu erhalten«.

Damit kommt sie den Aufgaben nach, die nicht nur ihr Mann als echt weiblich beschrieb, sondern die auch sie selbst 1930 in einem Text über Künstlerehen als vorrangig bezeichnete: »Wie erträumt und wie wünscht sich der Mann von heute die Frau von heute? Vor allen Dingen: sie soll Gefährtin sein«, die ihr »Helfertum« unter Beweis stellen und dem »Manne gegenüber Weib bleiben« solle: »Einfach Weib, das seinen Intellekt nicht zu aufdringlich verspüren läßt, weil die Gewöhnung an diesen dem Manne oft (...) am schwersten fällt.« Die »Steigerung der schöpferischen Kräfte« des Mannes beschrieb Lily Hildebrandt dementsprechend als vordringliche Aufgabe der Frau. So werde »vielleicht das beste Zeugnis für diese durch die Leistung des Mannes ausgestellt, mit dem sie Lebensgemeinschaft geschlossen hat«. Ganz in diesem Sinne heißt es in einem Brief an ihren Sohn 1974: »Die Todesnachricht von Ihrer Mutter (...) hat uns doch insofern etwas betroffen, als wir ihr gern noch das Erscheinen der von ihr so energisch betriebenen Dokumentation über Hans Hildebrandt, Ihren unvergessenen Vater, gegönnt hätten.«

Auch die Malerin Charlotte Berend-Corinth erklärte nach dem Tod Lovis Corinths, die besten Jahre ihres Lebens für ihren Mann hergegeben zu haben. Nach dessen Tod verfaßte sie eine Biographie und erstellte ein vollständiges Werkverzeichnis, das bis heute die Grundlage für die Beschäftigung mit den Bildern Corinths darstellt. »Meine stärksten Lebensjahre gab ich Lovis, die Jahre meiner Jugend und die meiner Reife. Ich beklage mich nicht, ich stelle es fest – in der Nacht, wenn ich mein Leben, welches nun schon vorgeschritten ist, überblicke. In der Welt gelte ich für eine Frau, die sich durchgesetzt hat.«

Enge Grenzsetzungen zu Lebzeiten und eine lange andauernde Geringschätzung der Eigenständigkeit ihres künstlerischen Schaffens – diese Faktoren bestimmten auch das Arbeiten und die (Nach-)Wirkung zahlreicher anderer begabter Künstlerinnen des frühen 20. Jahrhunderts. Aber nicht nur ausgeprägte institutionelle Hindernisse, auch gesellschaftliche und familiäre, oftmals übernommene Erwartungen und Rollenbilder bremsten Frauen in ihrem künstlerischen Schaffen. Die Alleinstehenden unter ihnen kümmerten sich oft um ihre Väter. Sie müsse sich eingestehen, »daß alles, was mit meiner Kunst zu tun hat, beendet ist«, schrieb etwa die Schweizer Malerin Sophie Schaeppi 1894. »Was bleibt mir vom Leben als die Pflicht, die alten Tage meines Vaters zu teilen. Aber er wird nicht ewig leben, und was werde ich dann machen? Ich (...) kann keine Kunst mehr machen, weil ich schon in diesen wenigen Wochen hier völlig verblödet bin. Ich habe wieder dieses Gefühl, als würde sich eine Eisen- oder Bleitür vor meinem Gehirn verschließen und alle meine Ideen verschwimmen.«

Verlobte Künstlerinnen wurden auf die Ehe vorbereitet. Paula Becker beispielsweise wurde vor der Hochzeit mit Otto Modersohn zu einem Kochkurs nach

Berlin geschickt. »Ich führe hier ein Leben, das gar nicht mein Leben ist. Mein eigenster innerster Mensch hungert, hungert nach Tiefe und Ruhe«, schrieb sie ihren Eltern nach zwei Monaten aus Berlin. »Es ist so traurig, daß Ihr Euch an mir ärgert. Da ist doch auch hin und wieder etwas zum Freuen an mir, ich meine noch außer meiner Verlobung.« Verheiratete Künstlerinnen stellten sich in den Dienst des Werkes ihres Mannes. Charlotte Berend-Corinth etwa gab bei der Eheschließung das Versprechen, daß sie ihren Gatten nicht mit ihrer eigenen künstlerischen Karriere belasten werde, litt er doch »schon schwer genug an sich«. Es ist kein Zufall, daß die intensivste, mitunter auch einzige Schaffensperiode von Künstlerinnen oft nach dem Tod des Vaters oder Ehemanns einsetzte. So war es bei Berend-Corinth, aber beispielsweise auch bei Amalie Seckbach. Virginia Woolf weist auf diesen Zusammenhang hin, als sie 1928 in ihr Tagebuch schreibt: »Vaters Geburtstag. Er wäre heute 1928 – 1832 = 96 ja, 96 geworden; & er hätte 96 werden können, wie andere Leute, die man gekannt hat; wurde es aber gnädigerweise nicht: Sein Leben hätte meinem ein absolutes Ende gesetzt. Was wäre passiert? Kein Schreiben, keine Bücher; – unvorstellbar.«

Diese Geschlechterbilder wurden bis ins späte 20. Jahrhundert hinein fortgeschrieben. Berend-Corinths Einsatz für das Nachleben ihres Mannes wurde 1958 mit dem aus heutiger Sicht zweifelhaften Lob honoriert, daß die Frau eines berühmten Mannes sich selten »so wenig in den Vordergrund« gestellt habe. So heißt es im Klappentext ihres Buchs über ihr Leben mit Lovis Corinth: »Immer steht im Mittelpunkt die problematische Gestalt des großen Malers, dem diese sehr weibliche Frau in allen Nöten und Krisen seines Künstlerdaseins auf die rechte Art, oft mit ganz leichter Hand bei schwerem Herzen, beizustehen wußte.« Bezüglich der Bedeutung Paula Modersohn-Beckers im Verhältnis zu ihrem Mann war man sich noch in den sechziger Jahren sicher, daß der »geduldige Betrachter (…) Gemeinsamkeiten zwischen den beiden entdecken und daran erinnert« werde, »daß die um elf Jahre jüngere Malerin anfangs im schönsten Sinne Schülerin ihres Mannes gewesen ist«. Im Ausstellungskatalog über Lily Hildebrandt von 1989 werden die Bekanntschaft mit ihrem Lehrer Adolf Hölzel und die Hochzeit mit Hans Hildebrandt als entscheidend für ihr künstlerisches Schaffen beschrieben. Zwischen den Zeilen wird suggeriert, daß Hildebrandt 1912 vor allem deswegen Hölzels Meisterschülerin wurde, weil »die Beziehung (…) so stark gewesen sei«, wobei wiederum auf den Ehemann als frühen Förderer Hölzels verwiesen wird. Dabei war sie es, die ihren Ehemann mit dem Maler Hölzel bekannt machte, bei dem sie auf Empfehlung ihrer Freundin Ida Kerkovius schon 1906/07 in Dachau Unterricht genommen hatte.

Wir sind die Erben dieser Erzählungen, beruhen Anerkennung, Bekanntheit und Preise der meisten künstlerischen Werke doch auch auf diesen jahrzehntelang tradierten Narrativen und der Aufmerksamkeit beziehungsweise Ignoranz, die daraus folgten. Die vielen Ausstellungen, die seit einigen Jahren das Wirken von Künstlerinnen in den Mittelpunkt rücken, setzen dem etwas entgegen. Sie erkennen Malerinnen und Bildhauerinnen als eigenständige Akteurinnen an und stellen ihr Schaffen nicht in den Schatten männlicher Vorbilder. Angesichts der starken Widerstände, denen diese damals begegneten, sollten wir jedoch auch nach dem fragen, was das Leben der Künstlerinnen nicht überdauert hat, und die Schwierigkeiten thematisieren, auf die jede Recherche stößt. Im Vorfeld der großen Ausstellung zu Malerinnen im späten 19. und frühen 20. Jahrhundert im Städel-Museum veröffentlichten Mitarbeiterinnen einen Aufruf, um nach Werken von Alice Trübner zu suchen, die sich 1916 das Leben nahm und davor vermutlich einen Großteil ihrer Werke vernichtete. Diese Leerstelle wurde in der Ausstellung nicht benannt. Ebenso wenig wie die Tatsache, für wie wenig Geld das Städel manche Gemälde erwerben konnte, weil die Malerinnen nie bekannt geworden waren, ihre Bilder nicht signierten und niemand ihre Werkverzeichnisse anlegte.

»Wie viel doch nötig ist, um zu schreiben«, bemerkte die amerikanische Schriftstellerin Tillie Olsen 1978, nachdem sie das eigene Schreiben jahrzehntelang zurückgestellt hatte, »Neigung (viel verbreiteter als angenommen), die rechten Umstände, Zeit, die Entwicklung des eigenen Handwerks – aber darüber hinaus: wie viel Überzeugung von der Wichtigkeit des eigenen Worts, des eigenen Rechts, es auszusprechen. Und der Wille, der unerschöpfliche Vorrat an Glauben an sich selbst, um die eigenen Lebenserkenntnisse zu finden, ihnen treu zu bleiben, sie in die richtige Form zu gießen. Schwer genug für jeden Mann, der nicht in eine Klasse hineingeboren wurde, die solches Selbstbewußtsein züchtet. Fast unmöglich für ein Mädchen, eine Frau.«

Vielleicht wäre es ein Anfang, in den Ausstellungen auch das zu thematisieren, was nicht gezeigt werden kann. Die Daten oder Fotografien der verschollenen oder zerstörten Gemälde zu zeigen, von denen wir wissen. Und die oft verschlungenen Wege jener Werke nachzuzeichnen, die erhalten geblieben sind. Einen ersten Schritt in diese Richtung unternimmt die Mannheimer Ausstellung »Die Neue Sachlichkeit – Ein Jahrhundertjubiläum«. In einer Videoinstallation veranschaulicht sie die große Zahl verschollener und zerstörter Bilder, von denen man durch den Katalog von 1925 weiß. Sie zeigt auch einige Gemälde der damals ignorierten Malerinnen der Neuen Sachlichkeit und gibt biographische Hinweise. Auch das Frankfurter Städel rekonstruierte in einer online zugänglichen Porträtreihe einige der lückenhaft überlieferten Biographien. Diese vielversprechenden künstlerischen Lebensläufe auch in den Ausstellungen in den Blick zu nehmen und zu beleuchten, wie sie abbrachen, kann uns auch an das erinnern, was wir nie gewußt haben.

Der Blick in den Nachlaß von Hans Hildebrandt bietet einen Ausgangspunkt für die Erforschung weiterer Malerinnen dieser Zeit. Hier finden sich Verweise auf Bilder, die verschollen, und auf zahlreiche Künstlerinnen, die vergessen sind. In einem Artikel über Bildhauerinnen schrieb Hildebrandt 1934 optimistisch: »Die echten Künstlerinnen, die Berufenen aber werden bleiben. Denn auch dies dient dem Ganzen, daß jeder schöpferische Mensch sich schöpferisch auszuwirken vermag.« Doch auch von den wenigen Künstlerinnen, die hier erwähnt sind, findet sich zum Teil nichts. Eine davon ist die Bildhauerin Julia Hauff, deren Werk Hildebrandt in seinem Artikel mit der Fotografie einer Porträtbüste würdigt. Heute wissen wir von ihr fast nur noch durch die Briefe ihres »Meisters«, des Bildhauers Georg Kolbe. In den späten zwanziger und frühen dreißiger Jahren schickt sie Kolbe noch Fotografien ihrer Werke, wie seine Briefe bezeugen. Einige Jahre später ist von ihrer Arbeit nicht mehr die Rede. Statt dessen bedankt sich Kolbe bei ihr für Alkohol, selbstgebackenen Kuchen, Zigaretten, Schuhe und Selbstgestricktes – und macht ihr immer neue Vorschläge, was sie ihm noch besorgen könnte. »Liebe gute Julia, was haben Sie da wieder getan! (…) In Ehrfurcht öffnete ich die 1865ger Flasche vom Geburtsjahr Ihrer lieben Mutter und goß ein Gläschen aus – schwer golden.« Strickt seine ehemalige Schülerin ihm einen Schal, macht er ihr sogleich den nächsten Vorschlag: »Herr. v. W. versprach mir, sich um Wolle für einen Sweater umzutun. Ob Julia den mir dann stricken wird?«

Wir lesen im Nachlaß von Hans und Lily Hildebrandt auch von Künstlerinnen, die sich überschwenglich bei ihm bedanken, daß er eines ihrer Bilder in seine Darstellung aufnehmen will: »Ich bin über das Interesse, welches Sie mir entgegenbringen, sehr glücklich«, schreibt die »sehr ergebene« französische Malerin Marcelle Cahn, die sich gleich mehrfach für die Verzögerung ihrer Antwort entschuldigt, der sie sich »schuldlos schuldig« gemacht habe, weil ihre Mutter erkrankt war. Leider scheinen die Briefe Julia Hauffs und der Großteil ihrer Werke – ebenso wie die vieler anderer Künstlerinnen – genausowenig auffindbar zu sein wie der längst getrunkene 1865er-Wein. Durch Spuren wie diese aber können wir zumindest einige der zahlreichen Leerstellen sichtbar machen, die die Kunstgeschichte wie Hohlräume in ausgehärtetem vulkanischem Material durchziehen.

KORNELIA KOEPSELL

WIE ES IST, DURCH PFÜTZEN ZU GEHEN

Gedichte

BEIM PUTZEN DES HAUSES

Eine Mücke liegt zusammengekrümmt
(ihre dünnen Beine rühren mich an)
auf der Treppe, ich denke, das Geländer
müßte abgewischt werden,
und wie oft vergesse ich,
die innere Kühlschranktür zu säubern.
Die Vorratskammer putze ich nur
vorne, was in den hinteren Ecken lauert,
will ich nicht wissen, plötzlich
sitze ich auf dem Absatz und weine.

Drei Tage lang stellten sie die Gebeine
der Gestorbenen in den Holzbau, viele sangen
die Orakel, es war Sommer und das Getreide reif.
Einer sagte: Es ist etwas Großes
um die Beherrschung der Meere.

Und als ich gesehen hatte,
wie du schliefst, oben
im Dachzimmer, Arme und Beine
angewinkelt, befiel mich Furcht.

Ich blicke auf das graue Wasser im Eimer, jetzt
sollte es erneuert werden, ich müßte
den Eimer ins Klo kippen, und unter der Dusche
neues Wasser einfüllen, ja,
das müßte ich.

Es war bereits Sommer und das Getreide reif,
da marschierten sie in Attika ein.
So wurde Hellas lange Zeit niedergehalten.

Und es ist ja nicht nur dieses,
wie du liegst, wenn du schläfst,
es ist auch dieses,
daß Krieg herrscht und Not überall.
Es ist auch dieses, daß die Mutter starb,
und wie sie, mit krummen Fingern,
die Möhren schälte für uns.

In ihrem Haus war es morgens still, nur
von den Höfen waren Kühe zu hören, so fing
die Geschäftigkeit an, ihr blauer Kittel
war so wunderbar abgetragen.

Ich stehe nun auf, ich werde
weiter putzen, es muß
immer geputzt werden, Krümel und tote Mücken
müssen ja weg, du wirst
aufwachen und alles ist gut.
Alles ist gut.

DAS KLASSENTREFFEN

Ich dachte: Welche Traurigkeit in den Träumen.
Immer mehr Väter zogen vorüber,
zu den Schlachtfeldern,
sie überquerten schneebedeckte Hügel
und den vereisten Strom.

Wir standen auf der Terrasse
und tranken Spumante,
während Helmut mir seine Blasenschwäche beschrieb,
nur wenn ich langsam gehe,
sagte er, landen die Tröpfchen
in der Hose, er lachte,
aber nicht, wenn ich mich anstrengen muß.

Da dachte ich an die Traurigkeit
in den Träumen der Väter,
welche schon früh am Morgen
Schritte senkten ins Erdreich.

Joachim war vor wenigen Wochen
zusammengebrochen in der Garage,
und als man ihn, sagte er,
ins künstliche Koma versetzen wollte,
hatte er schreckliche Angst.

Ich sah die Todesgewißheit
in den bleichen Gesichtern,
und Bäume,
die in der Luft ertranken.

Das Tischtuch war mit Blumen bestickt,
auf der Anrichte standen Rehe.
Ein Foto wurde gemacht.
Mit künstlichen Hüftgelenken.

Die Pause zwischen Rigatoni und Streusel
wurde mit Erinnerungen belebt
an Bankwitz, den alten Lehrer.
Den haben sie geliebt.

Helga richtete sich auf und sprach
über ihren metastasierenden
Krebs: Im nächsten Jahr
bin ich nicht mehr dabei.
Wir tranken einen klebrigen Schnaps
aus dem Kristallglas.

Immer mehr Väter zogen vorüber,
in Uniformen, untereinander
im Schweigen verbunden.
Ihre Verbände leuchteten in der Nacht.

Am frühen Abend brachen sie auf
und strebten fort.
Mit ihrer Gebrechlichkeit allein,
und ohne die Väter,
die haben sie nie gekannt.

DAS LETZTE FOTO DER GROSSMUTTER

Ihr Mund zerschneidet das Gesicht,
als wäre er durch einen Säbelhieb
entstanden, über ihrer schwarzen
Baumwollbluse ist das einzig Leichte
der weiße Kragen,

ich kann in ihren dunklen Augen nicht
lesen, doch mir scheint, sie bergen
die Toten, die nicht aus dem Krieg
zurückgekehrt sind, während
ihre Schatten im beständigen Geräusch

des in das Küchenbecken rinnenden
Wassers nicht vertrieben wurden, und das Schlagen
einer Tür zwei Schweigen trennt,
eines davor und eins danach, und das
Reinemachen, Bohnern, Putzen,

auf den Treppen, auf den Stiegen, hat
nichts gemildert, die Erinnerungen
lasten, wie die Kisten in der Kammer,
die im dichten Dampf erstickten,
den die Wäsche aus dem Kessel stieß.

LIEBESGEDICHT

Wen geht es an, daß ich noch rauche,
daß ich eine Flasche Rotwein täglich trinke?
Meine Downloadrate weiß ich nicht.
Ich sehne mich nach Abgeschiedenheit
und möchte keine Kommunikation.
Ich lege meine Hand in deine Hand.

Meine Nerven neigen zu Entgleisungen.
Wenn die Sonne schräger wird und schräger,
wird es stiller hinter den Gardinen.
Ich lege meine Hand in deine Hand.
Ich liege im Zimmer, an der Wand
hängt eine Box mit Aufschrift Dermagrip.

Ein Wort ist immer dieses, immer jenes.
Es kennt die Traurigkeit von Anfang an.
Vier Uhr nachts, der Bildschirm ist ermüdet,
ich blicke auf die Taste T.
Ich lege meine Hand in deine Hand.
In trüben Tagen fand ich Freundlichkeit.

Den Zauber einer Purpursonne.
Und wenn die schwarzen Wandelwolken kommen,
bin ich die Braut, die du gesucht hast.
Ich lege meine Hand in deine Hand.
Ich seh Gehängte in den Bäumen hängen.
Der König läuft, beseelt mit Willenskraft

durch die Luft, man ruft: Gesund, Herr König.
Pferde grasen auf den Wiesen.
Zu welchem Namen fügen sich
die ätherisch-schönen roten Blüten?
Berge leuchten in der Ferne.
Ich lege meine Hand in deine Hand.

Ich lege meine Hand in deine Hand.
Mücken legen Tausende von Eiern,
die Mücken werden mehr und mehr.
Dort ist der Wohnbereich, sagst du, und deutest
auf die Lampe an der Messingkette.
Wie nichts bleibt und nichts verschwindet.

Ich habe alle Klappholzstühle hinter
dem Schuppen aufgestapelt, um uns Platz
zu schaffen, und die Wasseraufbereitungs-
anlage in den Hauseingang verbannt.
Der Morgen weht mir Traurigkeit entgegen.
Ich lege meine Hand in deine Hand.

WIE ES IST, DURCH PFÜTZEN ZU GEHEN

Wie es ist, durch Pfützen zu gehen,
ist schwer zu beschreiben, da Pfützen
sich ausdehnen auf löchrigen
Straßen, mit Flaschen und Dosen,
die jemand wegwarf, der nicht hier wohnt.

Wie es ist, durch Pfützen zu gehen,
ist schwer zu beschreiben, weil Lampen
von den Terrassen sich darin spiegeln,
und manchmal leuchtet ein Fenster
in den maroden Häusern am Rand.

Wie es ist, durch Pfützen zu gehen,
zeigt sich in der Dämmerung, wenn ich allein,
in meinem dünnen Mantel und ohne Schuhe,
durch das dreckige Wasser wate in Sorge,
auf Scherben zu treten.

Das ist, was ich meine, das dämmernde Graue,
das Vergehen des Himmels, der Häuser,
Vergehen, das überall haust, wie die Stummel
der Zigaretten, die jemand geraucht hat
in unendlichem Leid.

Hinter der Biegung der Straße, wo ich
das Verlorene suche, starren mich
schwarze Tannen an, undurchdringliche Wälder,
Einsamkeiten, die niemand kennt.
Das ist, was ich meine, das genau.

LEANDER STEINKOPF

DIE KRONE DER SCHÖPFUNG

Was ich letztlich damit sagen will, ist, daß die Evolutionsgeschichte wahrscheinlich der beste Mythos ist, den wir je haben werden. Er kann so lange angepaßt werden, bis er der Wahrheit so nahekommt, wie der menschliche Verstand für die Beurteilung der Wahrheit gemacht ist.
E. O. Wilson: Über die Natur des Menschen

Jasons Hemd ist viel zu weit aufgeknöpft, vielleicht auch nur aufgeplatzt vom Krafttraining, seine Haut braun und rot, der Stoff blendend weiß im Kontrast. In jede rhetorische Pause setzt er ein Grinsen. Er trägt ein cremefarbenes Sakko, das spannt, wenn er den Bizeps braucht, steht breitbeinig in Blue jeans und wippt mit dem rechten Fuß in einem spitz zulaufenden Lederschuh. Ich stehe unschlüssig in der Eingangstür, kann mir das nicht ansehen, aber weghören kann ich auch nicht. Es geht um die Evolution der dunklen Triade, um Narzißmus, Machiavellismus und Soziopathie, um Leute, die nur sich selbst sehen, denen die Mittel egal sind, denen der andere bloß ein Objekt ist.
»Diese radikal eigennützigen Merkmale können in menschlichen Gesellschaften überdauern, solange sie eine gewisse Häufigkeit nicht überschreiten, solange es eine überwältigende Mehrheit prosozialer Menschen gibt, die zu selten ausgenutzt werden, um ihre Gutgläubigkeit aufzugeben, solange sich Sexualpartner finden, die das falsche Spiel nicht durchschauen. Das Gute im Menschen bringt so das Böse hervor«, höre ich Jason sagen, während ich mich im Saal umschaue. Sveta sitzt in der letzten Reihe, ihr Rücken so gerade, daß sie die Lehne gar nicht braucht.

Am Semesterende haben mir die Kollegen gesagt, ich solle nicht auch noch auf diese Konferenz fahren. Am Strand liegen, tanzen, feiern, jemanden kennenlernen, das schlugen sie mir vor, endlich Urlaub machen. Da habe ich ihnen erklärt, daß es mir in den Clubs zu laut und zu eng ist, daß mir Strände zu sandig sind und ich die Sonne nicht vertrage, daß ich außerdem zu Kennenlernen und Smalltalk nicht in der Lage bin. Und wenn sie da nicht schon angefangen hätten zu lachen, hätte ich ihnen erklärt, daß ich auf die Konferenz fahre, um mich zu erholen. Ein gutes Hotelzimmer und Tage ohne Telefonate und Sprechstunden, der Campus über den Sommer so gut wie verlassen, in den langen Gängen des

Instituts nur Soziobiologen, Evolutionstheoretiker und Verhaltensforscher, jeder Smalltalk ein Gespräch über die Natur des Menschen, der Innenhof grün und sonnig, kühl vom Schatten der Bäume, gewärmt von den Ziegeln der Fassade, eine Insel.

Jasons Vortrag ist vorbei und ich melde mich. Das mache ich gerne, wenn ich in der letzten Reihe sitze, dann drehen sich alle erstaunt zu mir um, denn von hinten erwarten sie keine Fragen. Alle schauen mich an, nur Sveta blickt stur nach vorne. Ich weiß gar nicht, warum ich Jason unbedingt seine These kaputthauen will. Ihm fällt schon das blöde Grinsen aus dem Gesicht, aber Sveta schaut immer noch nicht. Mein Kommentar ist verklungen, es ist nun völlig still im Saal, und ich höre ganz laut meine eigenen Gedanken, meine Zweifel. »Ist das noch rationale Wissenschaft oder schon biederer Moralismus?«, zumindest diesen Schlußsatz hätte ich mir sparen können. Ich weiß gar nicht, ob ich wirklich glaube, was ich gesagt habe. Zu jeder Idee, die ich habe, fällt mir sofort ein Grund ein, warum sie unbedingt falsch sein muß. Jason kann nicht antworten, nur ausweichen. Sicher haßt er mich jetzt, weil ich ihn bloßgestellt habe, und trotzdem hört er nicht auf zu lächeln.

Während meines eigenen Vortrags bin ich kaum bei der Sache, achte mehr auf die Zuschauerreihen als auf die Zeilen in meinem Manuskript. Viele sind heute morgen schon mit ihren Rollkoffern in die Vorträge gekommen, um mittendrin abzureisen. Ich höre, wie ich immer schneller rede. Auf meinen Vortrag folgen nur noch Posterpräsentationen, Imbiß und Umtrunk, Abschlußfeier. Ich bügle alle Fragen ab, dann verlasse ich, am Publikum vorbei, fast als erster den Saal.

Im Innenhof sitzen die ersten erleichtert an den Tischen in der Sonne, mit Weißwein und am Buffet gefüllten Tellern. Auf dem breiten Kiesweg, der vom Portal des Instituts hinüber zur Bibliothek am anderen Ende des Innenhofs führt, sind Stellwände aufgereiht, mit Postern, auf denen Nachwuchsforscher ihre Arbeiten präsentieren. Und da steht Sveta.

Die Postervorträge sind organisiert wie ein Trinkspiel: Man nimmt sich ein leeres Weinglas von den Tabletts der Kellner, tritt vor eines der Poster und bekommt vom Vortragenden eingeschenkt, nicht viel, aber genug für einen Kurzvortrag. Dann kann man weiterziehen zum nächsten Projekt und zum nächsten Wein oder man läßt sich nachschenken. Ein bißchen schaue ich mich um, mit dem leeren Glas in der Hand, auch wenn ich schon weiß, wohin ich will. Ich achte auf meine Schritte, der Kies fühlt sich glitschig an und meine Füße sinken ein. Sveta will mir eingießen, aber das Glas zittert. Sie kommt einen Schritt näher, umfaßt meinen Unterarm und schenkt mir ein. Sie ist so nah, daß ich sie riechen kann, und ich muß lächeln. Es ist so erleichternd, für einen Moment wieder an die Wissenschaft zu glauben. Ich atme ein und muß an all die Studien denken, die zeigen,

daß man den Geruch von Menschen mag, die andere Immun-Gene haben, mit denen man folglich Nachwuchs haben könnte, der gegen viele Krankheiten resistent ist. Ich denke an diese Studien, stehe ganz nah bei Sveta und ihr Duft packt mich bei meinen Instinkten.
»Ich habe mir die Veränderung von Partnerpräferenzen über den Menstruationszyklus angeschaut«, sagt Sveta. Sie stellt die Weinflasche ab und hebt die Hände vor die Brust, gestikuliert zu ihren Sätzen wie im Vortragsseminar geübt. Ein silberner Ring blitzt an ihrem Ringfinger. Sie zeigt auf ihr Poster, auf Bilder von Männern mit breiten Schultern und kantigem Kinn, dann auf Bilder von Männern, die treu und freundlich schauen. Sie weist in einer Tabelle auf die Tage nach dem Eisprung, dann auf die Tage, an denen keine Empfängnis stattfinden kann. Sie spekuliert über physiologische Mechanismen, und ich warte auf den Moment, in dem ich mich traue zu fragen, ob wir die Weinflasche nehmen und woanders weiterreden wollen. Mein Blick schweift zu den Tischen, doch alle sind besetzt. An einem sehe ich Paul sitzen, und auch er sieht mich. Er prostet zu mir herüber, deutet auf die freien Stühle bei ihm, winkt mich herbei. Ich tue so, als bemerke ich ihn gar nicht, aber dann ruft er nach mir und ich kann ihn nicht länger ignorieren. Sveta lächelt verständnisvoll.

Vor Paul stehen ein halbvolles Glas und eine leere Flasche, heftig winkt er dem Kellner nach einer zweiten. Er sieht viel jünger aus, als er ist, und mit der Leinenhose und dem weiten Hemd, braungebrannt mit breitem Lachen, wirkt er wie ein alter Künstler, ein alter Playboy, nicht wie ein Wissenschaftler, nicht wie der erfolgreichste Wissenschaftler dieser Konferenz. Der Kellner stellt uns eine Flasche auf den Tisch. Paul gießt erst sein Glas voll, dann meins.
»Schau dir diese Frau an«, sagt er und zieht an seiner Vanillezigarette. Ich schaue zu Sveta, aber er nickt in Richtung der kanadischen Primatologin. Wenn er so was sagt, weiß man nie, was als nächstes kommt, ob es um die Frau geht oder um eine neue Idee für eine Studie. Oft ist es auch beides. Jahre seines Forscherlebens hat er in Clubs und Diskotheken verbracht. Meist stand er nur in der Ecke und beobachtete, aber wenn ihn eine fragte, was machst du so, dann war es der Moment für Professor Paul. Von ihm bekam sie nicht zu hören, daß sie schön sei, von Paul bekam sie erklärt, was Schönheit ist, nämlich Qualität der Gene, Gesundheit, Fruchtbarkeit. Er faßte ihr Gesicht sanft am Kinn und betrachtete es genau, dann sagte er, daß es ganz wunderbar symmetrisch, da nicht durch äußere Stressoren in der Entwicklung gestört worden ist. Dann strich er über die Haut, ganz glatt, es gebe kein glaubwürdigeres Zeichen für Gesundheit. Er tippte auf die hohen Wangenknochen und sagte, das sind keine Knochen, das sind Fettpolster, die entstehen, wenn viel Östrogen im Körper ist. Er legte seine

Hände an die Taille, dann an die Hüfte, so nüchterne Berührungen wie sonst nur von Ärzten, und sagte, daß die schmale Taille und die breitere Hüfte ein Zeichen für Fruchtbarkeit sind. Und daß sie sich so unwiderstehlich auf der Tanzfläche bewegt, das sei ein Zeichen, daß der Eisprung nahe, daß die Wahrscheinlichkeit der Empfängnis nun am höchsten sei.

Diese Zeiten waren längst vorbei, als ich bei Paul anfing, ich kenne sie nur aus Erzählungen der älteren Kollegen. Und ich kenne sie aus Pauls Schwärmereien, die davon handelten, daß, wenn man den halben Abend über die Automatismen der Fortpflanzung gesprochen hat, sie in der zweiten Hälfte des Abends ihren Gang nehmen, daß es sich so leicht und frei anfühlt, einfach den biologischen Gesetzen des menschlichen Verhaltens zu folgen, ohne einen Gedanken an Kultur und Bedeutung, ja, ganz ohne Nachdenken.

»Ich finde deine neuesten Artikel sehr interessant, was ganz anderes als das, was wir früher gemeinsam geschrieben haben«, sagt Paul, dann lacht er zu laut und faßt mich an der Schulter, »aber du könntest mich schon noch ab und zu zitieren!«

Diese Stelle ist immer ein schmaler Grat, ein Wort des Lobes für seine Forschung, und er wird eine Stunde darüber reden, ein Wort der Kritik, und er wird zutiefst beleidigt sein. Ich sage lieber gar nichts. Er trinkt sein Glas aus und schenkt es wieder voll.

»Ihr und eure Wahrheit, darum geht es doch gar nicht, geht doch einzig um Anziehung und Abstoßung, mehr ist doch nicht dahinter. Was ihr da verfolgt habt, du und Boris, ist doch eine menschliche Verirrung, ja, ihr habt viel zu menschlich über etwas nachgedacht, das eigentlich auf einer viel niedrigeren Ebene liegt. Das Leben findet im Stammhirn statt, das Großhirn ist nur Überbau. Aber ihr wurdet ordentlich zitiert, das muß man euch lassen.«

Ich trinke einen Schluck, statt zu erwidern.

»Die Artikel, die du machst, seit Boris weg ist, gefallen mir viel besser, auch wenn man denen immer noch diese menschliche Obsession mit der Wahrheit anmerkt. Du drückst dich klarer aus, jetzt wo du allein schreibst. Boris war der Bessere von euch beiden, aber eben auch der Verwirrtere.«

Ich weiß nicht, was diese aromatisierten Zigaretten über Jahre mit einem Gehirn anstellen, was das für die Weltsicht bedeutet, wenn ständig alles nach Vanille schmeckt. Paul redet über Boris, als hätte der bloß seinen Job gekündigt und würde jetzt auf dem Land Hühner züchten. Ich könnte richtig wütend werden, aber ich halte mich zurück, denn vielleicht bin ich bloß verärgert, weil Paul wieder gesagt hat, daß Boris der Bessere war und ich nicht widersprechen kann, weil man so nicht über Tote spricht.

»Übrigens, Sveta ist ganz wunderbar, mein größtes Talent«, sagt Paul und deutet zu ihr hinüber, winkt ihr zu. Sveta sieht ihn nicht, sie rollt gerade ihr Poster ein und verstaut es in einer Künstlerrolle. Ich will, daß Paul seinen Arm runternimmt, aber ich traue mich nicht, es ihm zu sagen. Jetzt hat Sveta ihn gesehen. Er lächelt süßlich zu ihr hinüber, winkt sie zu uns an den Tisch. Sein Blick sieht so treuherzig aus, wenn seine Augen glasig werden.

»Ich habe gesehen, daß ihr euch schon kennengelernt habt«, sagt Paul, dreht den Kopf heftig zu mir, dann zu Sveta, »aber ihr wißt sicher noch nicht, was ihr gemeinsam habt.« Paul zieht an seiner Vanillezigarette, bläst den Rauch langsam aus und nimmt einen Schluck Wein. Er genießt die ungeduldige Neugier, die sich auf ihn richtet. Er legt seine Arme um unsere Schultern, holt unsere Köpfe verschwörerisch zu sich.

»Ihr habt mir beide das gleiche über eure Väter erzählt.«

Immer sonst wenn herauskam, daß mein Vater ein Trinker gewesen ist, hatten mich Scham und Angst erfaßt, so gewaltig und groß, daß meine erwachsene Souveränität in sich zusammenfiel. Es war dasselbe Gefühl wie in der Kindheit, wenn ein Freund mich besuchte und mein Vater betrunken hereinstürzte. Wenn jemand vom Alkoholismus meines Vaters erfuhr, fühlte es sich so an, als wäre mein Vater noch am Leben, als würde er betrunken in die Runde platzen, in der ich mich bis eben noch wohl gefühlt hatte, und mich anbrüllen.

Diesmal ist es anders, weil ich weiß, daß Sveta weiß, was es bedeutet. Weil ich weiß, daß sie nicht verurteilt, sondern versteht. Ich bin überrascht und erleichtert und Sveta schaut mich mit demselben Ausdruck an.

Für Paul war der Satz nur eine nüchterne Feststellung, er läßt uns los, zieht einmal an seiner Zigarette, dann redet er weiter: »Versteht mich nicht falsch! Ihr wißt, das ist als Kompliment gemeint. Seine Sauferei war eure Herausforderung. Diese unstete Umwelt, in der ihr aufgewachsen seid, hat euch flexibel und kreativ gemacht. Ihr habt den Vater genau im Auge behalten müssen, um seine Unberechenbarkeiten vorauszusehen, deswegen seid ihr so feine Beobachter. Ihr habt kein Vertrauen zu den Menschen, daher kommt euer erlesener wissenschaftlicher Zweifel. Deswegen können wir drei hier zusammensitzen und stolz auf uns sein.«

Er rüttelt uns an den Schultern, und wir nicken. Ich weiß, daß sein Vater nicht aus dem Krieg zurückgekommen ist und Paul schon mit zwölf auf den Schwarzmarkt zog, um die Familie zu ernähren. Und heute ist er noch immer dieser Schwarzmarkthändler, der aus jedem noch so enttäuschenden Experiment eine Veröffentlichung macht, nicht weil er betrügt, aber weil er weiß, wie man etwas anpreist, daß der andere es unbedingt haben will. Wenn aber mal ein Artikel abgelehnt wird, dann ist er plötzlich der einsame kleine Junge, den niemand tröstet. Er verflucht den Herausgeber, zerschmeißt im Labor, was nicht allzu teuer ist, schreit seine Doktoranden an und schließt sich in seinem Büro ein. Einmal hat er vor meinen Augen angefangen zu weinen, da hat er mir seine Geschichte erzählt und ich ihm meine.

»Schaut euch doch um«, dröhnt Paul, so laut, daß die Leute an den Nebentischen sich nach ihm umdrehen. »All diese Wohlerzogenen und Ausgeglichenen, sie alle arbeiten brav ihre Experimente ab und schreiben ordentliche Artikel, aber wer von denen wird in seinem Leben auch nur einen originellen Gedanken haben, wer von denen bringt auch nur eine Idee in die Welt?« Er steht auf, nimmt sich die Flasche und sein Glas. »Ich sehe mir die nächste Runde Poster an.«

»Und ich habe Feierabend«, sagt Sveta. Sie lehnt sich zurück, schließt die Augen, rutscht auf dem Stuhl tiefer. Unter dem Tisch stößt ihr Knie an meines.

»Ich auch«, sage ich und lächle. Meine Haltung wird mir unbequem, doch ich will den Kontakt zu ihrem Knie nicht verlieren.

»Deinen Vortrag konnte ich mir gar nicht anhören, ich mußte mein Poster aufhängen. Worum ging es denn?«

»Pfauenschwanztheorie der menschlichen Intelligenzentwicklung, so nenne ich es.«

Sie richtet sich wieder auf, rutscht auf Pauls Stuhl herüber und rückt ihn dann noch ein Stück näher zu mir. Wieder berührt ihr Knie meines und bleibt dort. Ich senke den Blick, als läse ich die Wörter vom Boden auf: »Ich hoffe, du nimmst es mir nicht übel, wenn ich bei Darwin anfange.« Sie grinst.

»Es geht um sexuelle Selektion. Die Pfauenweibchen wählen das Männchen, das die prächtigsten Schwanzfedern hat. Aus purem Zufall haben sie eine Schwäche dafür. Immer geben diese Männchen ihre Gene weiter, so daß der Pfauenschwanz von Generation zu Generation immer prächtiger wird. Irgendwann hat die Pracht aber eine Größe erreicht, die anfängt, hinderlich zu sein. Nur noch die kräftigsten und schnellsten Männchen können trotz der langen Schwanzfedern vor Raubtieren flüchten. Die Schwanzfedern werden zu einem verläßlichen Zeichen von Qualität.«

»So weit, so bekannt«, sagt Sveta.

»Absolut. Und diesen Gedanken wende ich auf die menschliche Intelligenz an: Sie wuchs über viele Generationen, weil sie dazu taugte, potentielle Partner zu beeindrucken. Doch sie ist mittlerweile so groß, daß sie für das Leben eigentlich hinderlich ist. Die Menschen sind zwar unheimlich clever, aber aus Nichtigkeiten konstruieren sie Hindernisse, sie bezweifeln Möglichkeiten, statt sie zu nutzen, sie überlegen zu lange, statt einfach zuzugreifen. Das Denken wird zum Selbstweck, das Handeln verkümmert. Trotzdem sind intelligente Menschen attraktiv für uns, nicht wegen ihrer Intelligenz, sondern weil sie trotz ihrer Intelligenz zu leben in der Lage sind.«

»Hm.«

»Aber es gibt ein tiefgreifendes Problem mit meiner Theorie. Weißt du, wenn ich mir mit meinem Hirn eine Theorie ausdenke, die aussagt, daß das Hirn mehr Probleme schafft als Lösungen, wenn ich also sage, daß es zum Denken nicht recht taugt, wie kann diese Theorie dann richtig sein?«
»Also, ich glaube, an deiner Theorie ist etwas dran.«
Der Kellner bringt Sveta ein Glas und schenkt uns beiden Wein ein. In ihrem Gesicht liegt ein seliges Lächeln, als wäre sie längst von irgend etwas betrunken. Sie hebt ihr Glas in meine Richtung.
»Auf die Krone der Schöpfung«, sagt sie.
»Auf die Krone der Schöpfung«, wiederhole ich.
»Paul denkt, wir sehen ihn nicht, wie er uns beobachtet«, sagt Sveta, sie spricht leise, flüstert fast, bewegt die Lippen kaum, »ich weiß genau, was er sieht, wenn er uns betrachtet. Ich zeige keines der typischen Flirtverhaltensmuster, die Paul früher mal untersucht hat. Ich spiele nicht mit meinem Haar, werfe es nicht über die Schulter, zupfe mir nicht die Kleider zurecht. Und du sitzt nicht breitbeinig, um Raum zu beanspruchen, du verschränkst nicht die Hände am Hinterkopf, um größer und stärker zu wirken, wie ein Gorilla, der seine Rückenhaare aufstellt. Wir reden miteinander, aber schauen nur geradeaus ins Nichts, als führten wir bloß nebeneinander Selbstgespräche. Paul erkennt, daß wir kein Interesse aneinander haben, und ist wohl etwas enttäuscht.«
Ich verstehe nicht, warum sie das sagt, einerseits verunsichert es mich, andererseits fühlt es sich warm an, als hätten wir ein Geheimnis. Unterm Tisch, wo Paul es nicht sieht, lehnt ihr Knie immer noch an meinem. So könnte ich nun lange mit ihr sitzen und schweigen, im Sonnenlicht, das die roten Ziegelwände glühen läßt, nur in dem Gefühl, das ihr Knie verursacht, wenn es meins berührt.
»Ich mag, wie die Stimmung umschlägt«, sage ich, »vor zwei Stunden war alles noch Konkurrenz und Rechthaberei, jetzt haben alle drei Gläser Wein getrunken und es wirkt wie eine große Verschwörung: Laßt uns über die Stränge schlagen und danach niemandem davon erzählen.«
»Der Mensch unterscheidet sich von den anderen Tieren, weil er eine Vergangenheit kennt und Erwartungen hat, was kommen könnte«, sagt Sveta. »Im Schatten der Zukunft halten wir uns an die Regeln, weil sich Eigensinn rächt. Aber hier, am anderen Ende der Welt, weit weg von der üblichen Umgebung, kann man eine Nacht verbringen, auf der kein Schatten der Zukunft lastet.«
»Zum ersten Mal seit langem dürfen all diese Leute wirklich sie selbst sein.«
»Nein, endlich können wir sein, wer wir wollen.«
Ein Jazztrio beginnt zu spielen, Schlagzeug, Kontrabaß und Saxophon, träge, fast ein wenig torkelnd, der Trunkenheit hier wunderbar entsprechend.

»Wie kommt man eigentlich auf so ein Thema? Welche Männer einem um den Eisprung gefallen?« frage ich. Sie lächelt für ein paar Sekunden zu Boden, dann schaut sie auf: »Und wie seid ihr damals auf euer Thema gekommen, Boris und du?«

Erst zögere ich, weil mich die Frage überrascht, dann zögere ich weiter, weil ich mich vor dem Erinnern sträube.

»Eigentlich war es Boris' Thema, ihm ging es immer um Treue und Eifersucht, um Liebe und Betrug, inwiefern Treue möglich ist und inwiefern Lügen zu erkennen sind. Ich bin in das Thema bloß eingestiegen, weil ich zeigen wollte, daß ich es noch viel radikaler denken kann als er.«

»Er war das junge Genie und du der Herausforderer.«

»Vielleicht. Wir haben dann bald gut zusammengearbeitet.«

»Aber irgendwann bist du weggegangen.«

»Ich mußte gehen. Mußte weg aus Pauls Einflußbereich und mußte auch weg von Boris' Thema.«

»Wieso?«

»Ich glaube, Boris hat die ganze Forschung viel zu ernst genommen, konnte am Ende niemandem mehr glauben, witterte überall Betrug. So kann man nur vor Einsamkeit verzweifeln.«

»Glaubst du nicht eher, daß es umgekehrt war? Daß er sich sein Forschungsthema ausgewählt hat, um mit seinem Unbehagen in der Welt klarzukommen?«

»Vielleicht hast du recht«, sage ich und brauche einen Moment, um ihren Gedanken in Gänze zu erfassen.

»Bei jedem sind irgendwelche Ängste und Sehnsüchte ins Stammhirn eingeritzt«, sagt Sveta, »und man versucht sie irgendwie unter die Kontrolle der Vernunft zu bringen.«

Ich lasse meinen Blick sinken und betrachte ihr Knie, wie es an meinem lehnt.

»Manchmal bin ich beeindruckt von meiner Fähigkeit, Glück zu empfinden«, flüstere ich, »es ist stark und wird immer noch stärker, so daß ich fast Angst bekomme, es könnte mich zerreißen oder ich könnte still daran sterben. So wie jetzt, wo ich hier mit dir sitze, der Abend warm ist und das letzte Sonnenlicht über die Backsteinmauern fließt. Und manchmal passiert es dann, daß das Glück plötzlich verschwindet, mit einem Schlag, und dann nichts. Ich stelle mir das so vor, daß vielleicht irgendwann alle Glückshormone aufgebraucht sind, das Belohnungszentrum dichtmacht und ein Schild ins Fenster hängt: Endorphine sind aus!«

»Aber jetzt noch nicht?« fragt Sveta.

»Jetzt noch nicht«, sage ich.

Jason kommt zu uns herüber. Er hat so ein Testosterongesicht, das nur auf das Kinn hinausläuft. Ich kann mir vorstellen, daß er vielleicht als Football-Spieler

an die guten Unis gekommen ist, und irgendwann, durch einen Irrtum, geriet er dann in die Wissenschaft. Jetzt sieht er nur noch nach sinnloser Kraft aus, hat sie sich im Fitneßstudio antrainiert und kann sie auch nur dort gebrauchen. Aber eigentlich ist es nicht anders als bei mir, ich lese mir aus Texten irgendwas an und mache daraus nichts als neue Texte.
Er tänzelt heran, schickt mir ein sportlich-kameradschaftliches Grinsen, und schon hat er Sveta irgendeine Frage gestellt. Er legt die Stirn in Falten, faßt sich mit der Hand nachdenklich ans Kinn. Er steht so breitbeinig da, daß gar kein Platz mehr ist neben ihm.

Je mehr ich getrunken habe, desto früher wache ich am Morgen auf. Ich bin der einzige auf der Hotelterrasse, trinke schwarzen Kaffee. Die Morgensonne wärmt noch angenehm, bald wird sie heiß und unerträglich sein. Ich sehe, wie Jason von seiner Joggingrunde zurück ins Hotel kommt. Er winkt mir zu und lächelt, als wäre ich ihm sympathisch.
Dann sehe ich Paul vor den Tischen vorbeigehen, immer noch in den Kleidern von gestern. Er kommt in meine Richtung, stellt sich vor mir in die Sonne und schaut an mir herunter. Vielleicht erkennt er, daß ich auch noch dieselben Sachen trage. Ich bin gleich zum Kaffee raus, statt erst auf mein Zimmer zu gehen.
»Hattest du einen schönen Abend mit Sveta?«
»Wir haben über unsere Forschung gesprochen.«
»So, so«, Paul klopft mir auf die Schulter: »Ich kann's nur immer wieder sagen, um Wahrheit geht's nicht, nur um Anziehung und Abstoßung.«
Dann geht er zum Hoteleingang und ich bleibe wieder allein zurück. Der Kaffee ist nur noch lauwarm, aber es gefällt mir, wie erbärmlich er schmeckt. Ich weiß, daß Schimpansen nur Sex haben, wenn das rotgeschwollene Geschlechtsteil des Weibchens Empfängnisbereitschaft anzeigt, Schimpansen dient Sex allein der Fortpflanzung. Ich weiß, daß Bonobos ständig Sex haben, jeder mit jedem, auch mal im Austausch für andere Gefälligkeiten, manchmal essen sie sogar dabei, unter Bonobos dient der Sex vielmehr der sozialen Bindung. Wir Menschen liegen irgendwo zwischen Schimpansen und Bonobos. Für jede Tierart hat Sex eine andere Bedeutung, aber ich frage mich, für welche Art er am bedeutungslosesten ist.

UMSCHAU

VOLKER BRAUN: NACHRUF AUF TROLLE

Das Mitglied unserer Akademie der Künste Lothar Trolle ist seiner schweren Erkrankung erlegen. Bis zuletzt war er tätig und gefaßt. Unerträglich, in der Vergangenheitsform von ihm zu sprechen. – *Trolle*, das war sein ganzer Name, war ein Autor jenseits der Gattungen und der Anpassung überhaupt. Wie die Landschaft, aus der er kam, das Mansfeld, war seine Erscheinung, ruhig, verschlossen, aber sein Wesen wach und zuinnerst aufgekratzt. Als Bühnenarbeiter und Philosophiestudent in der Hauptstadt Berlin inspirierte ihn das egalitäre Milieu, es war, als hätten die umgeworfenen Verhältnisse einer frühen, rohen Volksdemokratie in dem Mann aus der Provinz einen Realismus des Volkstheaters provoziert, der sich in Harlekinaden übt und an der russischen Avantgarde leckt. Seine Texte sind eine ganz eigene Kunstform, die so unprätentiös wie raffiniert ist. »Er konnte aus dem Gang aus dem Haus auf die Straße ein Stück machen und eine ganze Welt von Sprache blättert sich auf, ohne in Akte eingeteilt werden zu müssen. Seine Stücke sind Träume, die mit der Wirklichkeit spielen, ohne sie abzuschreiben«, sagt Annett Gröschner. Er scheute nicht das krudeste Material, den Abraum, die Schlacke, hineinmontiert womöglich klassische Verse, die den Abgrund gegen den Himmel setzen, die deutsche Geschichte gegen den idealischen Geist. So geht Hermes der gleichmütige Gott durch Marzahn.

Trolle hatte einen vollkommen irdischen Sinn. Seine Urteile waren fest und bestimmt: Das ist großartig. Das ist Dreck. Selbstlos gab er seine Entdeckungen preis, Platonows Baugrube, und seine Erwerbungen: Schalck-Golodkowskis schwerer Mantel, noch Tabak in den Taschen. Sein sachtes Kichern habe ich angenommen. Er hatte nie gehofft oder gewollt, Mitglied einer Akademie zu sein. – Trolle, wie schneidet man einen Apfelbaum? – So, daß du den Hut durchwerfen kannst. Oder deine Mütze, Freund.

MICHAEL MERTES: ANMERKUNGEN ZUM GEDICHT »NADA TE TURBE«

Nada te turbe,
Nada te espante,
Todo se pasa,

Dios no se muda,
La paciencia
Todo lo alcanza;

Quien a Dios tiene,
Nada le falta.
Sólo Dios basta.

Von allen Texten der spanischen Karmelitin und Mystikerin Teresa von Ávila (1515–1582) ist das Gebet »Nada te turbe« wohl der berühmteste. In der katholischen Kirche wurde er zu Beginn des vergangenen Jahrhunderts populär. Gegen dessen Ende erfuhr seine Beliebtheit einen kräftigen Schub durch eine zu meditativer Wiederholung einladende Taizé-Vertonung, die allerdings eine erheblich umgestaltete Version des Textes verwendet (zwei Abschnitte, jeweils mit den Versen 1 und 2 beginnend; Verzicht auf die Verse 3 bis 6).

Im aktuellen »Gotteslob«, dem katholischen Gebet- und Gesangbuch von 2013, steht unter der Überschrift »Vertrauen« eine gereimte freie Übertragung von »Nada te turbe«, verfaßt von Erika Lorenz (1923–2003), die von 1969 bis 1985 an der Universität Hamburg lehrte und sich als Herausgeberin und Übersetzerin von Texten der spanischen Mystik (Ramon Llull, Francisco de Osuna, Teresa von Ávila, Johannes vom Kreuz) einen Namen gemacht hat:

> Nichts soll dich verwirren,
> nichts soll dich beirren,
> alles vergeht.
>
> Gott wird sich stets gleichen,
> Geduld kann erreichen,
> was nicht verweht.
>
> Wer Gott kann erwählen,
> nichts wird solchem fehlen
> Gott nur besteht.

Das »Gotteslob« von 1996 enthält dagegen eine Prosaübertragung – ohne anzugeben, von wem die Übersetzung stammt:

> Nichts soll dich ängstigen, nichts dich erschrecken. Alles geht vorüber. Gott allein bleibt derselbe. Alles erreicht der Geduldige, und wer Gott hat, der hat alles. Gott allein genügt.

Handelt es sich bei »Nada te turbe« überhaupt um ein Gebet? Wenn man darunter Worte versteht, mit denen Menschen sich an Gott oder eine göttliche Instanz wenden, lautet die Antwort: Nein. »Meditation« wäre wohl eine angemessenere Charakterisierung, denn das »Du« ist reflexiv – hier spricht ein Mensch zu sich selbst.

»Nada te turbe« ist ein neunzeiliges Gedicht. Die Endreime und die drei Strophen der Übertragung von Erika Lorenz haben keine formale Entsprechung im spanischen Quelltext. Poetische Strukturelemente sind die Fünfsilbigkeit der Verse (im Deutschen können daraus zwei Hebungen je Zeile werden), unregelmäßige Assonanzen sowie die repetitive Verwendung der Wörter »Nada« und »Todo« an den Versanfängen. »Nada« steht zu Beginn der Verse 1, 2 und 8, »Todo« zu Beginn der Verse 3 und 6. Das »Sólo« zu Beginn des Verses 9 bildet den Kulminationspunkt der Sequenz Nada/Nada/Todo/Todo/Nada/Sólo.

Vers 5, »La paciencia«, bildet die Mitte des Gedichts – gewissermaßen das Scharnier zwischen den vier ersten und den vier letzten Versen. Dem »Todo se pasa« in Vers 3 steht das »Todo lo alcanza« in Vers 6 gegenüber – hier die Erfahrung des Schwindens, dort die Erfahrung der Fülle.

Das Gedicht »Nada te turbe« stand auf einem Zettel, den man im Brevier der verstorbenen Teresa fand. Es wird ihr zugeschrieben, allerdings läßt sich die Frage, wer den Text verfaßt hat, nicht eindeutig beantworten. Als möglicher Autor wird auch der Karmelit Johannes vom Kreuz (1542–1591) genannt, jüngerer Zeitgenosse und geistlicher Mitstreiter Teresas. Neben Teresa steht Johannes auf dem Gipfel der spanischen Mystik des 16. Jahrhunderts. Zugleich gehören beide zu den bedeutenden Vertretern der spanischen Lyrik ihrer Zeit (siehe Band 1 der von Martin von Koppenfels und Horst Weich 2022 herausgegebenen Sammlung spanischer und hispanoamerikanischer Lyrik).

Wer auch immer »Nada te turbe« verfaßt hat – das Gedicht ist geprägt von der Spiritualität des achtfachen »Nada«, das bei Johannes vom Kreuz Voraussetzung für den Aufstieg der Seele zum mystischen Gipfel ist. Das »Nada« macht die Seele gleichsam leer – und dadurch empfänglich für die Fülle göttlicher Gegenwart. »Paciencia«, der Zentralbegriff des Gedichts »Nada te turbe«, steht für eine Haltung, die man »mystische Passivität« nennen könnte: Das Erleben göttlicher

Gegenwart ist ein Widerfahrnis, es läßt sich nicht erzwingen. (Das lateinische Verb pati, das dem Substantiv paciencia zugrunde liegt, bedeutet erleiden, erdulden – wie übrigens das deutsche Substantiv Geduld mit dem Verb erdulden verwandt ist.)
Das Gegensatzpaar »Nada« und »Todo« umschreibt ein Paradox mystischen Erlebens – die Erfahrung, daß die Fülle in der Leere liegt, daß ein überirdisches Licht die »dunkle Nacht der Seele« (Johannes vom Kreuz) erleuchtet. Der Aufstieg vom »Nada« des ersten Verses zum »Sólo« des neunten Verses entspricht dem Aufstieg zum Berg Karmel. Das »Sólo« bezeichnet – um es mit einem Bild zu sagen, das der modernen Astrophysik entlehnt ist – die göttliche Singularität, in der das »Todo« sich zu einem einzigen Punkt unendlich verdichtet, ohne im »Nada« zu verschwinden.
2016 hat der Unbeschuhte Karmelit Reinhard Körner die Rezeptions- und Übersetzungsgeschichte von »Nada te turbe« im deutschsprachigen Raum nachgezeichnet und dabei gezeigt, daß die heute übliche Übersetzung des Schlußverses »Sólo Dios basta« – Gott allein genügt – auf Mißverständnissen beruht. Mehr noch, als Kalender- oder Grußkartenspruch trägt sie zur Verbreitung dieser Mißverständnisse bei.
Körner arbeitet überzeugend heraus, daß Vers 9 weder »dualistisch« zu verstehen ist, als Abwendung des Mystikers von der Welt, noch als »heilsegoistische« Aussage über den Lohn, der den Mystiker erwartet. Körner liest die Worte »Sólo Dios basta« im Licht des berühmten Satzes »Unruhig ist unser Herz, bis es ruht in dir« aus den »Bekenntnissen« des Augustinus. Das Wort »sólo« ist ein Adverb (Kurzform von »solamente«), kein Adjektiv. Es bedeutet »nur«, »bloß« »lediglich« oder »erst«. Eine inhaltlich bessere Übersetzung könnte also lauten: »Allein Gott genügt.« (Auch formal wäre diese Version vorzuziehen, weil sie die Wortstellung des »Sólo« im Quelltext beibehält.) Das Verb »basta« ist mit »genügt« zwar korrekt übersetzt, aber »genügt« darf hier nicht im Sinne von »reicht aus« verstanden werden, sondern im Sinne von »ist die Fülle«, »ist die Vollendung« – oder einfach: »vollendet«.
Diese Überlegungen zu Form und Inhalt von »Nada te turbe« fließen in die von mir vorgeschlagene Übertragung ein:

Nichts verstöre dich,
Nichts erschrecke dich.
Alles vergeht,
Gott bleibt derselbe.
Die Geduld –
Alles erlangt sie.
Wer an Gott sich hält –
Nichts fehlt ihm.
Allein Gott vollendet.

JAKOB BRÜSSERMANN: DAS PERESTROIKAPFERD

Das Perestroikapferd lebte Ende der achtziger Jahre in einer Erdgeschoßwohnung an der Wolokolamsko-Chaussee, einer vielspurigen, stark befahrenen Moskauer Stadtstraße.
Mit ihm in der Wohnung lebte damals Petja, ein schmaler Junge von vielleicht achtzehn Jahren mit einem Elfengesicht und langen blonden Haaren.
Nichts verkörpert womöglich die letzten Jahre der Sowjetunion besser als dieses Pferd und seine Geschichte, die 1989 mit einem Beitrag in der Nachrichtensendung »Wsgljad« (Blick) beginnt. Zu Anfang des Berichts stehen Passanten auf dem Gehweg und sehen Petja zu, der auf der Fensterbank sitzt und das Pferd füttert, das kauend seinen Kopf zum Fenster herausstreckt.

Man fragt sich, wie Petja zu der Wohnung gekommen ist, in der er alleine mit dem Pferd zu wohnen scheint (hat er jung geerbt, sind er und sein Pferd Hausbesetzer?), aber wir erfahren nichts darüber, obwohl er den Reporter und seinen Kameramann bereitwillig zu sich hereinläßt.

Im Internet will man wissen, daß Petja Musiker war, und tatsächlich befindet sich auch ein altes Klavier in dem Zimmer, wo neben dem Bett die Streu für das Pferd auf dem Boden liegt. Im Hintergrund lehnt eine Gitarre an der Wand.

Er hatte immer Tiere um sich, erzählt Petja dem Reporter und tätschelt das Pferd am Kopf: Katzen, Schlangen, Mäuse, Küken, einmal auch Papageien, insgesamt zu viele, um sie alle aufzuzählen. Und jetzt eben das Pferd. Wiederum aus dem Internet ist zu erfahren, daß Petja ihm nie einen Namen gegeben hat.

Und wie kam das Pferd zu dir ins Haus, Petja?

Wir waren Fleisch kaufen, erzählt Petja. (Wer wir? – aus irgendeinem Grunde will man wissen, ob dieser Junge, der laut dem Moderator der Sendung inspirierend ist »in seiner Liebe zu unserem kleinen Bruder«, ob dieser Junge zu irgend jemandem gehört.) Sie waren also Fleisch kaufen und da war das Pferd, krank und zum Schlachten bestimmt, da hat Petja es für 250 Rubel gekauft und gesundgepflegt.

Was glaubst du, warum gibt es auf dem Land immer weniger Pferde, Petja?

Wahrscheinlich wegen der Autos, meint Petja und erzählt, daß man ihm schon verboten hat, Gras für das Pferd zu rupfen – gegen die Autos, die überall rumfahren, sage aber niemand was. An einem Flußufer durfte er einmal sein Pferd nicht waschen, weil das das Ufer verschmutzen würde. Fast daneben wusch gerade jemand sein Auto, woran sich niemand zu stören schien ... Petja schüttelt nur den Kopf.

Und reitest du das Pferd auch, Petja?

Natürlich, gleich hier vorm Haus. Ab und zu läßt er auch Kinder aus der Nachbarschaft auf das Pferd steigen und führt sie dann am Zügel ein wenig im Hof hinter dem Haus herum.

Dann filmt die Kamera, wie Petja das Pferd durch den Flur nach draußen führt. Das Haus ist in dem Monumentalstil der dreißiger Jahre gebaut, den man in Rußland Stalinsches Empire nennt: Vier massige Säulen rahmen die Tür, die so hoch ist, daß das ausgewachsene Pferd ohne Mühe hindurchpaßt. Umgekehrt wirkt der feingliedrige Petja ein wenig verloren in dieser überdimensionierten Architektur – und wieder die Frage, die niemand für uns stellt: Petja, wie kommt es, daß du in deinem Alter hier alleine wohnst?

Im Hinterhof steigt Petja auf sein Pferd und reitet durch das Tor auf die Wolokolamsko hinaus. Die Kamera filmt von der anderen Straßenseite: Enthoben wirkt Petja auf dem Pferd, während im Vordergrund die Autos durchs Bild rauschen und ein melancholisches Saxophon den Ritt des Jungen auf dem Bürgersteig untermalt.

Der Beitrag endet mit einer Nahaufnahme von Petja, der sein Gesicht an den Kopf des Pferdes schmiegt: Mit einer Hand krault er es unter der Schnauze, während sein Blick in die Ferne geht. Näher und näher fährt die Kamera heran, so daß das Bild sich am Ende im Schmelz seiner wasserblauen Augen aufzulösen scheint.

An dieser Stelle wäre die Geschichte zu Ende, wenn »Wsgljad« nicht zehn Jahre später auf die Sache zurückgekommen oder, laut eigener Aussage, eher zufällig noch einmal über sie gestolpert wäre.

Der zweite Beitrag beginnt mit den alten Aufnahmen von Petja: Noch mal erzählt er, wie er das Pferd freigekauft hat und daß er Kinder darauf reiten läßt, ohne daß ihre Eltern davon wissen. Dann wechseln die Bilder: »Bosnien 1993« steht oben am linken Bildrand, man sieht weiße Blauhelm-Panzerwagen eine Staubpiste entlangfahren. Jemand schießt mit einem Maschinengewehr hinter einem schneebedeckten Holzstoß hervor und wirbelt den Schnee auf. Geduckt pirschen zwei Soldaten eine Schutthalde entlang. Ein Mann mit Bart ballt die Faust, die ihm auf Hüfthöhe neben der Patronentasche hängt, um nicht vor Kälte zu zittern.

Damals (1989 nämlich, als Petja und das Pferd zusammen in Moskau wohnten), damals, sagt die Stimme aus dem Off, war Jugoslawien noch eine föderale sozialistische Republik, und wer hätte gedacht, daß vier Jahre später dort ein langer und blutiger Krieg ausbrechen sollte?

Viele junge Russen meldeten sich freiwillig, um auf der Seite des »Brudervolks« der Serben zu kämpfen. Zwei von ihnen sind Aleksandr und Dmitrij.

Während der Interviews, die »Wsgljad« nach ihrer Rückkehr aus dem Balkankrieg mit ihnen führte, kam die Rede auf einen etwas seltsamen Waffenbruder, der Pferde über alles liebte. Er war still, sagt Aleksandr, zurückhaltend, hat sich nie besonders hervorgetan, aber einmal, da hat er wie ein Draufgänger das Feuer auf sich gezogen und so einigen Leuten das Leben gerettet. Eine Offenbarung, sagt Aleksandr, eine Offenbarung war das damals für mich.

Dieser eigenbrötlerische und etwas kauzige junge Mann, niemand anders als Petja mit dem Pferd, soll einer der ersten gewesen sein, die sich freiwillig zum Einsatz in Jugoslawien gemeldet haben. Erst jetzt erfahren wir, daß sein vollständiger Name Pjotr Malyschew lautet.

Das folgende sind, so erzählt die Stimme aus dem Off, »Amateuraufnahmen aus dem serbischen Dorf Braćak«: Jemand steigt die Treppe zu einer hell von der Sonne beschienenen Terrasse hoch. Er hat eine Uniformmütze auf dem Kopf, es ist heiß und er hat die Ärmel aufgerollt. Der Camouflageanzug ist über der Brust so weit geöffnet, daß man einen kleinen Anhänger sieht, der ihm an einem silbernen Kettchen um den Hals hängt. An der Hüfte trägt er ein Maschinengewehr. Auf den zweiten Blick erkennen wir Petja in dem jungen Mann. Die blonden Haare trägt er jetzt kürzer und er hat sich einen Schnauzbart stehenlassen. Am oberen Ende der Treppe angekommen, bleibt er stehen, die Kamera nimmt ihn in den Fokus: Er sieht sich um und der schwarze Schirm seiner Mütze überschattet seine Augen.

Das würde mir taugen, hat er immer gesagt, erzählt Dmitrij, zu Pferd einem fahrbaren Maschinengewehr Deckung zu geben oder auch einem Minenwerfer.

Dann sitzt eine junge Frau an einem Tisch, helles Licht kommt durch einen zarten Spitzenvorhang vor dem Fenster in ihrem Rükken. Es ist Pjotrs Schwester Tatjana. Neben ihr sitzt ein junges Mädchen, verschränkt die Arme und stützt die Ellbogen auf. Auf dem Tisch steht eine Schale mit gelben Äpfeln. Einer liegt vor dem Mädchen, das die Augen unruhig über die Bildränder hinauswandern läßt, während Tatjana erzählt, daß sie sich nicht erklären kann, warum Pjotr in einem fremden Land in den Krieg gegangen ist. – Obwohl, fällt ihr noch ein, er wollte ja schon als Kind entweder Jäger oder Soldat werden.

Wieder wechseln die Bilder zu Pjotr und seinen Kampfgefährten: Sie stehen in einer Kirche, einer von ihnen zündet dünne langstielige Kerzen an und verteilt sie an die anderen. Pjotr hat seine Mütze in der linken Hand, in der er auch die lange dünne Kerze hält, während er sich mit der anderen Hand bekreuzigt.

Dann kommt Dmitrij zum Knackpunkt der Angelegenheit: Die Sache ist die, sagt er, daß Serben und Moslems sehr leicht zu verwechseln sind …

Die Uniform, sagt Aleksandr von jenseits des Bildrands.

Die Uniform, wiederholt Dmitrij, das Aussehen, die Sprache: alles gleich, deshalb schießt dort auch wahllos jeder auf jeden. Pjotr wollte nicht einfach schießen, deshalb hat er auf Patrouille einen ihm unbekannten Mann angeredet. Der Mann gab sich als Serbe aus, sie sprachen eine Weile ... – Er wollte einfach niemanden erschießen, ohne sicher zu sein, daß es sich dabei um einen Feind handelt, sagt Dmitrij.

Zumindest die Redaktion von »Wsgljad« scheint in dieser Sache außerordentliches Glück gehabt zu haben, denn ihr sind außer den bisher von Pjotr Malyschew gezeigten Bildern auch noch Aufnahmen eines Interviews mit ihm in die Hände gefallen: Vor einem gänzlich schwarzen Hintergrund sitzt er auf einem weißen Sofa. Sein Bart ist etwas länger als auf den Bildern zuvor; voller wirkt sein schmales Gesicht. Er stottert ein wenig, es wird nicht ganz klar, ob das an der Situation des Gefilmtwerdens liegt. Er erzählt, daß er zuerst in Transnistrien gekämpft hat. Dann hat er sich 1993, während des Putschversuchs gegen die Jelzin-Regierung, am Sturm auf die Moskauer Fernsehzentrale und das Weiße Haus beteiligt. Der Balkankrieg, sagt er, ist für mich der nächste Schritt. Manche von den Leuten hier waren vorher schon in Karabach, für die ist Bosnien ein Spaziergang. Aber für mich ist es das richtige. Er erzählt, daß er gerne in Rußland kämpfen würde, denn für die Seinen zu fallen, das sei in Ordnung (*eto normalno*, sagt er und hängt ein wenig auf dem n). Hier in Bosnien sammle er nur Erfahrung.

Noch einmal werden die sommerlichen Amateuraufnahmen eingeblendet: Pjotr und seine Kameraden gehen über eine Wiese voller Gräber, sitzen im Gras, Pjotr lacht und sagt etwas, von dem auf den Bildern nur die Lippenbewegungen geblieben sind. Dann ein Schnitt und ganz nah fährt die Kamera an einen gesenkten Pferdekopf heran, bis nur noch ein großes schwarzglänzendes Auge zu sehen ist, eingefaßt von den zwei ledrigen Wülsten der Lider. Hart und spröde stehen einzelne Wimpern nach den Seiten ab.

Wir haben dort gezeigt, sagt Dmitrij, daß die Russen nicht nur Jelzin und seine Leute sind, sondern auch wir.

Pjotr Malyschew war siebenundzwanzig, als er am 3. Oktober 1994 erschossen wurde.

Das namenlose Pferd, mit dem er eine Zeitlang seine Wohnung geteilt hat, soll sich später als Kinderreitpferd im Moskauer Bitzebsky-Park verdingt haben.

Unklar ist, ob es seinen Freund Petja überlebt hat.

SABRINA HABEL: DAS PERFEKTE GEDICHT

Rilkes »Archaischer Torso«

Du mußt dein Leben ändern! Selten war ein Gedicht deutlicher. Rilkes Sonett »Archaischer Torso Apollos« ist eines der berühmtesten und meistbesprochenen Gedichte der deutschsprachigen Literatur. Nicht einmal der Befehlston, den es dem Lesenden gegenüber anschlägt, hat etwas an seiner Beliebtheit geändert. Aber möchte dieses Gedicht überhaupt auf sein Ende reduziert werden? Ist die Autorität des letzten Satzes nicht auch eine gebrochene?

»Du mußt dein Leben ändern« ist im wörtlichen Sinne lapidar, nämlich ein knapper, in Stein gemeißelter Sinnspruch nach altrömischem Vorbild. Das prosaische Fazit bricht mit der Kunstfertigkeit und Wendigkeit des Gedichtkörpers. Es wird gerade nicht zum eigenen Vers (von lateinisch *vertere*, umwenden), sondern spaltet den letzten Vers in der Mitte. Die brüske und bei genauer Betrachtung auch recht abstrakte Forderung steht im Gegensatz zur lebendigen Anschaulichkeit des Götterbildes. Folgt man dem Literatur- und Kulturwissenschaftler Erich Auerbach, läßt sich dieser Bruch im Stil als eine Reflexion auf den Einbruch des Jüdisch-Christlichen in die Welt der Antike lesen. In seiner Literaturgeschichte des abendländischen Realismus hat Auerbach herausgearbeitet, wie die Schlichtheit der Bibelsprache die über die Vers- und Strophengrenzen hinweg gewendeten Hypotaxen und die »klugen, fein abgestuften Konjunktionen« des antiken Stils erstarren ließ und so das »klassisch-antike Wesen bis in die Struktur seiner Sprache hinein« zerstörte.

Verhüllt die perfekte Form des Sonetts also eine Gewalttat? Ist der Eindruck des Erhabenen, der sich mit der Bildunterschrift einstellt, das Ergebnis einer feindlichen Übernahme, einer erzwungenen Überschreitung und Indienstnahme des »Archaischen« und Poetischen? Dafür spräche auch die emblematische Struktur des Gedichts, seine Teilung in Titel, Bild und deutende Unterschrift. Blütezeit der Emblematik sowie des Sonetts ist die Frühe Neuzeit. In frühneuzeitlichen Emblembüchern wurden die heidnischen Götter zu Allegorien der Vergänglichkeit oder Sünde umgedeutet und mit einer mahnenden oder erbaulichen christlichen Unterschrift versehen. Das Ende des Gedichts kann in dieser Tradition als Resultat einer gelungenen Christianisierung gelesen werden.

Ist die Moral des Gedichts also das, worauf es eigentlich ankommt? Nicht unbedingt! Eine ganz andere und sogar entgegengesetzte Lesart ergibt sich nämlich, wenn man davon ausgeht, daß Rilkes Sonett sich nicht nur mit der griechischen Antike und ihrer christlichen Allegorese auseinandersetzt, sondern auch mit der Ästhetik und Kunsttheorie der »Klassik«. Die Klassik rehabilitiert die heidnische Antike und erhebt die antike Skulptur zum Ideal der Kunst. Sie richtet sich dabei explizit gegen das Allegorische, das die künstlerische Gestalt zugunsten eines abstrakten Lehrsatzes zum bloßen Schmuck und Beiwerk reduziert. In seiner Schrift »Signatur des Schönen« mit dem Untertitel »Bei der Betrachtung des Apollo von Belvedere« erklärt der Schriftsteller und Philosoph Karl Philipp Moritz, daß im idealen Kunstwerk Inhalt und Form so perfekt zu einer Einheit verbunden sind wie Körper und Seele im Menschen. Diese vollkommene Einheit von Gestalt und Bedeutung verherrlichten die antiken Skulpturen und dieser Einheit solle die Dichtung nacheifern. Das perfekte Gedicht, folgert Moritz, wäre so, »seinem Urheber unbewußt, zugleich die vollkommenste Beschreibung des höchsten Meisterstücks der bildenden Kunst« – des Apollo von Belvedere.

An einer solchen Beschreibung hatte sich der Kunstschriftsteller und Klassizist Johann Joachim Winckelmann versucht. Auch ihm galt der vatikanische Apollo als Gipfelpunkt der Kunst: »Was Natur, Geist und Kunst vorzubringen vermögend gewesen, lieget hier vor Augen«, schreibt er 1755 in seinen »Gedancken über die Nachahmung der griechischen Werke in der Mahlerey und Bildhauer-Kunst«. Über die »Winkelmannsche Beschreibung«, welche die Statue Glied um Glied durchgeht und »aus dem Apollo eine Komposition aus Bruchstücken« macht, kann Moritz jedoch nur spotten. Vielleicht ist tatsächlich erst Rilke die vollkommene Beschreibung der Skulptur und damit das perfekte Gedicht gelungen. Ein Gedicht über den Gipfel der Kunst, dessen berühmter letzter Satz ein eher unwesentlicher Nachtrag ist.

Zur Ehrenrettung Winckelmanns und zur Ehrenrettung der Allegorie muß man jedoch sagen, daß der Apollo, den Winckelmann beschreibt, selbst ein Bruchstück ist – er ist nämlich nur als Torso erhalten. Die Allegorie, die Gestalt und Bedeutung trennt, stellt in Rilkes Gedicht weniger einen Bruch her, vielmehr spiegelt sie einen bereits existierenden. Die Allegorie entspricht dem zerbrochenen Körper; sie zeugt davon, daß sich an den Bruchstellen etwas ablesen läßt: sei es die paradoxe Einheit von Schönheit und Vergänglichkeit oder die schmerzliche Erkenntnis, daß auch das Unschöne und die Entzweiung zum Leben gehören. Für den Philosophen Georg Wilhelm Friedrich Hegel ist das antike Kunstideal gerade daran zerbrochen, daß es diese schmerzliche Erkenntnis nicht wahrhaben und nicht abbilden wollte. Auch Auerbach schreibt, daß eine gewisse »Brüchigkeit der antiken Gesinnung« dem Siegeszug des Christentums vorausgegangen sei. Die Schönheit und Harmonie der griechischen Kunst war ein Gipfel, der sich nicht halten ließ. »Schöneres kann nicht sein und werden«, lautet die Unterschrift, die Hegel unter seine Betrachtung der griechischen Antike setzt. Das ist kein Verdikt. Wie in Rilkes Gedicht wird der schöne Schein gerade im Rückblick, in der Versehrtheit sichtbar, strahlt das Licht an den »Rändern aus wie ein Stern«.

Wenn man nun davon ausgeht, daß Rilkes Sonett mit dem Allegorischen eine Form findet, die dem versehrten und vergangenen Ideal vollkommen entspricht, dann mahnt das Vanitas-Bild tatsächlich zur Umkehr, dann müßten wir den letzten Satz tatsächlich ganz ernst nehmen. Doch der Imperativ »Du mußt dein Leben ändern« wirkt ohne nähere inhaltliche Bestimmung seltsam maßlos und wohlfeil. Das dramatische Ende des Gedichts erscheint als Effekthascherei, als Kunstgriff, um dem Leser zu gefallen. Vor diesem Urteil ist auch der Apollo nicht geschützt. »Zu Winckelmanns Zeit«, heißt es in Hegels »Vorlesungen über die Ästhetik«, wurde dem vatikanischen Apollo »als höchstem Ideal der Kunst uneingeschränkte Bewunderung gezollt«. Als Hegel seine Vorlesung hielt, etwa siebzig Jahre später, war die Statue jedoch im »Werte etwas herabgedrückt«. Sie werde »in eine schon spätere Zeit« gerechnet, in der die künstlerische Vollkommenheit zur bloßen »Gefälligkeit« herabgesunken sei. Die »strenge Stille« und der »echte Stil« der griechischen Klassik seien hier bereits überschritten. In Hegels Betrachtung wird der Apollo von Belvedere zum *Décadent*. Er zitiert eine englische Reisebeschreibung, nach der die Statue nur einen »theatralischen Stutzer« zeige. Rilkes Gedicht wäre damit – dem Autor unbewußt – die vollkommene Beschreibung einer Ironie der Geschichte. Was die Kunstgeschichte zum Höhepunkt verklärte und zu ihrem Ideal machte, war in Wirklichkeit eine Verfallserscheinung. Aufmerksamkeit heischend, theatralisch, gefällig – das Hegelsche Urteil über die berühmte Skulptur läßt auch den letzten Satz des Apollo-Gedichts in neuem Licht erscheinen: »Du mußt dein Leben ändern.« Die Autorität und Endgültigkeit dieser Aussage ist eine maßlose Übertreibung. Der Lesende, der das erkennt, kann den Befehl getrost verweigern und sich erneut dem Körper des Gedichts und der Vielgötterei des Sinns zuwenden.

ARCHAÏSCHER TORSO APOLLOS

Wir kannten nicht sein unerhörtes Haupt,
darin die Augenäpfel reiften. Aber
sein Torso glüht noch wie ein Kandelaber,
in dem sein Schauen, nur zurückgeschraubt,

sich hält und glänzt. Sonst könnte nicht der Bug
der Brust dich blenden, und im leisen Drehen
der Lenden könnte nicht ein Lächeln gehen
zu jener Mitte, die die Zeugung trug.

Sonst stünde dieser Stein entstellt und
kurz
unter der Schulter durchsichtigem
Sturz
und flimmerte nicht so wie
Raubtierfelle;

und bräche nicht aus allen seinen
Rändern
aus wie ein Stern: denn da ist keine
Stelle,
die dich nicht sieht. Du mußt dein
Leben ändern.

TOBIAS LEHMKUHL: DU HAST EINEN STEIN MITGENOMMEN

Laudatio auf Ronya Othmann

Auf dem Cover von Ronya Othmanns 2020 erschienenem Debütroman »Die Sommer« sieht man das Foto einer hügeligen Landschaft, die in der Hitze eines jener titelgebenden Sommer zu flirren scheint. In ein seltsam unwirkliches Lila getaucht, wirkt dieses Bild zugleich wie durch ein Nachtsichtgerät, wie durch eine Wärmebildkamera aufgenommen. Es stammt, wie ein Blick ins Impressum verrät, von der Autorin selbst.

Anders das auf den ersten Blick ganz ähnliche Covermotiv ihres zweiten Romans, »Vierundsiebzig«. Auch hier sieht man eine hügelige, äußerst karge Landschaft. Wo allerdings auf dem ersten Bild im Vordergrund noch ein paar Pflanzen wachsen, ist auf dem zweiten nur Sand zu erkennen; eine Wüstenlandschaft, menschenleer. Totes Land, könnte man meinen, aber wie es in Othmanns Gedichtband »die verbrechen« heißt: »die landschaft ist immer auch ein protokoll«.

Es gibt keine menschenleeren Landschaften, überall hat der Mensch schon seinen Fuß hingesetzt, hat seine Spuren hinterlassen.

Das Foto auf dem Cover von »Vierundsiebzig« ist der beste Beweis dafür: Irgendjemand muß es aufgenommen haben. Im Impressum ist der Name des Fotografen jedoch nicht verzeichnet, nur die Quelle: Museum für Islamische Kunst, Staatliche Museen zu Berlin, Sammlung Eugen Wirth.

Eugen Wirth war ein Kulturgeograph, der sich vor allem mit dem Vorderen Orient beschäftigt hat. Einer seiner Aufsätze, eine Art Reisebericht offenbar, trägt den Titel »Bei den Yazidi im Jebel Sinjar«, erschienen im Band »Yazidi. Gottes auserwähltes Volk oder die ›Teufelsanbeter‹ vom Jebel Sinjar, Irak«. Da Wirth 1925 geboren wurde und 2012 starb, liegt die Vermutung nahe, daß er dieses Foto, vom Buchgestalter in zartes Blaubeige getaucht, selbst aufgenommen hat. Verwunderlich fast, daß sein Aufsatz nicht in den Quellen zu finden ist, die Othmann am Ende ihres Buches nennt, zumal einige Reiseberichte aus dem Land der Jesiden eine wichtige Rolle darin spielen, Berichte aus dem 19. und frühen 20. Jahrhundert vor allem.

Noch etwas anderes irritiert: Die Provenienz, das Museum für Islamische Kunst, denn erstens handelt es sich ja offensichtlich nicht um Kunst, sondern eher um eine dokumentarische Fotografie, und zweitens ist sie im Land der Jesiden entstanden. Die Jesiden aber sind keine islamische Sekte, sie haben vielmehr eine ganz eigene und viel ältere Religion und Kultur. Mehr noch: Es waren Islamisten gewesen, die Terrorgruppe Islamischer Staat, die 2014 einen Genozid an den Jesiden verübten, eben jenen 74. Ferman, auf den der Titel von Ronya Othmanns Buch verweist. Für die Islamisten sind die Jesiden jene »Teufelsanbeter«, von denen der Aufsatz Eugen Wirths spricht – dort, wie auch in diesem Manuskript, in Anführungszeichen gesetzt.

Die jesidische Religion ist für den Außenstehenden einigermaßen rätselhaft; die Rituale scheinen überschaubar, die Tempel äußerst bescheiden und es gibt keinerlei missionarischen Impetus – man kann nicht zum Jesidentum konvertieren; Jeside und Jesidin ist man qua Geburt. Vater und Mutter müssen beide Jesiden sein, so zumindest die orthodoxe Meinung, sonst ist das Kind kein jesidisches. Eine Kultur und Religion also, die ohnehin Gefahr läuft auszusterben, zumal in einer globalisierten Welt, in der Jesiden zum Beispiel nach Deutschland reisen, sich in einen deutschen Menschen verlieben und ein Kind bekommen, das etwa Ronya Othmann heißt.

Doch ich merke schon, ich entferne mich von Othmanns Roman und bin zugleich mittendrin. Ich bin, und deswegen beschäftigt mich das Foto auf dem Cover so sehr, in der Landschaft. Ich befinde mich, auf meine Art, inmitten der kargen Hügel des Jebel Sinjar im Irak, wie es bei Eugen Wirth heißt, inmitten der kargen Hügel des Shingal-Gebirges, wie es bei Ronya Othmann heißt. Ich bin hier, weil ich das Foto auf dem Cover betrachte, vor allem aber, weil ich an all die Fotos denke, die Othmann während ihrer Reisen durch die Region geschossen hat. Ich habe die Fotos nie in Händen gehalten oder auf einen Bildschirm gespielt bekommen – ich sehe sie aber vor meinem inneren Auge:

»Einen halben Tag lang sitzen wir im Auto. Wir fahren nach Norden, über Ranya, Shaqlawa, dann nach Westen. Wir halten an einem Kiosk, kaufen Wasser, Chips, Tiger-Energy-Dosen. Aus dem Fenster fotografiere ich die Landschaft, durch die wir fahren. Ich fotografiere strohige Hügel, auf denen grüne Olivenbäume stehen. Ich fotografiere spärlich bewachsene Berge, kahle Hänge, darüber ein blauer Himmel. Ich fotografiere Strommasten, die sich durch die weite Landschaft ziehen. Ich fotografiere einen langen und breiten Betonbau, der weiträumig von Stacheldraht umzäunt ist. Als ich danach frage, sagt Tante Adar, es sei ein Gefängnis.«

Ronya Othmann, die Erzählerin dieses Romans, ist von einer regelrechten Dokumentationswut besessen. Unterwegs im Irak fotografiert sie, salopp gesagt, alles kurz und klein. Der Grund liegt in der Vergangenheit; klar benannt wird er im Debütroman »Die Sommer«, in dem die Hauptfigur, die hier noch Leyla heißt, tief bedauert, keine Fotos gemacht zu haben, in all den Sommern nicht, die sie bei den Großeltern in Nordsyrien verbracht hat, in der Grenzregion zum Irak und zur Türkei. Sie hätte alles fotografieren sollen, sagt sie, jedes Haus, jeden Stein, jede Pflanze im Garten. Nun ist es zu spät. Nun, seit dem Bürgerkrieg in Syrien, seit dem Massaker des IS 2014 ist jene Welt verschwunden. Es gibt keine Großmutter mehr in jenem Dorf, es gibt kein Dorf mehr. Dieser Verlust führt dazu, daß Othmann vier Jahre später alle Spuren sichern will, derer sie noch habhaft wird. Sie wird ganz Auge, ihr Wahrnehmungsradius weitet sich maximal aus.

»Roman« steht auf dem Umschlag von »Vierundsiebzig«, dabei denkt man im ersten Moment: Alles andere ist dieses Buch, nur kein Roman: ein Reisebericht, eine Autobiographie, eine Reportage, ein Essay. Ein Roman, so meint man, hat erfundene Figuren und eine fiktive Handlung. Nichts davon in »Vierundsiebzig«. Die Erzählerin ist zweifellos mit der Autorin identisch, und wovon sie erzählt, ist bis in den letzten Kieselstein hinein eine wahre Geschichte. Man kann die Koordinaten des Dorfes der Großeltern in den Computer eingeben und bekommt ein Satellitenbild genau dieses Dorfes, das Foto eines grünen Ortschildes, auf dem in weißer Schrift »Til Xatun« steht. Man kann nach dem Video der

Verwüstung des Mossul-Museums suchen, das sich die Erzählerin wieder und wieder anschaut, und wird es finden. Man könnte auch nach ganz anderen Videos suchen, von denen sie erzählt, Videos von Hinrichtungen und Enthauptungen, und man kann Prozeßberichte über den Fall Jennifer W. nachlesen, die als Frau eines IS-Kämpfers Mitschuld daran trägt, daß ein fünfjähriges jesidisches Mädchen, angekettet in praller Mittagssonne, verdurstete. Man möchte das nur vielleicht nicht. Weil es so schrecklich ist. Und man tut es nicht, weil man die Wahl hat. Ronya Othmann, obwohl sie einen deutschen Paß besitzt und 2014 im sicheren Leipzig lebt, das spricht aus jedem Satz und jedem Wort in »Vierundsiebzig«, hat keine Wahl. Sie muß sich die Videos ansehen, muß selbst nach Kurdistan reisen und sich ein Bild machen, muß den Prozeß von Jennifer W. besuchen und dabei sein, als der Deutsche Bundestag den Völkermord von 2014 als solchen anerkennt. All das, spürt Othmann, ist Teil von ihr, das weiß sie seit dem 3. August jenes Jahres mehr denn je. Seither versucht sie für ihre Geschichte, die eine Geschichte ihrer Familie und ihres Volkes ist, eine Sprache zu finden.

»Versuche ich zu schreiben, ist es, als würde ich einzelne Stücke zusammennähen. Schreibe ich über das Lachen meines Vaters, wenn er vom türkischen Gefängnis erzählt, schreibe ich über mein Lachen, wenn eine Freundin mich fragt, wie die Situation für die Êzîden gerade sei, bringe ich das eine mit dem anderen in Verbindung. Mein Vater aber war 1980 im türkischen Gefängnis, ich war 2018 im Irak, vier Jahre nach dem Genozid. Das türkische Gefängnis und der Genozid. Das sind zwei verschiedene Dinge. Ich trenne die Nähte wieder auf und fange von vorne an.«

Auf gewisse Weise handelt es sich bei »Vierundsiebzig« also durchaus um einen Roman, denn Othmann erzählt nicht chronologisch, wie man es bei einem Reisebericht oder einer Autobiographie erwarten würde, sie argumentiert nicht, zielt nicht auf Ideen oder wissenschaftliche Erkenntnisse, wie es kennzeichnend für einen Essay wäre, und sie ist alles andere als eine neutrale Beobachterin, sie schreibt eindeutig keine klassische Reportage, obwohl sie sich immer wieder als Journalistin bezeichnet und in den Irak fährt, nicht zuletzt um Interviews mit Überlebenden des Genozids zu führen. Nein, sie sucht über fünfhundert Seiten hinweg nach einer eigenen Sprache und einer eigenen Form, und dadurch ist »Vierundsiebzig« ein Roman im emphatischen Sinn. Denn jeder gute Roman erfindet in sich selbst das Genre neu.

»Ich schreibe. Und später traue ich dem nicht mehr. Ich traue dem Wir nicht mehr, und ich traue dem Ich nicht mehr. Ich schreibe, und wenn ich etwas aufgeschrieben habe, denke ich, das ist die Wahrheit. Und dann lese ich es wieder und denke, man müßte es noch ein zweites Mal schreiben, und ich schreibe es ein zweites Mal und denke, so ist es richtig, und dann lese ich es, und nachdem ich es gelesen habe, denke ich, obwohl alles daran stimmt, ist es nicht die Wahrheit.«

In »Vierundsiebzig« geht es um einen Prozeß der Präzisierung, um ein genaueres Sehen, ein genaueres Verstehen, ein Verstehen dessen, was im Irak 2014 passiert ist, aber auch ein Verstehen dessen, was mit der Autorin selbst geschehen ist, als sie um ihre Verwandten, um die geliebte Großmutter fürchten mußte. Othmann ist irritiert über ihre enge Verbindung und Identifizierung mit dem jesidischen Volk, dem sie, aus orthodoxer Sicht, als Tochter einer Deutschen ja gar nicht angehört. Aber anders als ihr Vater, der die Religion seiner Eltern für Aberglauben hält, wird Othmann von der Symbolik, den Traditionen und den wenigen verbliebenen Heiligtümern des Jesidentums angezogen.

Paradoxerweise evoziert Othmann gerade durch den Verzicht auf jegliches Fabulieren eine eigene Welt. Listen haben eine ganz besondere Kraft, und wenn die Autorin immer wieder notiert, was sie sieht und was sie während ihrer Reise durch Kurdistan geradezu manisch fotografiert, dann entstehen weite, aus Sprache gebaute Landschaften.
»Die Landschaft ist weit und flach. Eine Landschaft, in der man sich nicht verstecken kann, notiere ich. Es ist acht Uhr morgens, notiere ich. Wir fahren nach Südwesten, an der syrischen Grenze entlang, erreichen die Ausläufer des Shingal-Gebirges. Eine schöne Landschaft, notiere ich. Die Farben. Ich fotografiere eine weite ockerfarbene Ebene, aus der sich kahle Berge erheben. Ich fotografiere graphitgraue, staubbraune Berge, Felsschraffierungen, als hätte sie jemand gezeichnet. Eine Schafherde, die eine Straße überquert. Ein weiter Himmel mit zarten, bauschigen Wolken.«
Man kann auch sagen, daß Othmann nach dem Roman »Die Sommer« und dem Gedichtband »die verbrechen« für »Vierundsiebzig« noch einmal ganz neu angesetzt hat, daß es gerade deshalb ein so starkes Werk ist, weil ihm das Ringen um eine eigene Sprache und Form eingeschrieben ist. Immer wieder setzt die Autorin neu an, aber diese Neuansätze haben nichts Mäanderndes an sich, sie geben dem Text vielmehr einen eigenen, prägnanten Rhythmus, sie haben ein inneres Ziel – eine Sprache zu finden –, wie auch ein äußeres Ziel: den Shingal, den Ort, an dem der Genozid das größte Ausmaß annahm. Aber in den Shingal zu gelangen ist nicht einfach; sein Status zwischen dem Irak und der Autonomen Region Kurdistan ist ungeklärt; ein Visum zu erhalten gleicht dem Versuch des Landvermessers K., Einlaß ins Schloß zu finden.
Ein erster Versuch, von Erbil aus in das Gebiet zu gelangen, scheitert am vierten Checkpoint. Bleibt der Flug nach Bagdad und eine erneute lange Autofahrt. Schließlich kommt das Shingal-Gebirge in Sicht, das Gebirge, in das sich so viele Jesiden flüchteten, um dort dann zu verhungern und zu verdursten. Die Autorin und ihre Begleiter halten in einem Dorf, in das sich Othmanns Großeltern geflüchtet hatten, als sie einst, viele Jahrzehnte zuvor, aus Batman in der Türkei vertrieben wurden, bevor sie dann auch dieses Dorf wieder verlassen mußten.
»Mein Vater ruft aus dem Auto meinen Namen. Ich soll zurückkommen. Wir müssen weiter. Es ist schon Spätnachmittag, und wir haben das Gebirge noch vor uns. Bevor ich zurück zum Auto gehe, bücke ich mich, hebe schnell einen Stein vom Boden auf und stecke ihn in meine Hosentasche. Ich bemühe mich, es beiläufig zu tun. Doch als ich zurück im Auto bin, sagt Mam Ibrahim: Ich habe gesehen, du hast einen Stein genommen. Und mein Vater sagt: Du hast einen Stein mitgenommen. Und ich nicke, und weil mir die Tränen in die Augen schießen, sehe ich aus dem Fenster.«
Zu Anfang ihrer Reise war Othmann in einem Flüchtlingscamp einer alten Frau begegnet, die nicht mehr sprach, keinerlei Anteil an ihrer Umgebung nahm, aber einen einfachen Stein in den Händen barg, den sie nicht mehr losließ. Jetzt, am Ende der Reise, am Ende dieses so persönlichen und berührenden Romans, der zudem die Frage, wie man über Krieg und Völkermord schreiben kann, auf ganz eigene und zwingende Weise beantwortet, am Ende hält Othmann selbst einen Stein in den Händen, einen Stein, der schon dalag, als ihre Großmutter an diesem Ort lebte. Er ist ein Zeichen der Kontinuität, ein Zeichen der Verbundenheit der Jesiden mit dieser Landschaft. Ein Zeichen auch für die nicht enden wollende Geschichte des Mordens und der Vertreibung. Ein Zeichen dafür, daß diese Welt nur eine geliehene ist, daß Wahrheit und Gerechtigkeit sich nicht von Macht- und

Besitzansprüchen ableiten. Denn wie es im Gedichtband »die verbrechen« heißt:

> dieses land gehört dir nicht,
> es gehört den schafen und den
> wolken. es gehört der gerste, dem
> weizen, der dattelpalme. es gehört
> den steinen, den steinen.

Die jesidische Religion, die jesidische Kultur gründet nicht auf Schrift. Daß »Vierundsiebzig« ein Roman in deutscher Sprache ist, ist den Umständen der jesidischen Geschichte geschuldet. Ich bin dankbar dafür, daß es ihn gibt, denn er bereichert die deutsche Literatur beträchtlich.

NAJAT ABED ALSAMAD: DAS ZUCKERBANKETT

Wir beide waren keine Gegner und trotzdem unterlag ich ihm. Er gewann, indem er in meiner Wohnung mehr zurückließ, als er bekam.
Auf seiner Oberlippe war noch kein Flaum gewachsen. Er hatte seine Kindheit gerade mit einer Leichtigkeit hinter sich gelassen, wie man sich des Drucks der Schule und großer Ambitionen entledigt. Mit ebendieser Leichtigkeit erschien er an meiner Wohnungstür, ein Überraschungsgast mit ausgestreckter Hand. An die Hände anderer Gäste, die Geschenke überreichen würden, erinnerte nur, wie er seine Finger zaghaft aus der Tasche seiner schmutzigen dünnen Weste zog, um sie mir zitternd vor Kälte entgegenzuhalten.
»Meiner Familie ist kalt und sie möchte etwas essen, wenn ich von meinem Rundgang bei euch zurückkomme.«
Das Schönste war seine Stimme. Diese Stimme, die Betteln geübt hatte und die vom Genuß erster Zigarettenzüge rauh war.
Mich fasziniert diese Schar von Bettlern, die der Krieg hervorgebracht hat. Früher gab es nicht so viele in meiner kleinen Stadt. Eine seltsame Faszination, ich weiß, doch sie wirkt wie ein mächtiger Glücksbringer. Wenn ich Bettlern begegne, werde ich zu einem Maulwurf, der nur seinen feinen Ohren traut. Ich lausche ihren Stimmen, wenn sie um Verständnis und, wenn möglich, Mitgefühl werben, bevor sie um Geld oder eine andere Gabe bitten.
Hamads Stimme hob sich vom Chor der Bettlerschar ab. Seine Melodie war eine andere als deren übliches abgedroschenes Lied, das sie alle, wenn auch in unterschiedlicher Stimmlage und mit unterschiedlichem Grad an Selbstsicherheit, Präsenz und Überzeugungskraft, vortrugen.
Hamad, ein Name wie aus der Zeit gefallen! Er verriet mir, daß dieser ein Vermächtnis seines Großvaters sei und er zusammen mit dem Namen das Vertriebensein geerbt habe. Vertrieben aus Tiberias in ein Zelt, das sich schon Jahrzehnte vor Hamads Geburt im Yarmuk-Lager in ein stattliches Haus verwandelt hatte. Hamad aber wurde erneut vertrieben. In einer Stadt, von der er nie zuvor gehört hatte, lebte er seit einem Monat in einem Zelt. Diese Fluchtgeschichte zweier Generationen nahm zwei Minuten seiner Zeit und wenige Zeilen auf meinem Bildschirm in Anspruch.
Da sitzt Hamad auf meinem weichen Sofa. Seine Augen schweifen im Zimmer umher und verweilen demütig vor den lodernden roten Flammen im Ofen. Sie betrachten ein wohlgeordnetes, bequemes Leben. Sein Blick steigt mit der Wärme zur Decke. Schon schön, so ein Haus mit Dach! Und dann auch noch ein Dach, durch das kein Regen hereintropft und einem die Sessel und den bunten, dicken Teppich

kaputtmacht. Hamad schlägt die Augen nieder und läßt die Atmosphäre des Raumes wie ein Lied auf sich wirken. Er vergegenwärtigt sich eine traute Vergangenheit, die ihm aber schon wie aus einem anderen Leben vorkommt. Das Leben vor der Vertreibung.
»Hier sind warme Teigtaschen, du bist doch sicher hungrig«, sage ich. Aber seine Augen streifen nur kurz das Essen und weichen schnell wieder aus, um Tränen vorzubeugen, die seinen Hunger oder doch zumindest seinen Appetit auf etwas Leckeres, Frisches, Warmes, Sättigendes offenbaren würden.
»Ich kann hier nicht essen, während meine Familie wartet.« Aus seiner heiseren Stimme wird eine stolze, die Stimme eines Ritters, der sich zum Kampf bereitmacht.
»Ich habe hier Äpfel und kandierte Mandeln im Beutel, aber ich habe nichts davon angerührt. Ich warte, bis ich zurück im Lager bin.«
»Dann trink wenigstens Tee. Reichen drei Löffel Zucker für die kleine Tasse?«
»Sagen wir vier.« Er klingt verträumt beim Gedanken daran, wie sich der Zucker in der Tasse mit dem heißen Tee anhäuft.
»Darf ich ihn selbst verrühren?« In seinen Fingern kreist der Löffel, dem regelrecht schwindelig wird vom feierlichen Tanz im Zucker.
Hamad sieht mich nicht mehr. Er ist jetzt der Hausherr, der dieses Zuckerbankett gibt. Verzückt vom Klingen des Löffels senkt er den Blick erneut und nimmt behutsam den ersten Schluck. Seine Lippen schließen sich berauscht von der Wärme in seinem Mund, und mit der Gelassenheit eines Beduinen kurz vorm Mittagsschlaf trinkt er weiter. Jeden Schluck zieht er so gut er kann in die Länge, der Zucker umarmt die Geschmacksknospen auf seiner Zunge und er wünscht sich, daß dieser Genuß nie enden möge. Und ich wünsche mir, als er weg ist, er hätte die Schlüssel zu solch kleinen Genüssen neben der leergetrunkenen Tasse auf dem Tisch liegenlassen.

Aus dem Arabischen von Günther Orth

LUDWIG FELS: ZURÜCK AUS EINEM ANDEREN LEBEN

Das Lamm auf dem Motorroller

Erst schauten wir einem großen, müden Hund hinterher, der die Straße hinuntertrottete und den Eindruck machte, er würde mit hängendem Kopf nachdenken, welche Richtung er einschlagen könne; vielleicht daß er krank war oder alt und alle schon viel zu lange kannte. Eine Reihe von Palmen teilte die Straße in der Mitte. Unter Palmen wirkt auch noch das Leid in gewisser Art und Weise malerisch, und immer ist so etwas wie ein Film zwischen dem Betrachter und der Wirklichkeit. Und so war es auch mit dem Lamm, das, eine Querstraße weiter, unter einem Baum auf dem Gehsteig lag; ihm wurden gerade von einer Frau und zwei Jungen mit Stricken Vorder- und Hinterbeine zusammengebunden. Die Hautpartie um seine Augen war rötlich-rosa, als es aufblickte. Es lag mit dem Rücken in einer kleinen Regenpfütze, als es herumgerollt wurde, bis die Beine nach oben standen. Die Frau packte die Vorderbeine, die beiden Jungen je ein Hinterbein, und so schleppten sie es die Straße hoch, während das Maul des Lamms über den Asphalt schleifte. Wir gingen ein Stück mit ihm, bis ein Mann auf einem Motorroller angefahren kam; er blieb im Sattel, während die Frau und die Jungen das Lamm rücklings auf das Trittbrett wuchteten und irgendwie festbanden. Aber sein Kopf hing immer noch herunter wie an einem weichen Schwanenhals, und sein Maul berührte noch immer die Straße. Dann wurde es weggefahren in einer Wolke aus Abgas und Staub, und am Ende der Straße, wo sie in eine Art Feldweg überging, auf dem Steine und Erdbrocken in den Radfurchen lagen, hüpfte der Motorroller auf und ab.

(Salihli / Türkei, 2015)

Stazione Otranto

Der Bahnhof von Otranto liegt in einer Hügelfalte, kein Stückchen vom Meer von dort zu sehen, liegt ganz am Ende der Straße, sonntags sind die Portale vergittert, und in der Stille wirkt er wie aus Watte erbaut. Auf seiner Rückseite zwei Palmen, die übers Dach schauen. Links und rechts der Treppe je eine Bank, von der aus man ein baumloses Rondell betrachten kann, das angelegt wurde, um den Bahnhofsvorplatz zu verschönern. Der Wartesaal, eher ein Zimmerchen, befindet sich im ersten Stock und hat vielleicht zwölf Sitze, Holzschalen, die an die Wände montiert sind, es sieht aus wie in einem vergessenen Dorfkino, so, als könnte jeden Augenblick vor den leeren Sesseln ein alter Film beginnen, der ein altes leeres Kino zeigt. Der Fahrkartenschalter hat geschlossen. Vom Wartesaal aus geht es hinaus auf den Perron, wo mitten in einem kleinen Park die Gleise beginnen. Auf dem rechten Gleis steht eine uralte Triebwagengarnitur in verblichenem Azzurro: der Zug nach Maglie. Im oberen Stockwerk über dem Bahnsteigdach steht ein einziges Zimmer im Blau des Himmels, dort möchte ich die nächsten hundert Jahre schreiben.

Am Anfang würde ich schreiben, daß die Entfernung nach Gallipoli 31 km beträgt, aber ich würde nicht hinfahren, weil ich nicht im Zug schreiben möchte, daß die Entfernung nach Gallipoli 31 km beträgt. Weil ich viel lieber zum einzigen Fenster hinausschauen und die Palmen zählen möchte. Ich möchte die Reisenden betrachten, wie sie sich die Zeit vertreiben, und mit einem Mann aus dem Iran sprechen, der nach Mailand möchte, oder mich mit den Schwarzafrikanern unterhalten, deren Stimmen lauter erschallen als jeder Gesang. Es würde mir schon genügen, die Züge ankommen und abfahren zu sehen, bis zum Herbst ist das Laub verbrannt. Bevor ich den ersten Satz niederschreibe, zähle ich die Fahrgäste, fange immer wieder von vorne an … Beschreibe ihre Gesichter, ihre Haltung, das Drama des Wartens und das Glücksgefühl, den Planeten hinunterzurollen; es dauert nicht lange, bis man am schönsten Bahnwärterhäuschen der Welt vorbeikommt. Wie aus einem Block Kreide geschnitzt steht es dort, wo das Gleis die Straße kreuzt, die zur Masseria Montevergine führt.

Vielleicht gehe ich jeden Tag diesen Weg zwischen zwei Worten …

Habe schon immer davon geträumt, einfach zu verschwinden, wie ein Riese, der in den Horizont schreitet und sich kein einziges Mal umdreht.

(Otranto / Apulien, 2017)

Das Bahnwärterhäuschen am Gleis an der Straße

Das Bahnwärterhäuschen, von dem hier die Rede ist, befindet sich oberhalb von Otranto an der Teerstraße, an der, ungefähr einen Kilometer weiter, auch die Masseria Montevergine liegt, ein schwarzgraues schnurgerades Band, das die Olivenwälder teilt. Am Bahnwärterhäuschen queren die Gleise, rostgefärbt, die Straße und das Bankett dient als Vorgarten, eine zierliche Barrikade aus Blumenkübeln. Die Außenmauern sind weißgetüncht, wie in Filmen, die in Mexiko spielen, und jedes Auto, das vorbeikommt, fährt, bildlich gesprochen, mit einem Rad durchs Wohnzimmer und der kleine Hund, der die äußerst seltenen Fußgänger anbellt, muß jedesmal beiseite springen. Und jedesmal regt er sich auf und versteckt sich danach in den Blumen. Am vorletzten Tag meiner Reise stelle ich mir vor, das Bahnwärterhäuschen zu erwerben, es abtragen und einen guten Kilometer im Brachland zwischen den Olivenhainen neu errichten zu lassen, so daß es nur von Grün und Stille umgeben wäre. Schließlich teile ich meinem Verleger meine neue Adresse mit und muß nicht lange warten, bis er mich besucht, aber ich gebe ihm nur Wasser, mache es vorher noch kalt.

(Otranto / Apulien 2017)

Wien Mitte oder Zurück aus einem anderen Leben

Mitternacht. Und die Lichter schwimmen im Regen. Die Fassaden grau vor Nässe. Regen, als würden Perlen von Schnüren fallen, jeder Tropfen wetzt an den Scheiben des Zugs. Auf dem Sitz auf der anderen Seite des Ganges ein Mann mit einer Basecap, einem Trenchcoat, mit einem Ledergürtel um die Mitte zusammengebunden, einem viel zu großen Koffer und viel zu viel Gepäck, ein Rucksack, so schwer, als wäre er mit Betonbrocken gefüllt, zwei Tragetaschen aus Plastik; und dieser Koffer, der ihm, wenn er steht, bis zur Brust reicht. Er wirkt sehr nervös und will bei jeder Station aussteigen, Wien Mitte, sagt er, hat ein altes Gesicht und eine merkwürdige Frisur, als er die Kappe abnimmt; nie im Leben, denke ich, möchte ich mit so viel Gepäck auf Reisen gehen. Ich sage ihm, ich würde ihm sagen, wenn der Zug in Wien Mitte ankommt, aber er glaubt mir nicht so recht, springt auf, sobald ich die Hand hebe, um ihm zu bedeuten, sitzen zu bleiben. Ich kann nicht behaupten, daß er nach Schweiß riecht oder sonst irgendwie unsauber wirkt, und trotzdem dauert es, bis ich meinen Widerstand gegen seine Person aufgebe. So rollen wir durch die Nacht, durch den Regen. Die Lichter draußen wie helle Luftblasen auf einem schmutzigen See. Noch bevor wir die Station Wien Mitte erreichen, stehe ich auf und sage ihm, daß ich ihm beim Aussteigen mit seinem Gepäck helfen würde, und er sagt in leisem, stokkendem Englisch, er habe in den Siebzigern in Wien studiert und beschlossen, es noch einmal zu besuchen: ein Geist, der zurückkehrt. Dann hält der Zug, und er fällt fast beim Ausstieg unter der Last seines Rucksacks, und ich halte ihn und hieve seinen Schrankkoffer auf den Bahnsteig, sehe das Mosaik der Irre in allen Lichtern, allen Gesichtern.

(Wien, 2018)

ANMERKUNGEN

Julien Gracq (1910–2007), französischer Schriftsteller. Auf deutsch erschienen zuletzt der Roman »Das Abendreich« (2017) und die Aufzeichnungen »Lebensknoten« (2023). Der Essay beruht auf einer im Dezember 1949 an der Universität Antwerpen gehaltenen Rede und erschien im Mai 1950 auf französisch in der »Nieuw Vlaams Tijdschrift«. Aus: Œuvres complètes, Bibliothèque de la Pléiade, Band 1. Mit freundlicher Genehmigung der Herausgeberin und Nachlaßverwalterin Bernhild Boie sowie der Éditions José Corti, Paris. Siehe auch Sinn und Form 3/2023 und 4/2024.
Erläuterungen: S. 438 *Artikel von Maurice Blanchot* »Reflexionen zum Surrealismus« (1945/49), deutsche Übersetzung von Fabien Vitali in: Maurice Blanchot, »Feuers Anteil«, Berlin und Wien 2022; S. 440 *Cravan verschwindet nachts …* Tatsächlich nicht im Golf von Mexiko, sondern bei Salina Cruz an der mexikanischen Pazifikküste; *Freudenfeuer* Titel eines Gedichtbands von Louis Aragon (1919); S. 441 *»Gewiß könnte eine stattliche Anzahl …«* Alle Zitate aus den surrealistischen Manifesten in der Übersetzung von Ruth Henry. Gracq zitiert mit größeren Auslassungen, die hier, dem Original folgend, nicht gekennzeichnet wurden; S. 442 *»Alles läßt uns glauben …«* Aus dem zweiten surrealistischen Manifest; S. 443 *»Man kann die Kraft …«* Hegel-Zitat nach dem Französischen, der deutsche Wortlaut konnte nicht ermittelt werden; S. 447 *»›Um falsche Romane zu schreiben‹…* Aus dem ersten surrealistischen Manifest; S. 452 *»wie tapfer es auch immer gewesen sein mag …«* Aus Bretons Vorwort von 1929 zur Neuausgabe des ersten Manifests (1924); S. 454 *Isidore Isou* Rumänisch-französischer Schriftsteller und Begründer des Lettrismus; *nach der Art von Monsieur Jourdain* Anspielung auf die Hauptfigur von Molières Ballettkomödie »Der Bürger als Edelmann«, die mit allerlei Listen und Verkleidungen ihr Ziel erreichen will; *Doktor Sei's drum* Vielleicht Anspielung auf Georges Simenons Erzählung »Le docteur Tant-pis« (1943); S. 456 *Abschnitt aus Bretons »Die kommunizierenden Röhren«* Übersetzung von Elisabeth Lenk und Fritz Meyer.

Tadeusz Dąbrowski, geb. 1979 in Elbląg (Ermland-Masuren), polnischer Schriftsteller, lebt in Danzig. Auf deutsch erschienen zuletzt der Gedichtband »Die Bäume spielen Wald« (2014) und der Roman »Eine Liebe in New York« (2019). Siehe auch Sinn und Form 4/2020 und 3/2022.

Rainer Maria Rilke (1875–1926), österreichischer Schriftsteller. Seine hier veröffentlichten Briefe an Elisabeth von Schmidt-Pauli befinden sich im Archiv der Fondation Rilke in Sierre. Dank an Angelika Overstolz für eine erste Transkription, an Peer Volkmann, Faulhaber-Edition, Ulrich von Bülow, Deutsches Literaturarchiv Marbach, und Peter Oberthür, Rilke-Gesellschaft, für Auskünfte sowie an Christoph König und Torsten Hoffmann für Austausch. Historische Schreibungen und Interpunktion wurden, anders als in bisherigen Teilabdrucken, beibehalten, der doppelte Binde- und Trennungsstrich durch den einfachen Bindestrich ersetzt, unterstrichene Wörter kursiviert. Siehe auch Sinn und Form 1/2025.

Marcel Lepper, geb. 1977 in Dortmund, leitet die Fondation Rilke in Sierre und lehrt Neuere deutsche Literatur an den Universitäten Leipzig und Bern. Veröffentlichungen u.a.: »Goethes Euphrat. Philologie und Politik im West-östlichen Divan« (2016) und »Xenien« (2022). Siehe auch Sinn und Form 3/2020 und 2/2024.

Uta Gosmann, geb. 1973 in Bochum, lebt als Lyrikerin, Übersetzerin und Psychoanalytikerin in New Haven, Connecticut. 2023 erschien ihr Gedichtband »Reise durchs Nimmerich«. Siehe auch Sinn und Form 3/2023 und 1/2024.

Krzysztof Czyżewski, geb. 1958 in Warschau, polnischer Lyriker, Essayist, Übersetzer. Die beiden letzten Zitate in der Übersetzung von Chrystyna Nazarkewytsch stammen aus dem Band »Den Krieg übersetzen. Gedichte aus der Ukraine« (2024).

Dana Ranga, geb. 1964 in Bukarest, Dichterin, Übersetzerin, Filmemacherin, lebt in Berlin. Zuletzt erschienen die Gedichtbände »Cosmos!« (2020) und »Stop« (2023). Siehe auch Sinn und Form 1/2020 und 1/2021.

Natascha Wodin, geb. 1945 in Fürth, Schriftstellerin und Übersetzerin, lebt in Berlin. Zuletzt erschienen »Nastjas Tränen. Roman« (2021) und »Der Fluß und das Meer« (2023). Ihr Buch »Die späten Tage« erscheint im Herbst. Copyright © Rowohlt Verlag GmbH, Hamburg. Siehe auch Sinn und Form 5/2015 und 6/2023.

Bertram Reinecke, geb. 1974 in Güstrow, Schriftsteller und Verleger. Zuletzt erschienen die Prosastücke »Geschlossene Vorgänge – Über einige biographische Artefakte etc.« (2022) und der Gedichtband »Daphne, ich bin wütend« (2024).

Michael Krüger, geb. 1943 in Wittgendorf/Sachsen, Schriftsteller, Mitglied der Akademie der Künste. Zuletzt erschienen »Das Strandbad. Szenen einer Kindheit« (2022) und »Verabredung mit Dichtern. Erinnerungen und Begegnungen« (2023). Siehe auch Sinn und Form 5/2021 und 3/2022.

Piero Salabè, geb. 1970 in München, wo er als Übersetzer und Lektor des Carl Hanser Verlags arbeitet und lebt. 2024 erschien »Das schöne Nichts. Il bel niente. Gedichte. Zweisprachige Ausgabe«. Das Gespräch wurde im März 2024 in Michael Krügers Haus bei Ambach geführt. Siehe auch Sinn und Form 3/2024.

Dénes Krusovszky, geb. 1982 in Debrecen (Ungarn), Schriftsteller, Kritiker, lebt in Budapest und Tokio. Auf deutsch erschienen u.a. der Gedichtband »Wie schön das Kaputtgehen ist« (2011) und der Erzählungsband »Das Land der Jungen« (2024). Siehe auch Sinn und Form 1/2019 und 3/2020.

Elisabeth Plessen, geb. 1944 in Neustadt in Holstein, Schriftstellerin und Übersetzerin, lebt in Berlin und in der Toskana. Zuletzt erschienen die Romane »Die Unerwünschte« (2019) und »Die Frau in den Bäumen« (2023). Das hier erstmals veröffentlichte Nachwort sollte in einer Neuauflage der »Mitteilung an den Adel« 2006 im Suhrkamp Verlag erscheinen, wurde aber nicht gedruckt. Der Abdruck der Zitate aus den Briefen von Elisabeth Borchers und Siegfried Unseld erfolgt mit freundlicher Genehmigung des Suhrkamp Verlags und von Ulla Unseld-Berkéwicz. Siehe auch Sinn und Form 3/2024 und 6/2024.

Zoltán Danyi, geb. 1972 in Senta (Jugoslawien/heute Serbien), wo er als Schriftsteller und Rosenzüchter lebt; schreibt auf ungarisch. Auf deutsch erschienen zuletzt sein »Rosenroman« sowie »Aus dem Tagebuch des Gärtners« (beide 2023). Aus: »Több fehér« (Mehr weiß, 2012).

Laetitia Lenel, geb. 1988 in Frankfurt am Main, Sozial- und Wirtschaftshistorikerin, lehrt als Juniorprofessorin für Kulturgeschichte des Ökonomischen an der Universität Duisburg-Essen. 2024 erschien ihr Roman »Eine liebe Frau«.

Kornelia Koepsell, geb. 1955 in Gießen, Psychoanalytikerin in Höchberg bei Würzburg. Zuletzt erschienen die Gedichtbände »Die Mundharmonika« (2020) und »Heimatland« (2022). Siehe auch Sinn und Form 3/2023 und 6/2023.

Leander Steinkopf, geb. 1985 in Seeheim-Jugenheim, erzählende Prosa, Essays und Komödien, lebt in München. Zuletzt erschienen »Was der Schulmedizin fehlt« (2022) und der Essay »Der Reiz des Verbotenen. Über die Freiheit jenseits des Erlaubten« (2024). Siehe auch Sinn und Form 4/2020 und 2/2023.

Volker Braun, geb. 1939 in Dresden, Schriftsteller, Mitglied der Akademie der Künste, lebt in Berlin. Zuletzt erschienen »Große Fuge« (2021) und »Fortwährender Versuch, mit Gewalten zu leben« (2024). Nachruf auf der Mitgliederversammlung der Akademie der Künste am 17. Mai 2025. Siehe auch Sinn und Form 1/2022 und 3/2024.

Michael Mertes, geb.1953 in Bonn, Jurist, Politikberater, literarischer Übersetzer. 2023 erschienen seine Shakespeare-Nachdichtungen »Aus dem Tinten-Schwarz strahlt meine Liebe« (2023). Siehe auch Sinn und Form 6/2016 und 2/2019.

Jakob Brüssermann, geb. 1982 in Göttingen, wissenschaftlicher Mitarbeiter bei der historisch-kritischen Heidelberger Ausgabe der Werke Johann Peter Hebels, wohnt in Bretten bei Karlsruhe. 2017 erschien »Sein und Situation. Zu den Forderungen einer Ontologie des ›ich bin‹«. Die im Text genannten Berichte des liberalen Senders »Wsgljad«, der 2001 eingestellt wurde, finden sich auf YouTube: https://www.youtube.com/watch?v=TlbhWaB-wM8; https://www.youtube.com/watch?v=q-tpxB9z9e4

Sabrina Habel, geb. 1985 in Kandel/Pfalz, Literaturwissenschaftlerin, lebt in Zürich und Tel Aviv. 2012 erschien »Die Signatur des Bösen. ›Fausts Leben, Thaten und Höllenfahrt‹ von Friedrich Maximilian Klinger«. Siehe auch Sinn und Form 2/2018 und 6/2024.

Tobias Lehmkuhl, geb. 1976 in Georgsmarienhütte, Literaturkritiker und Autor, lebt in Berlin. Zuletzt erschienen »Nico. Biographie eines Rätsels« (2018) und »Der doppelte Erich. Kästner im Dritten Reich« (2023). Siehe auch Sinn und Form 1/2016 und 2/2024.

Najat Abed Alsamad, geb.1967 in Suwaida/Syrien, Schriftstellerin, Übersetzerin und Gynäkologin, lebt in Berlin. Zahlreiche Romane und Erzählungen. Auf deutsch erschien bisher ihr Roman »Kein Wasser stillt ihren Durst« (2023).

Ludwig Fels (1946–2021), deutscher Schriftsteller. Zuletzt erschienen »Mit mir hast du keine Chance. Gedichte« (2023) und »Ein Sonntag mit mir und Bier. Selbstporträt im Gastgarten« (2025).

Alle Beiträge sind, soweit nicht anders angegeben,
Erstveröffentlichungen oder Erstübersetzungen.